探底

调查特稿卷

下卷

新京报社◎编

新京报十周年丛书编委会

中国发展出版社
CHINA DEVELOPMENT PRESS

图书在版编目（CIP）数据

探底：调查特稿卷. 下 / 新京报社编. —北京：中国发展出版社，2013. 11

（新京报十周年丛书）

ISBN 978-7-5177-0027-2

Ⅰ. ①探… Ⅱ. ①新… Ⅲ. ①新闻报道—作品集—中国—当代 Ⅳ. ①I253

中国版本图书馆CIP数据核字（2013）第239515号

书　　　名：探底（调查特稿卷·下卷）
著作责任者：新京报社
出 版 发 行：中国发展出版社
（北京市西城区百万庄大街16号8层 100037）
标 准 书 号：ISBN 978-7-5177-0027-2
经　销　者：各地新华书店
印　刷　者：三河市文昌印刷装订厂
开　　　本：700mm×1000mm 1/16
印　　　张：12.25
字　　　数：206千字
版　　　次：2013 年 11 月第 1 版
印　　　次：2013 年 11 月第 1 次印刷
定　　　价：30.00元

联 系 电 话：（010）68990535 68990692
购 书 热 线：（010）68990682 68990686
网 络 订 购：http：//zgfzcbs.tmall.com
网 购 电 话：（010）68990639 88333349
网　　　址：http：//www.develpress.com.cn
电 子 邮 件：10561295@qq.com

Foreword 前言

一个写作时代的到来

2011年，甘肃正宁发生校车货车相撞事故。那年11月21日，我们报道的导语这样写：*11月16日清晨，笔直的“郑周公路”在薄雾中向远方延伸。杨海军握着方向盘，把金杯牌9座校车开得飞快，拆掉坐椅的车厢里，62名孩子贴在一起。当看见路边的下沟砖厂时，他决定，逆向行驶，他要寻找路边等待走上校车的孩子。就在杨海军逆行的同时，校车里播放的儿童音乐正在王春娟身边环绕，这位坐在副驾驶上的幼儿园老师不知道，薄雾的另一端，厄运已悄然驶来。*

而其他媒体同一天见报的深度报道则这样开头：*11月16日9时15分，甘肃省庆阳市正宁县榆林子镇发生了一起不幸的交通事故，一辆货车与一辆榆林子镇小博士幼儿园接送校车迎面相撞，事故共造成21人死亡43人受伤，其中19名死者是幼儿。*

后者是典型的硬导语，作为一则深度报道的开头，它已被这个时代摒弃。中规中矩，依次排列，但这些信息，于5天前，即事发当日，已在微博上广为流布。当下的“阅读”信仰是：你不吸引我，我为什么要花10分钟读剩下的5000字，不如刷500条微博。

碎片化、低技术含量的信息发布在新媒体上，如洪流般汹涌。但人类不会只满足于此。

2003年，《克里夫兰实话报》女记者康妮舒尔茨，用系列文章描写了一名被冤枉的强奸犯，无端获刑13年。该组文章打动了真正的强奸犯，投案自首。康妮获得当年普利策特稿写作奖提名。这类文章无论在什么媒体什么年代，都是人们必需的精神食粮。

特稿，最具有文学气质的新闻报道，亦被称为非虚构写作。它严守客观性，但会着重描写故事气氛、人物性格，精心安排情节发展。它要求记者有报道的态度和写作的技能。

如今，该是记者进入写作的年代了，而不是仅仅只会报道。

西方，许多作家曾是记者，海明威在巴黎做过记者，杰克·伦敦曾为美国报馆写作，魔幻现实主义大师马尔克斯也曾客串过一次记者。

美国的特稿写作发端较早，始于19世纪，直至1979年，普利策奖委员会增设特稿写作奖后，这类新闻写作才被严肃报刊接受。美国有专门的学校传授记者写作技能，为记者编写的英文写作指南《风格的要素》也是畅销的工具书。

而中国的特稿写作，从某种意义上，可追溯到1995年，中国青年报冰点栏目的创办曾让人惊艳。随后是南方周末的特稿。但因中国特殊的舆论环境，近20年里，特稿选手转型的转型，流散的流散。陈旧、简陋的消息体依旧是报业的主流文体。

但是，一切正在发生改变，尽管变速缓，却依然在变。新媒体的竞争，读者的换代，让僵硬文体丧失竞争力，对阅读体验的要求在不断升级。

新京报创刊后，一直摸索如何做深度报道，如何写特稿。10年，从最初的懵懂，到如今已搭上了一点脉。

本书中挑选的特稿报道曾被广泛关注，也体现了适度的影响力：其中有官员被报道后锒铛入狱，有良民在报道后逃出生天，一些违法拆迁叫停，一些“神医”光环黯淡。

这些稿件大都涉及到人——小人物在大时代下不寻常的命运。这也是特稿体裁的显著特征：展现命运。

哥伦比亚大学梅尔文门彻谈到特稿时说，“事件具有人的维度，才值得传播。”这也是我们常说的，在新闻中要见到人。

但这只是事件到人的维度。好的特稿还需要有“人到事件”、“人到社会”的维度。即从人物身上能揭示出我们社会的某种存在。那才是一篇有深刻内涵的特稿。比如：贫病夫妻相缚投江，在农村医疗的困境中，一对夫妻投江自尽。

这些特稿报道未必能给出一个精准的特稿定义，但不乏一些隽永佳作，也算是给那些有志于写作的记者，抛砖引玉。

做严肃媒体的，都是无可救药的梦想者。他们坚信，没有现实，会比梦想更长。在他们内心深处的包袱里，裹藏着久违的希望。凭借这种希望，才能在崎岖坎坷、苦痛悲哀中，触摸到打动人的力量。正因为有这样的精神内核，特稿才会闪现出文本美。

当然，对深度写作来说，除了特稿性报道，还有调查性报道，而后者尤其需要严密的逻辑链、缜密的证据链、扎实冷峻的文本，同时不能失去可读性。要做出优秀的调查报道，记者往往要付出很多意想不到的代价，有时候甚至会冒着生命危险。这个时候，就特别考验记者的职业精神和专业能力。好在，这两点，在新京报调查记者的身上，从来都不缺。

所以，在本书中，除了精选新京报十年来的特稿报道，还精选了部分调查报道，透过这些调查报道，你自可以看到让你震惊的真相，以及你完全想不到的种种黑幕。而之所以要做这些调查报道，目的无它，只是要让我们的社会多一份美好，少一份罪恶。

新京报，等待每一个加入写作年代的记者的到来。

新京报，等待每一个有责任感、有正义感的记者的到来。

闾宏（新京报深度报道部主编）

2013年10月

目录

Contents

李庄案搅动的江湖

刊发日期：2009 年 12 月 14 日 ~12 月 31 日

记者：褚朝新

重庆涉黑案一律师被捕

重庆市政府新闻办称律师李庄涉嫌伪造证据、妨害作证罪；其代理的龚刚模涉黑案推迟审理。

2009 年 12 月 13 日，本报记者获悉，12 日，代理重庆龚刚模涉黑案的北京康达律师事务所律师李庄被重庆警方刑拘。13 日晚，重庆市政府新闻办证实，李庄因涉嫌伪造证据、妨害作证罪已被重庆检方批捕。

据重庆市检察院第一分院指控，龚刚模涉黑团伙背负 4 条命案，拥有 15 支枪，其中 3 支是冲锋枪，涉黑成员共 21 人。

起诉书称，该团伙采取发放高利贷、开设赌场、贩卖毒品等手段聚敛巨额钱财，有组织地实施故意杀人、运输贩卖毒品、非法买卖、运输枪支弹药、非法持有枪支弹药、开设赌场、非法经营、行贿和容留他人吸毒等违法犯罪行为。

13 日上午，记者获知北京康达律师事务所律师李庄为龚刚模的辩护律师，随即多次致电李庄，但其两个手机号码全处于关机状态。

下午，北京有知情人士透露，李庄已被重庆有关方面拘留。记者致电北京市律协权益保障委员会主任皮建龙，其证实已经获知此消息，但具体情况不清楚，也未接到重庆方面的通报。

13 日晚，李庄所在的北京康达律师事务所也证实，李庄于 12 日下午 5 时许被拘留，但拒绝透露是重庆哪个部门拘留李庄以及李庄被拘留的原因等消息。

有知情人士介绍，李庄多次向重庆有关部门要求会见当事人，但遭到有关部门阻挠。在多次争执和分歧后见到了当事人并复印了部分案卷，但仍受到诸多限制，为此李庄多次与当地有关部门发生争吵。

该人士称，12 月 3 日李庄最后一次会见龚刚模时，重庆警方派出了4名警员陪同并带有摄像机，记录了会见过程。该律师认为，“可能当时重庆警方就已经盯上了李庄，带摄像机就是为了取证。”

12月13日晚7时许，重庆市政府新闻办证实，12月12日，北京康达律师事务所律师李庄，因涉嫌伪造证据、妨害作证罪，被重庆市公安机关刑事拘留。

该办发布的通稿称，近日，龚刚模本人主动检举，并经公安机关初步查明，李庄在渝行使辩护人职责时，违反法律规定，帮助被告与他人串供，教唆龚刚模编造被公安机关刑讯逼供，“吊了八天八夜、打得大小便失禁”等谎言，并唆使其向法庭提供虚假供述予以翻供。

通报称，李庄的行为已触犯了《刑法》第306条的规定。目前，重庆市检察机关已批准对李庄执行逮捕。

13日，参与重庆龚刚模团伙涉黑案的辩护律师朱明勇证实，原定于12月7日开庭的该案被推迟开庭，有消息称该案12月15日开庭，作为辩护律师，朱明勇至今未接到新的开庭通知。

李庄，北京康达律师事务所专职律师，执业多年，曾为10余名职务犯罪和暴力犯罪的犯罪嫌疑人作无罪辩护，并使他们获得无罪释放，使近百名犯罪嫌疑人得到从轻和减轻处罚。

京律协关注律师被捕案

称可能派员赴渝调查；其他代理律师称会见当事人均有警员陪同。

12月14日，针对北京律师李庄涉嫌伪造证据等罪被捕一事，北京市律协有关人士表示，已关注此事，并且可能派员到重庆进一步调查了解。

该人士介绍，至今未接到重庆方面的通报，但北京市律协将与北京市司法局律管处商议，可能派员赴重庆了解此事，以维护律师合法权益。

当天，重庆市律协针对此事表态称，若律师伪造证据帮助当事人串供，违反刑法相关规定。目前该案还有待警方进一步查证，并等待法院开庭审判。一旦罪名被司法机关认定后，相关主管部门和律协将吊销涉案律师的律师资格证，律师协会也会取消其会员资格。

“我们会见当事人，重庆警方都派人陪同，在这种情况下，李庄怎么可能找到机会诱导龚刚模翻供呢？”14日，北京中关律师事务所律师朱明勇认为，李庄被捕可能内有隐情。

据了解，朱明勇为龚刚模涉黑团伙案被告人樊奇杭担任辩护律师。11月24日，他到重庆市江北区看守所要求会见各自的当事人。

“我先到的，李庄后到的。我以前不认识他，这是第一次见他。”朱明勇回忆，当时看守所拒绝律师会见两名被告人。

朱明勇称，当时两人拿着代理委托书、起诉书、开庭通知等材料，要求会见当事人。看守所表示，必须有打黑专案组的成员陪同，才能会见当事人。

朱明勇回忆，看守所电话联系专案组后，有警员赶到并表示，“没有警察在，你们干违法的事情怎么办？”

经过多次争执，朱明勇被迫同意民警陪同会见了当事人樊奇杭。他说，陪同警员名叫张科。

朱明勇介绍，他会见樊奇杭的次数比李庄会见龚刚模的次数多，每次都有警员陪同，最后一次会见时，陪同警员增至两名。

“警察不到，我们不能见当事人，有一次警察没有到，我们等了一上午。”朱明勇回忆说。

知情人士透露，李庄会见龚刚模共 3 次，每次都有警员陪同，最后一次陪同警员有 4 人，并带有摄像机。

14 日，陈明亮涉黑团伙案辩护人、北京市尚权律师事务所律师靳学孔，在重庆市涪陵区看守所，会见了当事人，同样也有专案组警员陪同。

2009 年 12 月 13 日，李庄被重庆警方羁押到看守所

靳学孔介绍，13 日，他到重庆市三中院复印案卷，法院很配合，但当要求会见当事人时，被告知必须由专案组成员陪同。

上述受访人士表示，李庄在警员的陪同下如何诱导翻供，有待重庆方面发布更多消息，才能解开谜团。

14 日，重庆有关方面出示了龚刚模写给警方的申请书。申请书显示，龚刚模担心所签白条和委托书，被律师李庄拿去做出对其不利的事情，所以报案。

记者注意到，申请书全文包括日期、申请人等内容，全部为电脑打印，只有龚刚模三字是手写。为何申请书全文是电脑打印仅龚刚模签字是手写？重庆有关方面未予回应。记者询问是否找到龚刚模所说的白条，也未获答复。

记者还注意到，此申请书落款日期为“2009 年 11 月 11 日”，而重庆市发布的消息显示，12 日晚，该市警方到北京控制了李庄，并当即返回，13 日宣布批捕李庄。

截至发稿，记者仅查阅到龚刚模举报李庄的口供复印件，重庆方面未能提供其他证据。记者向重庆有关部门提出，查阅李庄被捕后的口供，未获许可。对于警员陪同下李庄如何“捣鬼”，重庆方面未作解释。

重庆市有关方面表示，这些疑问将随着案件调查逐步清晰，届时会向媒体通报。

申请书全文（重庆有关方面出示）

由于我的律师李庄在会见我期间，在我不知情的情况下，让我签了七八份白条子和委托书，我担心他拿去会做出“违法的或者其他对我不利的事情”，所以特向你们报案，李庄将这些白条和委托书拿去所做的一切违法事情而产生的法律后果我不负责，同时申请你们帮我把这些白条子追回。

——龚刚模

律师李庄其人

曾状告河北沙河公安局；所在律所全国排名前十。

12 月 14 日，北京市司法局相关人员表示，此案为要案，北京市司法局尚未介入对康达律所和李庄的调查，此前媒体关于李庄事件的报道，并未向该局咨询或者核实。

对于律师李庄，由于目前案件还未定性，北京市司法局不便发表意见。根据以往律师作伪证的案例来看，律师除受到法律制裁外，将被吊销执照。如果律所被确定也参与了作伪证，也将受到相应处罚。

随后记者从李庄在康达律所的律师同仁口中得知，李庄到该所工作时间不长，“平时敢于直言”。而该所办公室工作人员对此事称“不便透露”。

康达律所官网资料显示，李庄系康达律所合伙人，民商法硕士研究生，执业十余年，成功代理多起争议标额巨大、法律关系复杂、具有较大影响的诉讼案件。担任四十余家政府和企业以及金融机构的法律顾问。多年来，曾为十余名职务犯罪和暴力犯罪的犯罪嫌疑人作了无罪辩护，并使他们得到了无罪释放，使近百名犯罪嫌疑人依法得到了从轻和减轻处罚。擅长重大、复杂、疑难民商事案件的诉讼代理，重大刑事案件的辩护等。

有关李庄的新闻，见诸报端的还有其状告河北沙河警方限制人身自由的诉讼。

媒体报道称，原告李庄称，2007年4月3日，沙河市中院审理一起刑案，李庄作为辩护人，认为公诉人出示的1000余页侦查卷中存在伪证、诱供等问题，并发表了措词严厉的辩护意见，惹恼了在座的当地公安机关领导。当日中午庭审结束，李庄被沙河市公安局警员强行带走，限制人身自由5小时。随后，李庄到海淀法院状告沙河公安局违法。

另外，北京市律师协会相关人士表示，李庄所在的康达律所在业内非常知名。根据律协刚发布的律师行业调查报告，康达律所在全国范围内排名前十，实力很强。

康达律所官网显示，该所建于1988年，总部设在北京，已在全国设立了11个分支机构，执业律师已达200余人。该律所主任付洋，1979年到1987年在全国人大工作，任职至经济法室副主任，参加过40余部法律的制定工作，1988年创办康达律所。

律师建议渝警回避李庄案

称警方是涉案单位，不应自己侦查；北京律协与重庆司法局接洽。

李庄涉嫌伪造证据被捕引起关注。12月16日，相继有两批律师发出建议书，并称今明两日将把建议书送达国家相关部门。此外，律师们指出，重庆警方作为涉案单位应回避，国家有关部门应介入调查。

北京律师黎雄兵、张凯、李方平联名向全国律师协会和北京律师协会发出建议书，建议“紧急关注本案并采取切实行动维护律师法和刑事诉讼法的正确实施，保障律师的合法权益”。

三名律师认为，李庄案中，重庆警方涉嫌侵害律师会见权、阅卷权、适用法律错误和基本程序违法等问题。

三名律师还指出，警方指控李庄律师教唆龚刚模编造遭公安机关刑讯逼供、“吊了八天八夜、打得大小便失禁”等谎言。刑讯逼供是严重的犯罪行为，重庆警方是涉案单位，应该遵循回避原则，不应由涉案单位自己侦查。

北京瑞风律师事务所李方平等11省20名律师，也准备向全国人大和公安部发出建议书。建议书指出，重庆警方是立案关系人，李庄指控他们涉嫌刑讯逼供，重庆警方缺乏中立性应回避。

重庆方面发布的消息称，此案引起了重庆打黑领导小组的高度重视，迅速组织公、检、法、司人员成立联合调查组。

上述律师认为，对于刑案侦查，公、检、法、司不能一起联合侦查，让四家成立联合调查组，程序上也是违法的。

16 日，重庆一知情人士透露，北京律协一行于当日上午前往重庆市司法局，就李庄被捕一案进行接洽，商谈具体内容不详。

赴渝调查李庄案的北京律协秘书长李冰如称，调查正在进行中，相关情况调查期间暂不公布，待调查结束后由北京市律协统一通报。

北京律协副会长姜俊禄表示，北京市律师协会作为行业管理组织，既有依法维护会员执业权利的职能，也有规范会员执业行为的职能。

姜俊禄表示，北京市律协正在逐步建立和完善维护会员执业权益的长效机制，在会员的合法执业权益受到不法侵害时提供帮助，同时也致力于加强律师职业道德和执业行为的规则建设，不断强化对律师执业行为的引导和规范，对违反法律和行业规范的执业行为进行处罚。

李庄被曝试图拖延庭审

北京一律师称其拿刑讯逼供与法院讨价还价。

多名律师认为，重庆方面能如此快刑拘、批捕李庄，应该有一定证据，不然不敢贸然行动。

北京律师朱明勇称，李庄被捕前与其多次接触，目前警方披露的部分内情，与李庄自己描述的大致吻合。

朱明勇说，李庄曾告诉他，12 月 3 日，李庄到法院闹了一次，称龚刚模遭到刑讯逼供，不能开庭，而法院则要求如期开庭。李庄说，如果把龚刚模排到被告人中 20 名以后，他就不提刑讯逼供的事，配合法院开庭，否则就不配合开庭。

朱明勇说，李庄向其描述过所掌握的龚刚模被刑讯逼供的情况，说的时候非常气愤。李庄还说，在会见时曾告诉龚刚模，要把自己被刑讯逼供的情况说出来，如果法庭不同意给龚刚模做伤情鉴定，他就拒绝代理此案。这种情况下龚刚模只要坚持让他代理，法院就不能另外指派律师，案子就会拖下去不能开庭。

16 日，知情人士透露，李庄在第一次会见前曾强烈反对警方派员陪同会见当事人，为此双方激烈争吵。

北京律师朱明勇、靳学孔、重庆本地律师周立太等多名律师证实，在代理涉黑案件会见当事人时有警员陪同。

“法律明确规定，律师会见当事人，警察不能监视，也不能参与。”多名律师表示不能接受此做法。

重庆律师周立太认为，目前的舆论背景下，重庆敢抓一个相当有背景的律师事务所的律师，应该是有一些重要的证据。但其中办案程序是否合法，值得商榷。

“如果程序正义做不到，实体正义从何谈起？”周立太称，重庆打黑中存在律师会见当事人有警员陪同等问题，有违程序正义。

重庆警方曝光李庄案发布细节

称依据龚刚模笔录准备了两份通稿。

14日，重庆警方披露，北京律师李庄被捕当日，警方就组织人为该案写了两份通稿。记者对比发现，一媒体当天刊发的报道与其中一份通稿基本一致，略有删改。

14日，重庆市公安局政治部副主任贺铁光向本报记者透露，12日重庆市警方到北京刑拘了李庄并将其带回重庆，13日重庆检方将其批捕。

“这个事情，我们写了两个版本。”贺铁光称，13日，重庆市公安局组织人写了两份通稿，内容主要是以龚刚模的笔录为主。该部门新闻中心一名警员证实，13日加班加到了凌晨2点。

记者对比发现，两份通稿内容基本相同，只是行文略有不同。

贺铁光表示，愿意将两份通稿供本报刊发，可根据需要删改，但需单独成稿。

根据警方提供的通稿，本报记者提出，在警员陪同下李庄如何让龚刚模编造遭遇刑讯逼供谎言，并希望提供除龚刚模口供之外的更多证据，未获答复。

16日，记者提出希望采访李庄和龚刚模等人。贺铁光表示，案子已移交检察院，要采访必须获得宣传部门批准。

重庆市外宣办副主任文天平则称，案子进入司法程序，不便出面，要采访须联系公安部门。

警方通稿与笔录有出入

笔录中两句话被通稿接成一句；法律人士认为，法院未判定前警方定性，有违无罪推定原则。

14日，重庆市公安局政治部副主任贺铁光向本报记者出示了5页龚刚模举报李庄的笔录。记者对比警方提供的通稿，发现与龚刚模的笔录有数处出入。

通稿将笔录中两句话接在一起

警方通稿称，11月26日，李庄在第二次会见中对龚刚模说："从你材料中看得出来你肯定被诱供和刑讯逼供了的。法庭上问你是否被刑讯逼供时，你要大声承认，还要把刑讯逼供的过程夸张地演示出来，以刑讯逼供为由否认原在侦查阶段所作的口供。"

记者查阅笔录发现，笔录中原文记录是：李庄还说，"从你的材料中看得出来你肯定被诱供和刑讯逼供了的。他这样说的目的我一下就明白是让我在法庭上要说警察对我刑讯逼供了的，可以使自己从轻处理，接着，他问我被刑讯逼供没有，我就按他的意思说自己被打过，被吊过。"

而"法庭上问你是否被刑讯逼供时，你要大声承认，还要把刑讯逼供的过程夸张地演示出来，以刑讯逼供为由否认原在侦查阶段所作的口供"，在笔录中并非与"从你的材料中看得出来你肯定被诱供和刑讯逼供了的"衔接，而是出现在另一页中。

通稿改动龚刚模部分笔录

此外，笔录显示，龚刚模回忆李庄教其如何应对法庭陈述被刑讯逼供时说，李庄告诉他，当法庭上问他是否被刑讯逼供时，"你要大声说出来。"

在警方的通稿里，"大声说出来"，被改成了"大声承认"。

警方材料中还有一句话：李庄对龚刚模的亲属龚云飞说："这个案子有点复杂，律师费偏低哟，而且我还要去'打通'"。

"律师费偏低哟"，明显为重庆人口气，与李庄语气不符。对此疑问，将材料拷贝给记者的警员笑着让记者"回去改改"。

此外，警方提供了一份龚刚模报案的申请书，为打印体，上有手写签名。贺铁光未解释为何龚刚模的举报材料是打印的。

警方通稿被指违背无罪推定

记者整理发现，在此案尚未经法院审判定罪的前提下，警方提供的通稿里出现大量定性词语。

在警方稿件中，曾出现过贪婪律师、律师李庄的确能"装"、一手"捞人"、一手"捞钱"、混迹、远远填不满李庄的胃口、面授机宜、授意、赶紧逃跑、经不起推敲、不攻自破、炮制、铤而走险、有恃无恐、仗恃、沦丧社会公德、缺失职业道德、玩弄、亵渎法律的无良律师、充其量只是一个讼棍等语句。

“未经人民法院判决的情况下，使用大量造假、犯法、教唆、编造等词汇，明显违背了无罪推定的刑事诉讼原则。”16日，北京亿嘉律师事务所律师张凯说。

李庄案搅动的“江湖”

李庄案发后北京律师在重庆行事谨慎，重庆当地声讨“黑律师”，学者建议允许直播案件。

从李庄案发，至12月30日开庭，一直是社会各界瞩目的焦点，各种声音也从未止息。

刑辩律师职业状态、司法程序问题等等，不断进入媒体和公众视野。

经过半个多月的发酵，李庄案“效应”已现：刑辩律师们“谨小慎微”，当地百姓对抓“黑律师”叫好，学者则开始反思。

“后遗症”：北京律师举止小心

得知律师李庄被抓的消息后，在重庆住宿是否用自己的身份证登记，让北京律师宣东很费思量。

12月15日，受涉黑被告人马当家属委托，宣东赴重庆，担任马当的辩护律师。

案子12月24日开庭，宣东说，提前到重庆，多做点准备工作。

到了重庆，他开始有各种担心。

住宿时，宣东感到了为难。他说，用自己的身份证登记，很容易被查到，不方便；而不用自己的身份证登记，入住人与登记信息不符，公安可以把他带走问话，麻烦。

权衡再三，他还是选择了用自己的身份证登记，“现在得格外小心，不能出差错。”

人还没到重庆时，宣东就感觉到李庄案带来的“紧张气氛”。宣东说，15日那天他接了三十多个朋友的电话。都是看到李庄被抓的消息后打的，劝他不要去重庆代理涉黑的案子。

“我在法院搞了20年的刑事审判工作，代理过10个省涉黑的案子，想看看重庆打黑究竟是怎么个打法。”12月16日，宣东说。

比宣东早几天到重庆的北京律师靳学孔，也相当谨慎。

14日上午，他去涪陵区看守所会见当事人。“法院说必须专案组民警陪同才能会见。没办法，我一大早就到看守所等，现在这个警察还没来。”靳学孔说这话时，是中午12点。

他希望记者不要报道这些，“免得这个警察看到了，那样以后我会见更难。”

更谨慎的北京律师，则拒绝与记者接触。

“挺李”者：“不畏权贵之精神”

愿公开谈李庄且代理涉黑案的北京律师，目前记者只找到朱明勇一人。

11月24日，受龚刚模涉黑案第二被告人樊奇航家属委托，朱明勇到重庆会见樊奇航。

那也是朱明勇第一次见到李庄，此前他没听说过这个人。

朱明勇与李庄，还见过几面。朱明勇回忆，李庄总是在讲与重庆方面的争吵，或为了不让警员陪同会见，或是当面指出警员涉嫌刑讯逼供要求其回避。

李庄被捕后，记者曾听到一段李庄与警员争吵的录音。掌握此录音的人士说，当时重庆方面坚持要派警员陪同会见当事人，李庄强烈反对。

录音里，李庄大声说，“什么时候你们不陪同了，我就什么时候见。只要你们陪同，我就不见。到时候案子开不了庭，政法委要追究你们的责任。”

与他对话的警员声调不高，说：“我们要保障犯罪嫌疑人的安全。”

这些细节，给朱明勇留下的印象是，李庄性子直且急，但很仗义。12月初,朱明勇与李庄甚至谈起过“这次是要抓我还是要抓你”的话题。

12月24日深夜，朱明勇在自己博客中写到：李庄身上有一种不畏权贵的气质，他身上那种仗义执言的精神，正是中国律师所缺少的精神。

不过，根据重庆警方公布的信息，李庄的“形象”，与朱明勇的描述相去甚远。

按警方信息，李庄是一个“无良律师”，他仗着“上面有人”，试图以伪造证据、唆使被告人龚刚模翻供等手段“捞人”赚钱。

本地人：重庆声讨“黑律师”

李庄被抓后，重庆本地一致叫好。

“李庄太坏了，把我们重庆人当傻儿。”12月26日，重庆一名出租车司机说。这名司机的信息来自本地媒体，也来自坊间传闻，例如：李庄给北京同行发短信说：够黑，人傻，钱多，速来。

不过，12月25日，李庄的辩护律师高子程说，李庄否认发过此类短信。检方起诉李庄的证据目录里，也没有相关证据。

12月14日，就李庄被捕案，重庆市司法局、市律师协会召集部分律师座谈。据当地媒体报道，该市律师协会会长孙发荣“声讨了律师行业内这种害群之马的恶劣行为，要求律师要加强自身修养，正确履行自己的法律职责。”

12 月 18 日，新上任的重庆市司法局局长林育均称，北京律师李庄涉嫌伪造证据的案件，重庆也有个别律师参与其中，这些问题给重庆的律师工作敲响了警钟。

重庆本地律师周立太，此次也明确站出来支持打击“黑律师”。

12 月 19 日，应邀到中国青年政治学院演讲的周立太说，律师不应该只为自己开罪，而要首先自省。他认为目前律师圈的风气非常不好。有的律师不遵守职业道德，到处“捞人”，“这已经不是个别律师，而是部分”。

周立太说，之前重庆也有律师因“捞人”被捕，李庄案对于律师圈是个警示。

“消极派”：律师担心未来环境

“黎强肯定要上诉，不信我们来赌钱。”12 月 29 日上午，黎强涉黑案宣判后，排队等着拿判决书的重庆律师们有说有笑。

让他们轻松的，是宣判中有 8 名曾被检方指控涉黑的被告人，法院判决不涉黑。还有一名被控为“保护伞”的落马官员，只被判定受贿。

但步出法庭，重庆律师冯伟（化名）谈的话并不轻松。在他看来，李庄案，对刑事辩护律师职业，是一个打击。

“不是说不能抓律师，律师果真犯法了，当然该抓。只是目前流传的信息，能否说李庄犯罪，还无法判断。但有关部门营造的气氛，对律师群体相当不利。”冯伟说。

冯伟称，他也遭遇了看卷难、甚至不许复印案卷的情况，“这一次辩护律师的权利肯定是受到了侵犯。”

冯伟认为，律师权利较之早些年被尊重了很多，但李庄案让局势一下子回到了过去。他认为，因李庄案深受打击的律师业，应面对现实。

不过，冯伟并不赞同李庄与侦查机关的激烈对抗。“在特定时期下的特定案件，有些谋略、目标，是需要通过法律以外的手段实现的。这并不表明法律无用，法律对其他案件还是可用的。”冯伟说。

冯伟的信条是，“信仰要坚持，现实要承认。”

在重庆红刚律师事务所里，身为律所主任的朱红刚说，对李庄案，老律师们反映很激烈，他们感叹“生存环境太艰难”。

这两天，身为重庆市律协刑事委员会副主任的朱红刚，一直在积极倡议律协组织律师去旁听李庄案。

“不管李庄是否有罪，这个案子对刑辩律师是有警示意义的。”朱红刚说。

年轻的律师钟华（化名）对未来显得悲观，“经历了这个事情后，愿意代理刑事案的律师肯定会更少。”

“研究”者：学者的反思与建议

在打黑进入审判阶段后，重庆开始研究“打黑”。

12 月 28 日，重庆市委一名官员透露，应重庆市高层要求，西南政法大学等院校已组织一批学者和专家研究打黑。

在重庆学者的课题报告里，重庆内部第一次发出了反思的声音。

记者辗转获得的部分课题报告中，针对李庄案的反思，引人关注。

在这份报告中，西南政法大学一名学者提出，重庆方面在处理执法、司法与媒体关系的问题上一直比较成功，但对李庄涉嫌伪造证据、妨害作证罪一案的信息发布方式存在严重问题。

该学者称，根据搜集的资料，对李庄涉嫌伪造证据、妨害作证罪，重庆公安机关以通稿的形式，向媒体发布消息，当天晚上的重庆电视新闻台又以采访龚刚模、吴家友（龚刚模另一辩护律师）两人的形式，向社会证实李庄的犯罪嫌疑。随后，又允许媒体采访了诸多证人。

该学者认为，这些做法不仅不利于维护正常的侦查秩序，也不利于保护犯罪嫌疑人“无罪推定”的权利。

“在侦查期间，侦查机关立案、抓捕犯罪嫌疑人是国家执法机关的法定权力，是理直气壮的事情，可以向社会公布立案情况、涉嫌罪行和采取强制措施的情况，这是政府信息公开的义务，但没有必要、也不应当公布证实犯罪嫌疑的证人（即使是在押的）身份，更不应当公布证词内容。”该学者在文章中说。

该学者认为，正是因这一不成功的处理，导致了媒体对李庄案的大量质疑。因此，在侦查、起诉过程中，不应当公布证人情况和证据内容，应当成为侦查、起诉中处理与媒体关系的一条基本规则。

该学者建议，重庆打黑已经引起了全世界的关注，对文强等政府官员和司法官员的案件、重大黑社会犯罪案件，如果能够适当选择一些案件允许媒体现场直播，必将让更多人“感受到重庆打黑审判的文明、公正”，也能对审判起到很好的监督作用。

李庄当庭称无罪，五个申请被驳回四个

该案从上午审至深夜，控辩双方激烈辩论。

12月30日上午9时30分，北京律师李庄涉嫌伪造证据、妨害作证案在重庆江北区法院开审。庭审中控辩双方激烈辩论，甚至相互指责不懂刑法。律师为李庄作无罪辩护。

起诉书指控，现年48岁的李庄为北京康达律所律师。11月20日，龚刚模等涉黑案被提起公诉后，李庄接受委托，与同事马晓军一道担任龚刚模辩护律师。为此，龚的亲属支付律师代理费150万元。

起诉书称，12月12日，经龚刚模揭发，李庄因涉嫌辩护人伪造证据、妨害作证罪，被警方控制。

检察机关指控，李庄三次会见龚刚模时，诱导、唆使龚编造公安机关对其刑讯逼供等供述。为使供述得到法院采信，李庄还引诱证人作伪证。11月24日，李庄指使龚刚模亲属安排重庆保利天源娱乐有限公司员工作伪证。12月3日，李庄指使龚刚模的另一辩护人重庆律师吴家友贿买警察，为龚刚模被刑讯逼供作伪证。

“李庄军人出身，性格刚烈，工作风格或有缺陷，或给重庆带来麻烦，但尚不构成定罪理由。”李庄的辩护律师为其作无罪辩护。

辩护人称，截至被刑拘，李庄在龚刚模案中未曾向法院提交任何证据，未曾调查取得任何证据，且李庄希望出庭作证的证人均拒绝出庭。因此，李庄没有机会伪造或帮助伪造证据。龚刚模案控方证据固定且提交法院，李庄没有也不可能毁灭或帮助毁灭控方证据。辩护人称，李庄未曾接触龚案控方证人，指控李庄妨害作证，与事实不符。辩护人称，李庄接触过的唯有龚刚模。龚刚模受访时曾表示，李庄眨眼和眼神让其翻供，这种猜测不能作为认定依据。

当天庭审，从上午9时30分持续到记者截稿时（23时30分许）尚未结束。其间，审判长至少二次休庭，包括宣读公诉书、法庭调查等步骤。李庄的两名辩护律师分别是代理陈良宇案的高子程和浙江著名律师陈有西。

李庄当庭递交五个申请，分别是：对龚刚模伤情进行司法鉴定；申请龚刚模、马晓军等8位证人出庭质证；调取李庄在会见龚刚模时的录像录音证据；申请延期审理其本人的案件；申请将其案件移交重庆之外的其他具有管辖权的法院进行审理。

休庭10分钟合议后，审判长当庭宣布，法院委托重庆市法医验伤所对龚刚模进行鉴定验伤。12月29日，重庆市法医验伤所做出鉴定，法院当日送达李庄辩护律师。

关于8位证人出庭一事，法院送达通知后，8人均表示不愿意出庭。此外，重庆市江北区看守所答复，仅有实时监看装置，但没有录音录像功能，无法提供李庄会见龚刚模时的监控录像。

李庄提出的延期审理和异地管辖的申请，审判长称于法无据，依法驳回。

被驳回后，李庄又提出回避申请："我申请3位审判员、3位公诉人和2位法院书记员集体回避。"

审判长以刑法未就集体回避作出明文规定驳回。

李庄又说："那我逐一申请3位审判员、3位公诉人回避，一共6份申请。"审判长同样予以驳回。

渝法医鉴定龚刚模"手腕有伤"

辩方称该结果可证明警方确有刑讯逼供；公诉方未进行回应。

12月30日李庄案庭审现场，重庆法医验伤所做出的司法鉴定称：李庄的当事人龚刚模被鉴定有伤。

进展：腕伤鉴定结果出炉

庭审现场，为了证明自己没有唆使龚刚模编造遭刑讯逼供的谎言，李庄当庭提出，为其当事人龚刚模做司法鉴定。

审判长付鸣剑表示，该院已委托相关机构给龚刚模做了医学鉴定，鉴定结果已送达辩护律师。

龚刚模的辩护律师当庭介绍，江北法院在辩护律师高子程、陈有西的一再申请和坚持下，委托重庆法医验伤所，到江北区看守所为在押的龚刚模进行了验伤鉴定。

29日晚9时许，收到了法院送达的鉴定结果。两名律师称，鉴定结果显示，龚刚模手腕有伤痕。

重庆法医验伤所送达的无密级《法医临床学鉴定书》（重法[2009]临鉴12字第5926号）显示，龚自诉近期未受损伤，双手曾戴过手铐。检验则见：左腕关节桡侧有一1.5×0.5cm色素沉着区，其中有1.3×0.1cm色素减退区。左腕关节尺侧有一1×0.5cm色素沉着区。

鉴定分析为：龚刚模左腕部色素沉着、减退区系皮肤擦伤（为钝性物体所致，如手铐、钝性物体碰撞等）愈合后遗留。结论为：龚刚模左腕部色素沉着、减退区系钝性物体所致擦伤后遗留。除左腕外，未见确切伤情。

公诉方：看守所未查出伤口

庭审现场，公诉方未回应验伤结论。质证阶段，公诉人继续出示了多名看守所和专案组警员的证言。

公诉人幺玲宣读的看守所医生的证言称，龚刚模进入该看守所时，进行了体表检查，没有发现体表有伤。

负责看守警员证言称，看守所监管龚刚模的警员未曾发现审讯警员有刑讯逼供行为，且每日巡查。负责审讯的警员张科的证言称，审讯依法进行，每天白天审 7 个小时，晚上休息。

辩方：作证警员疑“逼供”

李庄的辩护律师陈有西质疑称，警方提供的一份审讯笔录时间为清晨 5 时 10 分开始，看守所此时应该没有上班，而笔录显示审讯已开始，陈有西认为警方极可能通宵审讯，而警员张科的证言有假。

辩护律师还指出，张科正是李庄多次向重庆司法部门反映的参加刑讯逼供的警员，让他和他的同事证明没有刑讯逼供，这些证言均不可信。

根据龚刚模的伤情，两名辩护律师和李庄均认为，龚刚模确被长期悬吊过，刑讯逼供的指控得到法医学鉴定证据的支持。因此，控方指控李庄唆使龚刚模编造刑讯逼供的谎言不成立。

控辩舌战酣，频闻法槌声

审判长多次休庭和提醒别跑题；专家称其遭遇挑战前所未有。

刚开庭，李庄提出“申请审判员和公诉人集体回避”。这是付鸣剑要面对的首个挑战。

李庄称，自己的案子是龚刚模案延伸案，同一个专案组侦办两案，他发现侦办组中有警员涉嫌刑讯逼供龚刚模。因此，请求审判员和公诉人集体回避。

付鸣剑扭头与左右陪审员交流后，驳回该申请。

“经合议庭合议，被告人李庄的申请无法无据，当庭驳回并不得申诉。”付鸣剑说。

李庄再次要求当庭递交 6 份书面申请，遭到付鸣剑拒绝，理由是“庭审已经进入质证程序”。

“法院给我的《被告人权利告知书》上，写明了我有这个权利，审判长却都给我驳回了。你哪怕出去方便一下，然后回来跟我说不行，也可以啊。”李庄力争。

付鸣剑挥槌宣布，“休庭 10 分钟”。

10 分钟后，付鸣剑允许李庄递交申请，对其申请一一作答后，要求公诉人询问被告人。

“证人都有义务出庭作证，8 个证人有 7 个被重庆公安关起来了，他们不愿意出庭，你们完全可以强制他们出庭。”因没有证人出庭，李庄拒绝继续下一环节。

“如果我的这些合法权利都得不到保障，这个庭开下去就没有什么意思了。我一句话都不说，也请我的两位辩护人保持沉默，让审判长和公诉人他们两个去审……”李庄随即沉默。

公诉人连续问了 2 个问题，李庄都沉默以对。公诉人随即决定，放弃发问。

付鸣剑让辩护律师开始询问。

“我有满肚子的话要说，说话的前提是依法，我已经做好了进监狱的准备，你们想怎么判就怎么判吧。”李庄还劝审判长把案子移交出去，“尽快丢掉我这个烫手山芋”。

“被告人李庄请注意，今天是人民法院开庭审理你涉嫌伪造证据和妨害作证罪，请你遵守法庭程序。”公诉人突然插话。

“那我申请让 3 位公诉人回避。这个，需要检察长才能答复，你审判长无权决定。”李庄又说。

庭上庭下，都注视着付鸣剑。他再次敲槌，“休庭 10 分钟”。

申请再次被驳回后，李庄突然表示愿意配合庭审。

“我保留我的权利，但我们不能浪费司法资源，请公诉人重新提问。”李庄说。

举证阶段，检方相继宣读了龚刚模、李庄的助理律师马晓军的证言。

因事先没有获得马晓军的证言，辩护律师要求查看，被检方当庭拒绝。

“你代表国家检察机关出庭，按你说的，你的证据都是合法的，那为什么藏着掖着不敢拿出来给大家看看？你们不让证人出庭，证人证言不给辩方看，你们究竟有什么猫腻？”李庄辩护律师陈有西当庭质疑。

辩护律师当庭请求审判长付鸣剑，出面要求检方提供材料。

付鸣剑再次与左右低声商议后，要求控方将材料交由法警，送给李庄和辩护律师查看。

当控方宣读了龚刚模的辩护人、重庆律师吴家友的证言时，高子程和李庄再次提出，“我们没有见过吴家友的证言材料，请求现场查看。”

付鸣剑此次没有直接裁决，而是问公诉人幺玲：“公诉人，你对辩方的要求有何意见？”

“审判长，公诉人听从法庭的裁决。”幺玲回答。

这一次，付鸣剑没有支持辩方请求，他看了看幺玲说，“公诉人，你可以直接进行下一组证据的举示了。”

没有得到法庭支持，辩护律师笑着摇头。

在质证阶段，付鸣剑不得不频繁提醒双方注意庭审的程序。

“龚刚模 9 月份的笔录中，就说过自己被黑社会敲诈。此时，李庄还不认识他，怎么能说龚刚模被敲诈是李庄诱导编造的呢？”质证阶段，辩护律师高子程提出，不能认定李庄唆使龚刚模家属做伪证。

“我提醒辩护人，现在是法庭质证阶段，辩方应就证据的合法性、真实性和关联性发表观点，其他的看法可以在辩论阶段发表。”付鸣剑打断说。

庭上，李庄不断重复讲述同一时间或观点，也遭到付鸣剑的提醒。

在查看马晓春的证言材料后，辩护律师高子程质疑说，马晓春不是李庄的同案犯，是一个普通证人。可警方将其关在看守所，这是非法的。作为检察机关代表，公诉人本应监督，但却不制止纠正，还拿到庭上作为指控被告人的证据，实在不妥。

其间，付鸣剑多次提醒，“请辩护人就举证的证据发表看法，简明扼要地表达自己的观点。”

公诉人幺玲当庭回应：“证据合不合法，关键看取证主体、程序和形式要件是否合法，上述证人证言都是两名侦查人员在场的情况下进行询问的，符合法律规定，而且询问笔录都有证人的签名和捺印，形式要件也是合法的。”

“我提醒辩方注意，不要无端指责公诉机关。我还想提醒辩方注意，这是人民法院，请注意你的坐姿，也不要对公诉人指指点点。”幺玲说。

现场，双方气氛紧张。

因麦克风距离太近，庭下的旁听者不时听到审判长付鸣剑喘息和叹息声，看到他用手抹额头擦汗。

记者发现，付鸣剑在训诫辩护人时，说成了训诫公诉人，还说错了时间。

在庭审即将结束时，公诉人幺玲做了最后一次陈词。发言中，她说李庄在重庆期间，龚刚模家属曾经安排他在一家四星级酒店五六千一晚嫖宿。

“你这是诽谤，我嫖谁了，你认识吗，有证据吗？”幺玲此话引起李庄强烈反应。

而辩护律师陈有西也表现得相当气愤：“你这是法律审判没有证据了，搞道德审判。这与今天的案子有关吗？我一直还很敬佩公诉人的敬业精神，但是你这句话让我觉得你人格有问题。”

审判长付鸣剑对双方“跑题”的争执，没有制止，随即宣布庭审结束。

隐秘“大师”王林的金钱之路

刊发日期：2013年7月22日

记者：张　寒

人物志

王林，上世纪80年代末90年代初成名的气功师。

他一直以来的低调被2013年7月马云的一次拜访打破。网友的质疑让他重回公众视野。在江西萍乡，他一直延续着自己“大师”的神话。他用变蛇的绝活和为元首治病的传说，加上对人心理的精于琢磨，保持着他的神秘和吸引力。

通过不断地被引荐，他成为众多明星和某些官员拜访的对象。这种拜访为他搭建了一个属于自己的圈子。

在圈子里，61岁的他运用各种手段，整合资源，找到了自己生存和获利的空间。这个空间成为他的“金钱王国”。

3辆悍马、一辆劳斯莱斯停在题有“王府”两个字的院子里。车牌号码是四位或五位的相同数字。

“大师”王林喜欢悍马。他说，“接送朋友安全”。其中一辆“是美军打伊拉克用的悍马，扔15个手榴弹都没事”。7月，他用悍马接来了马云、赵薇和李连杰。3个人在他家中的照片放在网上，引发了网友对这个“气功大师”的质疑，司马南叫板说要揭穿他的骗术。

2013年7月17日，王林在家中接受新京报记者采访

王林的安全感被打破了。他习惯了生活在江西萍乡市芦溪

县涂成金色、严丝合缝的大门后。他是拥有神秘感、需要别人引荐才能拜访的“大师”。

上世纪90年代气功潮之后，大师纷纷被拉下神坛。当时已成名的王林有着自己的生存策略。这十几年，他极少接受媒体采访。在相对封闭的空间里，经营着名声、财富和权势。

气功还是杂耍?

王林扣好盆子，让马云点燃了纸巾。这是个仪式性的步骤，纸巾燃烧完，蛇就会出现在倒扣的空盆里。王林从盆里抓出蛇，满屋子甩，引起不断的尖叫。这些情节出现于王林留存的独家视频里。

空盆来蛇，对他的追随者来说是无可置疑的奇迹。萍乡一家企业的老总谭曙耀特意跑到王林家中，表达他对质疑者的不满。谭曙耀曾是萍乡市公安局缉毒支队政委。他向新京报记者强调,看了200多次表演“毫无破绽”,他请求王林向记者表演,“亲眼看了就信了”。王林矜持地拒绝。他回答起来字斟句酌，不再说这是奇迹。“这和魔术有一定区别，是千年流传下来的民间杂耍”。

杂耍意味着不是真的吗?

对这种追问，王林露出模棱两可的微笑，“不要深究了。信就信，不信就拉倒”。他不提气功和特异功能，“都叫我大师，我都不知道我是什么大师”。这和他之前的说法大相径庭。在他自费印刷的名为《中国人》的书中，提到之所以可以空盆变蛇，是用意念搬运，意念是气功的最高层。他跟身边人有过更生动的解释：在掀开盆子前的0.01秒中，他的意念出窍，到野地里抓蛇，放入盆中。

对于司马南的叫板,王林最开始不屑一顾。说着说着,突然激动起来。他站起身，双拳紧握，屈臂横在眼前。大喝一声，打了一套拳。最终的定格是金鸡独立，食指和中指死死地指向一个点。“你司马南吃几碗饭，敢和我叫板?我用气功隔几十米都能戳死你。”王林说。

采访时，他会提到自己的特异功能在日本经过17个科学家7天7夜测试,被专门报道。美国情报部门请他出国定居,承诺给他70张绿卡，而他舍不得家乡不肯去。

“我不会法术，一个人最要不得的就是迷信”。对于网络的质疑，在追随者面前说一不二的王林显得有点不自信。他多次试探着问新京报记者，“这个快过去了吧？”

他想回到之前的生活。

营造治病传奇

“气功大师，萍乡首富。”在萍乡，几乎每个人都能说出王林的故事。

关于他治愈印度尼西亚第二任总统苏哈托的事，是议论他传奇最好的凭证。“治好总统能是假的？”

王林在芦溪的宅子叫王府，一幢五层别墅，带后花园。与县政府一墙之隔。别墅里，有两层专门放他和官员以及明星的合影。明星的合影多到王林懒得一一介绍。他更多地让新京报记者注意他和外国国家元首的合影。他与苏哈托的合影，以及所谓的苏哈托写给他的题词，时间是1994年，他熟练地背出题词“感谢上帝唤来了大师，治好了我和夫人的病，愿上帝赐福于大师”。

这些合影看上去年代久远。看上去照片里也是苏哈托本人，旁观者很难辨出合影的真伪。在他的《中国人》一书中，有关于苏哈托会见他的故事。大师拒绝吃苏哈托的米糕，总统周围的文武百官吓得拜倒在地，因为拒绝总统（皇帝）是要杀头的。这一段用来衬托王林的镇定自若、谈笑风生。

他手机里有张照片。是对着俄罗斯国防部长的后背发功的场景。他说这是前不久刚刚见过的。问国防部长是什么病。王林严肃起来，“这是机密，不要随便问。”

王林常常说，“我治好的病人有50000”。话又不会说得太满，他说病也有治好的，也有治不好的，看缘分。

他也不再提用气功治病，而是说用手法和草药。

他的秘书雷帆提到大师的艰辛：用气功给脑瘤患者治病，因为太过用心，7个脑瘤侵入大师的脑子，闭关很久才把脑瘤治好。

跟随王林十多年的李密（化名）说，王林很少给本地人治病。对于王林所说的治病免费，他说偶尔也会免费，但能请王林治病的都是富人，“给钱绝对不会少”。他说，去年曾经有人来找“大师”治病，“大师”见来人没开车，直接拒绝了。

被修改的人生

“大师”的人生经历也是他营造传奇的一部分。

他的官方版本这样叙述：7岁离家，峨眉山拜道士学艺。学艺回来上山下乡，因破坏农业学大寨，“文革”时被关进监狱。中间为了救两个不该死的杀人犯，越狱一次被抓回后加刑。平反后出狱，在深圳开公司，拿到香港身份后回到家乡。

他自己出版的书里会写，他在牢里移来鸡鸭鱼肉，大吃大喝。手铐脚镣一扭就开、形同虚设。而实际上，和他一起在江苏第四监狱呆了4年的狱友黄招君，对当时的王林印象深刻。他说王林在牢里常因说大话被揍得鼻青脸肿。他会把子虚乌有的事说得天花乱坠。“听得我脸上都挂不住”。他在监狱里没有见识过王林有什么功夫，“有就不会被打了”。王林在监狱里变过空杯来酒，在黄看来并不稀奇，那时在监狱里是可以弄到酒的。但在牢里，王林从来没变过蛇。黄说王林1987年左右出狱。出狱前，他买了台收录放合一的三用机，拧到最大音量，放着音乐出了门。“要让全世界知道自己出去了”。

关于学艺经历，王林常常语焉不详。和他一起长大、一起下乡的街坊欧阳耀南说，在下乡插队前，王林从未离开过芦溪。他跟着街上玩杂耍的人学会了变酒变烟。下乡后，萍乡的杂技团到他下乡的地方表演，看王林在这方面有些基础，教了他半个月。对于这些，王林觉得不值得一驳。他说一起长大不代表知道他有没有离开芦溪，“那时候谁顾得上谁？”

关于峨眉山学艺的具体地点，问得紧了，王林会感叹，“唉，那地方早就拆了”。

对于“为什么这么有钱”这个问题。他回答，“我没偷没抢，警察没抓我，你管我的钱是哪里来的”。

掮客？

除了3辆悍马和一辆劳斯莱斯，王林还有辆保时捷，在深圳、南昌和香港等地都有房产。但现在手中没有实业。

他以香港人身份回到芦溪，芦溪县政府将芦溪宾馆卖给了他。王林说，也没赚到钱，几千万买的就几千万卖了。而芦溪县政府工作人员的说法是，当时县宾馆卖给王林很便宜，后来他转手给房地产商，“在这中间赚了至少上千万”。

王林的更大能量来自于他和某些官员的关系。芦溪公安局一位负责人说，芦溪常会有一些官员到王林家中，公安会负责一些保护工作。

王林说，“我王林想搞什么项目都搞的来”。他和原江西省政协副主席、中共江西省委统战部部长宋晨光关系很好。有媒体称，他是宋晨光的高级顾问，宋常常会找他占卜官运。王林否认。他说两人是好朋友。他常劝宋“千万别为了小利坏了大事”，要好好为官。去年4月，宋晨光因犯受贿罪被判处死缓。

王林自称和原铁道部部长刘志军是好朋友。2006 年，他引荐本地企业家邹勇去找刘志军，申请下了一个货场——赣西电煤集团。邹勇说当时在铁道部确实见到了刘志军，两人看起来很熟。当着邹勇的面，王林对刘志军说要帮他办公室弄一块靠山石，“保你一辈子不倒”。后来两人的说法有了出入。王林说，邹勇为感谢他办成事，给他送了 1740 万的礼金和劳务费，并给他买了辆车。而邹勇认为，当时送给王林的是 50 万现金和在北京花 200 多万买的一套房。“该感谢的我都感谢了。”他否认那 1740 万元都是礼金。

王林常常会觉得遇到的都是忘恩负义的人。他说自己曾经帮宜丰一个黄姓企业家买地。领导批准后，他帮企业家送了 50 斤黄金。后来他和这个企业家发生纠纷。企业家到他家拉了横幅，并威胁他如果不给他几千万，就将王林给领导送礼的事情说出去。王林慨叹，为了息事宁人，“拿了 1000 万给他”。直到现在，那个领导还不知道这件事。“我王林真是做了大好事，那领导听到都得哭”。

放高利贷的秘诀

黄姓企业家否认这一点。

他说所谓的威胁都是无稽之谈。他确实带人去了王林家，不过是带着自己的亲属，希望能要回点钱。最终王林给了他 1000 多万，还了他的房子。他说自己走投无路了。他向王林借了 1 个多亿的高利贷。最后利息到了 7 分。“最高时一天利息就要 300 万”。他自称被追债，最终借了几十个朋友的钱，凑上了公司的股份、家里的房子甚至妻子的嫁妆。“倾家荡产”。向王林求证此事时，他不愿意多说。他承认曾经放过高利贷，但是“放高利贷又不犯法”。

王林还描述了如何能够避开高利贷的法律法规。他说国家要求借钱的利息不能超过一分二。想要放高利贷除了利息之外，可以设立其他名目，比如保管费、罚款费。这样就能保证不犯法。

王林也曾借钱给芦溪县政府。财政局原局长吴启循说，王林借给县财政几千万，用来修路修河。利息比银行的要低。“他为芦溪的发展做出过贡献”。王林常常会说自己支持政府。政府的武功山开发、水泥厂都是他支持资金办成的。但芦溪县政府已经不再向他借钱了。李密说，王林脾气不好，说好的借款期限常常不算数。他突然说要还钱，在他规定的时间内必须还清。因为水泥厂的借钱没有按照他的时间还，他曾经到政府大闹过。“政府再不敢跟他借了”。

而对于借高利贷的目的，王林的说法是“取之于民，用之于民”。赚的钱他要用来做慈善。

“师徒”纠纷

最近，一场官司让王林感觉到世间险恶、人心难测。

身为江西省人大代表的邹勇认为，王林以收徒为名骗他钱财。王林则提起诉讼，要求邹勇归还他的房款。按邹勇的叙述，王林鼓动他拜师学法术。2008年，邹勇拜师。王林要求他交500万的拜师费以表诚心。后来又要邹勇送他700多万的劳斯莱斯和200多万的保时捷。之后又有黄金和拜师礼的红包。

邹勇崇拜王林，折服于他变蛇、断蛇复活的神奇。而王林和某些官员的交往更让他觉得此人能耐极大。

邹勇记得，王林曾说自己是他的关门弟子。交钱后，王林给了他几本练功心法。其中一本是线装书，上写“万法归宗”四字，里面画了各种符号和口诀。王林要求他熟读。

练功时，邹勇红绳系在右手，伸展呼气36下，用小板凳拍前胸和后背各6下，如此往复。“开气门”。

开气门是第一层，到第二层是练意念，第三层是法术。

邹勇什么都没练成。他认为自己受骗了。王林并不认为邹勇是他徒弟，也没有收他的钱。对于他印刷的书中出现和邹勇的师徒合影。王林笑了，“就是让他风光风光嘛，哪里是什么徒弟？”对于用小板凳拍胸的说法，王林摇头，“你说他傻不傻，这么拍怎么能有用呢？”他不承认邹勇给了他拜师费。当被问到邹勇是否送了他一辆劳斯莱斯时，王林回答：“他送我东西我又不犯法”。

两人的经济纠纷从礼金到房屋款、借款和拜师费。关于房屋纠纷的，王林一审胜诉。

两人都在等待二审开庭。

慈善家王林

王林和芦溪县的普通人很少来往。

他更多的是和官员、明星打交道。但他过年会给贫困户捐米、油、肉和鱼。

民政局社会救助管理局副局长潘忠伍说，在他任上，王林已经坚持了10多年。多时（捐）几百万，少时也有几十万。“这算得上实实在在给老百姓做了事。”潘忠伍说。

新京报记者到王林家里，他找出那些贫困户的名单，拍得很响，“有钱人多了，谁能像我坚持这么多年？我不放高利贷，哪里来几千万给老百姓？”他多次向新京报记者提到自己的捐款数据，有时候说一年六七百万，有时候说一年上千万。除了每年的捐赠，王林还提起他捐给政府的建勋寺。“这个寺庙花了我1.3亿。”

据李密说，寺庙花的钱没这么多。王林张罗了很多名流朋友，“他没花什么钱”。王林不这么认为。寺庙的功德碑上刻着王菲、李亚鹏等人的名字。王林说虽然有那么多人名，但更多的是他为了给朋友面子。“钱基本上都是我出的”。他随手拍了下庙门口的石狮子，“你知道这多少钱吗？汉白玉的，200万。”

慈善为他赢得了一些声誉。曾经认为他为人傲慢的人，经过这几年，也会说起，他每年坚持帮贫困户，不容易。

光环渐褪

王林意识到自己老了。

他的光环也不再那么耀眼。芦溪县公安局一位负责人说，他和现任领导的关系不像以前几届那么好了，领导能不去他的家里，都尽量不去。

外地的官员也来得少了，不像以前那么大张旗鼓。

他身边的人慢慢意识到，他并没想象中那么神秘。

李密说，曾有人发现他在一个福建人那里买蛇。还有人在他的花园里发现了一大堆被埋的蛇骨。他们想，这也许是他断蛇复活之后的那些牺牲品。在给马云、李连杰、赵薇变蛇变酒的视频里，能清晰地看到，他在变酒时偷偷换了一个杯子。

对于被拆穿的吹断筷架的视频，王林一摆手，说那本来就是闹着玩的，假的。

曾经有很多人希望在他身上获取些东西。后来发现，除了孝敬一些红包给他，王林并没有真正帮他们改变命运。

网络上的质疑让他感到疲惫。在又一次大骂司马南之后，他靠在椅子上，显得意兴阑珊。“算了，不跟他计较。”

（实习生付宗恒对本文亦有贡献）

北大五学者建言审查拆迁条例

刊发日期：2009 年 12 月 8 日 ~12 月 31 日

记者：郭少峰　杨华云　李静睿　张太凌　张晓玲等

学者建言审查拆迁条例

北大 5 位学者建言全国人大，称条例与宪法物权法抵触。

2009 年 12 月 7 日，北大法学院五名学者通过特快专递的形式向全国人大常委会递交了《关于对〈城市房屋拆迁管理条例〉进行审查的建议》，建议立法机关对《城市房屋拆迁管理条例》进行审查，撤销这一条例或由全国人大专门委员会向国务院提出书面审查意见，建议国务院对《条例》进行修改。

五名学者分别是，北大法学院姜明安、沈岿、王锡锌、钱明星和陈端洪。他们认为，国务院 2001 年 6 月 6 日颁布、2001 年 11 月 1 日开始施行并沿用至今的《城市房屋拆迁管理条例》（以下简称《拆迁条例》）与《宪法》《物权法》《房地产管理法》保护公民房屋及其他不动产的原则和具体规定存在抵触，导致城市发展与私有财产权保护两者间关系的扭曲。

建议书列举了《拆迁条例》与现行法律存在三方面冲突，姜明安解释，“当然不限于这三方面的冲突，我们只挑选最主要的三方面。”

姜明安还表示，《拆迁条例》还有很多法理上的问题，譬如违反正当的法律程序，“自己不能做自己的法官”。他举例说，依据《拆迁条例》拆迁范围由行政机关确定，可以由政府去拆迁，也可以向人民法院申请强制拆迁，这明显地违反了程序正当原则。

姜明安解释说，最近一段时间，由于城市拆迁引发了大量的社会矛盾、冲突和群体性事件。

在解释为何要建议对《条例》提出审查时姜明安还表示，虽然绝大部分城市拆迁是“为了城市发展”，但如果不能解决城市拆迁所涉及的城市发展的公共需求与公民财产权保护之间的关系，“很可能会事与愿违”。

建议书列举了《拆迁条例》与现行法律存在三方面冲突。

冲突 1

依据宪法和法律，补偿应在房屋拆迁之前完成，而《拆迁条例》却将本应在征收阶段完成的补偿问题延至拆迁阶段解决。

冲突 2

征收、补偿主体应是国家，征收补偿法律关系应是行政法律关系，《拆迁条例》却将补偿主体定位为拆迁人，将拆迁补偿关系界定成民事法律关系。

冲突 3

对单位、个人房屋进行拆迁，必须先依法对房屋进行征收，而《条例》却授权房屋拆迁管理部门在没有依法征收的前提下就可给予拆迁人拆迁许可。

对话梁慧星：建议废除拆迁条例

全国人大代表、全国人大法律委员会委员梁慧星表示，国务院应尽快出台《征收条例》。

2004 年 3 月，全国人大通过了宪法修正案，国家为了公共利益的需要，“可以依照法律规定对土地实行征收或者征用并给予补偿”。三年后，物权法通过，“为了公共利益的需要，依照法律规定的权限和程序可以征收集体所有的土地和单位、个人的房屋及其他不动产”。但是，2001 年出台的效力低于法律行政法规的《城市房屋拆迁管理条例》打败了那些“钉子户”们手上举着的宪法和物权法。

12 月 10 日，全国人大代表、全国人大法律委员会委员梁慧星接受本报专访时表示，物权法 2007 年生效后，《拆迁条例》当然就失效了，国务院应该废除《拆迁条例》，建议尽快出台《征收条例》。

解决滥用征收问题

新京报：物权法立法时，就曾提出过《拆迁条例》的问题。

梁慧星：当时就已经注意到地方政府滥用国家征收制度，严重损害民众合法利益的问题。

比如，把农民的耕地、宅基地以很低的补偿价拿来，然后以市场价出让给企业，补偿价和市场价之间巨大的经济利益就被地方政府拿去了，还有的低价拿来土地使用权，以优惠价出让给企业，巨大的利益就被地方政府和企业瓜分了，为什么会出现那么多涉及土地的贪官呢？企业为

2009 年 12 月 17 日，武汉市洪山区左岭镇高家山村，一名阻止强制拆迁的的妇女被执法人员挡在现声外围

了分享巨大差额，就贿赂那些决定土地使用权出让的官员。

所以滥用这个制度，不仅导致损害民众利益、社会不安定，同时也使干部队伍中犯错误的不断增多。

物权法起草时也注意到这是个巨大的社会不公正，因此，想用物权法解决滥用征收制度的问题。

新京报：什么是国家征收?

梁慧星：国家征收是各个国家都有的一个制度，是对个人和单位私有财产的一种强制收买，因为宪法、物权法都规定私人合法财产受法律保护，物权是排他性权利，任何人不能侵犯，同时呢，国家为了公共利益需要取得土地，这个时候按理应该按合同法去和土地所有权人或者使用权人谈判，但是按合同法去谈判有可能谈不成，公共利益目的不能实现，所以需要采取强制收买的办法。

新京报：国家征收不能是无偿的。

梁慧星：对。虽然在手段上采取的是强制手段，实际上是一种市场交易，还是要符合交易规则，是有偿的。

国家征收必须满足三个条件。第一，公共利益的目的，商业目的绝对不行。第二，要有法定程序，要有国家征收法，要有法律规定的权限和程序。第三，必须要公正补偿，要和当时的市场价格差不多才叫公正补偿，不能因为征收使被征收人吃亏。

新京报：但发生的很多拆迁案件往往都是因为补偿问题。

梁慧星：2004 年修改宪法时，规定了“给予补偿”，有很大弹性，物权法立法时，也提出各种方案，公正补偿、合理补偿等，后来采取了具体化的办法，比如，“征收单位、个人的房屋及其他不动产，应当依法给予拆迁补偿，维护被征收人的合法权益；征收个人住宅的，还应当保障被征收人的居住条件。”

新京报：如果严格按照法律规定补偿，基本能达到公正补偿的要求吗?

梁慧星：对啊。从物权法看，最大的目的就是要解决滥用征收制度的问题，滥用征收就是用强制手段去取得商业用地，物权法把商业用地排除出去了，绝不允许商业用地采取征收手段，不允许政府的拆迁办利用公权力去拆迁。

条例与法律抵触

新京报：但是还有很多地方没有按物权法要求做。

梁慧星：物权法规定了国家征收制度，国家应该专门制订法律，名字应该叫国家征收法，不能用国务院的行政权去制订行政法规，而应该由全国人大及其常委会制订法律。

新京报：2007年全国人大授权给国务院了。

梁慧星：全国人大可以把制订征收的权限、程序的立法权委托给国务院，先由国务院制订条例，是可以的。这个授权是合法的。

新京报：那能不能说，2001年国务院出台的《拆迁条例》就是合法的呢?

梁慧星：不能用这个授权来认定《拆迁条例》的合法性，这个很简单，是个常识,《拆迁条例》这个“儿子”在先,《房地产管理法》规定授权的那个“结婚”在后面，“先有儿子后有爸”，这是违反常识的。

法律是严肃的,不能糊弄人,既然2007年全国人大常委会作了授权,那国务院就应该根据授权起草一个具体的办法，制订一个根据公共利益征收土地使用权、房子等不动产的国家《征收条例》。

新京报：那这样说来,《拆迁条例》就无效了?

梁慧星：不能因为后面有个授权，前面的就合法化了。根据2004年的宪法和2007年的物权法，它已经丧失效力了。

新京报：还有其他的原因吗?

梁慧星：不仅因为它在先，还因为它没有区分公共利益，把一切拆房子都拿来管，拿去为企业取得商业用地拆房子。

《拆迁条例》第一条：“为了加强对城市房屋拆迁的管理，维护拆迁当事人的合法权益，保障建设项目顺利进行，制定本条例”。这里说的建设项目主要是指商业项目，不是说公共利益比如修机场、高速路、公立医院。所以，它和《城市房地产管理法》2007年的授权截然不同，丝毫没有那个授权的内容。

新京报：但是《拆迁条例》是很多地方拆迁的依据。

梁慧星：所以说，现在按照《拆迁条例》拆房子完全是违法的，按照宪法、物权法规定，绝对不允许任何单位、地方政府、任何部门利用公权力滥用国家征收，利用强制手段去给企业拆房子。

新京报：应该怎么解决?

梁慧星：北大5个教授建议全国人大审查《拆迁条例》的要求，完全是合法的。我建议全国人大常委会查清问题，并立即作出决定，废止

《拆迁条例》，还要表明态度，从物权法实施起，《拆迁条例》早已失效，任何单位和地方政府不得再执行它，执行都是违法的，并且要求国务院尽快按照《城市房地产管理法》的授权，制订国家征收条例。

新京报：那之前按照《拆迁条例》被拆了房子的人该如何维护自己的合法权益呢？

梁慧星：那就看怎么去解决，如果给的补偿多，也就算了，如果是很低的补偿，那就要打官司了，不能因为违法多，就合法了，我们讲法治，宪法是最高的，2004年就限定了征收的公共利益要求，2007年物权法具体化，不能允许一些地方政府动用公权力去为企业拆老百姓的房子，宪法和物权法绝对不能允许这样做。

拆迁应为"公共利益"

新京报：有个很复杂的问题，就是怎么界定公共利益，物权法立法时争议就很大。

梁慧星：公共利益不复杂，什么是公共利益？不是地方政府说了算，也不是民众说了算，是由法律说了算。有疑问的时候，提交给法院审查，制订国家征收法就可以解决这个问题，不仅要规定征收的权限和程序，还要规定发生争议比如该不该征收时怎么办，应由法院裁决。

新京报：法院怎么去确定公共利益呢？

梁慧星：两个办法，一个征求专家的意见，一个开听证会，听听社会各方的意见，论证项目是不是社会公共利益。公共利益如何判断并不复杂，理论上说就是全体社会成员都能够直接享受的利益，它不是一部分人能够享受的，而且是直接享受，比如飞机场、公立医院、高速公路、大学、中小学，民众能够直接享受。

新京报：在征收的权限和程序方面怎么规定才能防止强制征收制度被滥用？

梁慧星：根本不应该有《拆迁条例》这样一个法律文件，应该有《征收条例》，《征收条例》不必界定什么叫国家征收、什么叫公共利益，它只需要规定符合公共利益需要国家征收时，哪一级政府可以作决定，应该按什么程序进行征收，发生了争议后怎么解决。

新京报：那地方政府该如何处理呢？

梁慧星：地方政府也可以去法院起诉嘛，你按照物权法规定作出了征收决定，生效了，居民就应该搬，居民说"你不是公共利益，我不搬"，那地方政府就去法院起诉，法院来裁决征收是否合法。

新京报：如果征收合法、符合公共利益、补偿也合理，但居民还是不搬呢？

梁慧星：比如修高速铁路，没法改道，遇到一个房子，已经给的补偿很到位了，他非不搬，经过法院裁决，认为征收合法、补偿合理、符合公共利益，在非常特殊的情况下，也不是不可以采取强制的办法，但一定要是真正的公共利益。

新京报：对《拆迁条例》和《物权法》，最近一些学者评论说物权法是没有牙的老虎，你怎么看？

梁慧星：这说到法律，首先是纸上的法律，从道理上说，要强行贯彻。但法律规定后，需要人来执行，涉及国家征收的问题需要地方政府执行，地方政府手里有公权，一把手是不是真的能执行法律很关键。

新京报：北大五名学者已经向全国人大法工委提了建议，你认为什么方式来解决是合适的？

梁慧星：这个也很容易，我们已经有经验了。孙志刚事件让大家都看到了收容遣送办法的违法性，国务院召开紧急会议决定废止收容遣送条例，制订了城市生活无着的流浪乞讨人员救助管理办法。

现在照此办理，全国人大常委会只要表个态就行了，有人说要常委会调查，有什么好调查的？《拆迁条例》当然丧失效力，国务院应该像当年一样，紧急废除《拆迁条例》，出台《征收条例》。

对话沈岿："拆迁问题上我们都不是局外人"

北京大学法学院副院长、教授沈岿认为，修改《拆迁条例》可使拆迁更加正当化。

2009年，一系列拆迁冲突事件发生后，北京大学法学院副院长、法学教授沈岿联合4名北大学者，递交了《关于对〈城市房屋拆迁管理条例〉进行审查的建议》(下称建议书)。沈岿认为，面临拆迁问题时，每一个人都不是局外人。

我在想我会不会遇到强拆

新京报：你们递交了建议书引发关注，当初为什么会想到这样做？

沈　岿：有关拆迁的事情，社会一直都比较关注。最近，媒体披露了一些拆迁恶性事件，对我触动很深的，就是成都的唐福珍。

新京报：得知此事后就想递交建议书？

沈　岿：我当时还没有看到事件视频，其实在上海潘蓉事件出来后，我就有冲动，但当时还没最终行动。但了解完唐福珍事件后，我就觉得，社会上每个人都不同程度上与拆迁问题有关，可能我现在还没有遇到拆迁问题，但我的亲属确实面临着拆迁问题。我在问，我哪天会不会遇到这样的情况？其实，我们每个人都不是局外人。

修改条例地方收入受影响

新京报：递交建议书，你们希望哪些方面有所改变？

沈　岿：我个人觉得，希望能对地方政府有所影响，希望他们处理拆迁问题时，能谨慎一点。更重要的是，我们希望《城市房屋拆迁管理条例》（下称拆迁条例）能够得到很大程度的修改，能够理顺拆迁涉及方的利益关系，并使相关程序正当化。我自己有个想法，就是希望地方政府在涉及拆迁问题上能够稍微收收脚，尤其要防止引发冲突的事件发生。

新京报：你觉得拆迁条例修改，会遇到哪些阻力？

沈　岿：比如说地方政府，因为地方政府现在的收入很大一部分来自土地出让金，如果拆迁条例被修改，在土地征用、补偿和拆迁问题上，理顺各方关系后，地方政府的收入会受到影响。

新京报：为什么？

沈　岿：按照现行拆迁条例规定，政府只要规划一下，就可以征地和拆迁了，而且还减少了直接面对被拆迁人的机会，政府会省很多事，效率也高，发展速度也会加快。拆迁条例修改后，政府要征用和拆迁会增加很多程序，土地转让速度放慢，这一方面会影响土地出让金的数量，同时也会影响当地旧城改造和经济发展速度。

补偿问题要在拆迁前解决

新京报：开发商会有什么影响？

沈　岿：有些拆迁项目，会涉及城市的房地产开发商。如果拆迁条例修改，关系理顺后，首先是政府征地，而后是给予被拆迁人合理补偿，拆迁人不一定是房地产开发商了，他们不用直接面对“钉子户”，拆迁的合法性具备了。但是，开发商可能会面临拆迁成本增加后转移到他们身上的风险，他们也会担心政府提高土地出让费。

新京报：关系理顺，搬迁户可能还是愿意搬迁的？

沈　岿：我觉得，很多居住在城中村或者棚户区的人，本身渴望拆迁，因为大多数人都希望居住在设施完善的环境中。拆迁是他们所乐见的。关键要看补偿标准问题，所以补偿问题要在房屋拆迁前解决，而不是之后，关键要理顺征用、补偿和拆迁的关系。

我们不期待一个月有结果

新京报：递交建议书，你们期望收到答复吗？

沈　岿:其实,2003年递交收容办法建议书时,我们也没有得到答复。但一个月后，收容办法就废除了。其实，对这个建议，我们的预期是不会给答复。

新京报：没有答复，还有意义吗?

沈　岿：但是，考虑到工作惯例，估计全国人大常委会跟相关部门的沟通会加快,我们期待,有关拆迁条例修改工作,能够得到实质性推动。我们当然不会期待一个月就有结果，但希望至少能有一个新的条例。

国务院法制办邀学者研讨拆迁条例

北大法学学者称法制办该举动为“比较积极的回应”；人民日报评论呼吁彻底修改条例。

12月14日，建言全国人大审查拆迁条例的五名北大法学学者接到邀请，参加16日由国务院法制办举办的座谈会，研讨《城市房屋拆迁管理条例》。

12月7日,北大五名法学学者向全国人大常委会建议立法机关对《拆迁条例》进行审查，撤销这一条例，或由全国人大专门委员会向国务院提出书面审查意见，建议国务院对《拆迁条例》进行修改。14日中午，5学者之一王锡锌接到了来自国务院法制办的电话邀请，要他们16日去参加座谈会，研讨《拆迁条例》。

北大法学院姜明安教授表示，国务院法制办副主任郜风涛邀请他们参加这次会议，并将主持这次座谈会。北大递交审查《拆迁条例》建议书的五名法学学者分别是沈岿、姜明安、王锡锌、钱明星和陈端洪。不过陈端洪因事先安排了其他事务而当天无法到会。另据了解，除了这五名学者，还会有其他学者参加这一座谈会。

对国务院法制办的这种做法，王锡锌表示，“这是比较积极的回应”。王锡锌说，之前通过私下渠道了解到国务院法制办对《拆迁条例》比较重视，“也有非正式的交流”。他也了解到这一条例的修改和废除会面临很大的阻力，但现在全社会都比较关注这一条例和拆迁问题，这是一个契机。

此前媒体报道称，国务院正准备修改这个条例，目前已组织国务院法制办、住房和城乡建设部、国土资源部、农业部、林业局等相关部委，进行前期的立法调研工作。

《立法法》规定，公民认为行政法规和单行条例同宪法或法律相抵触的，可向全国人大常委会书面提出进行审查的建议，由常务委员会工作机构进行研究，必要时，送有关的专门委员会进行审查、提出意见。王锡锌说，《立法法》只规定了公民有提起违宪审查的建议权，并没有规定立法机关如何回应公民的建议。沈岿也表示，有关部门不一定会开一个先例，对公民的建议要予以回复。

沈岿表示，成都唐福珍为对抗拆迁而自焚事件促使他们提出这一建议。《人民日报》12 月 10 日发表“人民时评”称，年前的孙志刚案废除了《城市流浪乞讨人员收容遣送办法》，希望“悲剧性的个案最终能推动制度的进步”，让城市拆迁立法融入更多现代法治的文明基因，以避免同类事件的再度发生。

评论称，在《物权法》出台之后，我国拆迁制度就受到质疑，此次如果能顺应民意和法治潮流，对《拆迁条例》中与上位法相冲突的地方进行彻底修改，无疑是众望所归。

律师建议人大撤销拆迁条例

北京律师吕国华向全国人大递交建议函，建议进行拆迁立法。

在北大 5 名法学学者向全国人大常委会递交了审查《城市房屋拆迁管理条例》的建议后，12 月 14 日，北京亿嘉律师事务所律师吕国华，也向全国人大常委会递交建议函，建议撤销《拆迁条例》并进行拆迁立法。

吕国华认为，涉及到公共利益的拆迁可以说是行政法律关系，但在涉及到商业开发的时候，这是一种被拆迁人与开发商之间的民事法律关系，双方要来谈判讨价还价，但如果政府却参与其中，就容易让被拆迁人失去了讨价还价的机会有碍公平。

政府助开发商拆迁有碍公平

新京报：你经常接触到拆迁领域的案件吗？

吕国华：是的。拆迁有基于公共利益的，也有的是商业拆迁。

比如我现在手头正代理的北京南部的一个郊区县的案子，属强制拆迁，我代理人的房子建在农村的集体土地上，政府以土地储备中心的名义提出拆迁，将农村的集体土地转换为国有土地，作为储备土地用地，但随后就将这块土地转手给了一家房地产开发商。

新京报：这属于哪种法律关系呢？

吕国华：如果政府把土地征收后用于修路，那这是为了公共利益，这种拆迁行为属于行政法律关系，但实际上却交给了开发商，事实上是一种商业拆迁。

这时被拆迁人与开发商之间应该是平等的民事关系，双方要来谈判讨价还价，但政府却参与其中，单方面定价，这就让被拆迁人失去了讨价还价的机会。

新京报：在你代理的拆迁案子中，都是被拆迁人起诉谁？是起诉政府还是起诉开发商？

吕国华：都是起诉政府的。2005年最高院有一个司法解释规定，拆迁人与被拆迁人或者拆迁人、被拆迁人与房屋承租人达不成补偿安置协议，就补偿安置争议向法院提起民事诉讼的，法院不予受理。不过当事人可向有关部门申请行政裁决。

当事人对政府的行政裁决不满，要提出诉讼，这当然都是针对政府部门的案子了。

新京报：在你接触到的涉及"公共利益"拆迁的案子里，政府是怎么解释"公共利益"的？

吕国华：现在对"公共利益"没有一个明确界定，通常都是由政府来说，这块土地的征收是为了公共利益。

新京报：有具体的案例吗？

吕国华：我代理的一个北京市区一处拆迁案，是国有土地，政府要征收拆迁，作为储备用地，但转手用作房地产开发，建高尔夫球场。

当时拆迁办主任对"公共利益"的解释：开发房地产，建高尔夫球场，这是经营，得向国家缴税，这税收得进入国库，这就是"公共利益"了。

如果照这个说法，那所有的房地产开发都向国家缴税，那都是为了公共利益了。

对话王利明："拆迁条例阻碍物权法拆迁规则实施"

王利明是物权法草案起草者之一，全国人大法律委员会委员。

12月14日全国人大法律委员会委员王利明接受本报专访时表示，拆迁条例阻碍物权法拆迁规则实施。2007年3月，全国人民代表大会审议物权法时，王利明接受本报采访时即直言，拆迁条例应尽快修改，以配套物权法实施。

拆迁问题法律适用极为混乱

新京报：北大五位学者认为，拆迁条例与物权法抵触，拆迁条例是否违反了物权法？

王利明：我听说过这个意见，但没来得及仔细阅读。

我认为，拆迁条例的确与《物权法》42条规定的征收制度不符合。《物权法》出台后，我一直呼吁应尽快修改拆迁条例，以有效实施物权法规定的制度。

从目前来看，在拆迁问题上的法律适用极为混乱，大致有三种做法：一是继续适用原有的《拆迁条例》；二是适用一些地方在《物权法》颁布之前颁行的条例；三是直接适用《物权法》的规定。

新京报：这几种做法目前都遇到了一些问题。

王利明：对啊。前两种做法明显与物权法的规定不符合，例如，拆迁是否必须经过法定的征收程序，是否应当由政府主导拆迁等问题，《条例》和很多地方法规的规定与物权确实存在较大差异。而由于《物权法》第 42 条规定得过于原则，在操作中也可能会有不同的解读，因此也遇到难以统一适用的困难。

新京报：为什么拆迁条例应当与物权法保持一致？

王利明：《物权法》明确规定了有关拆迁的规则。物权法是民事基本法，而拆迁条例作为行政法规，其上位法是物权法，它的功能在于具体落实物权的规定。

但是，由于拆迁条例迟迟没有得到修改，《物权法》确立的房屋拆迁规则面临极大的实施障碍。

拆迁当事方政府不能自己裁判

新京报：拆迁条例与物权法的规定在哪些方面不一致？

王利明：物权法所说的基于公共利益的拆迁就是征收行为。而在拆迁条例中，大量制度显然不是根据征收制度来设计的。

拆迁条例规定的拆迁人是取得房屋拆迁许可证的单位，在当前的实践中，这主要就是开发商，而不是享有征收权的政府。因此，拆迁行为就成了开发商的活动了。政府决定开发后往往交由开发商实施具体拆迁行为，并由其与被拆迁人协商补偿标准，政府作为仲裁者。

新京报：为什么会有那么多的纠纷呢？

王利明：大部分开发商为了追求经济利益，往往会做出一些不恰当的行为，甚至是野蛮拆迁，严重损害了民众的利益。

新京报：当前强制拆迁存在很多争议，应如何解决？

王利明：我一直呼吁要修改拆迁条例，基于公共利益的拆迁，应当由政府来主导。既然政府是拆迁中的一方重要当事人，他自己就不能作为纠纷的解决者，因为，每个人不能作为自己事务的裁判者。目前，一些争议由政府出面来解决，事实证明并未取得应有的效果。

新京报：为什么呢？

王利明：主要还在于政府本身就是涉及争议的一方当事人，可能存在不同程度的利害关系。在政府主导拆迁活动后，政府就不能继续作为拆迁活动纠纷的解决者。

新京报：除了政府之外，应该由哪一方来解决？

王利明：如不动产所有人对拆迁问题有争议，可以诉至法院，由法院依法予以审查和判决。

应据物权法大幅修改拆迁条例

新京报：在拆迁事件中，也存在"漫天要价"拒绝拆迁的问题。

王利明：这是拆迁中的另一极端。"漫天要价"不是物权法带来的问题，而是配套制度不健全。特别是强制拆迁的条件和程序不完善，如果有序的拆迁规则得以建立后，公众的财产权益得到了公正的对待和处理，"漫天要价"的"钉子户"会大量减少。

新京报：这种情况该如何处理呢？

王利明：法律法规有必要规定强制拆迁程序，强制拆迁必须以征收行为满足"符合公共利益的需要""符合法律规定的程序""给予了足额的补偿"等条件为前提。只要符合法定的程序和条件，才能进行强制拆迁。

新京报：具体如何操作？

王利明：必要的情况下，尤其是拆迁涉及到人数众多的情形，强制拆迁应经过听证等程序，要通过公开讨论、听取各方意见。即便是强制拆迁活动，也要讲究方式方法，避免激烈冲突，尤其要避免造成人身伤亡。

新京报：对于目前拆迁条例的存废或者修改、重新立法，你建议采取何种方式？

王利明：我建议尽快修改，尤其是要根据物权法确立的基本原则，对拆迁条例作大幅度修改。一方面，凡是不符合物权法第42条的精神的规定，要予以废除或修改。另外，要对物权法的原则性规定予以具体化，增强可操作性。

国务院法制办研讨修改拆迁制度

已就新拆迁制度形成草案文件，受邀与会学者表示将就征收、补偿等问题发表意见。

12月16日，国务院法制办邀请建言全国人大审查《城市房屋拆迁管理条例》的北大5名法学学者举行座谈会，研讨拆迁制度修改的有关问题。

15日，参加座谈会的学者收到了国务院法制办已经形成的修改后的关于新拆迁制度的草案文件。据了解，同时出席座谈会的还有王利明和梁慧星等民法学者，此外，住房和城乡建设部等部门相关负责人，也有望参加这次座谈会。

此前，全国人大代表、全国人大法律委员会委员梁慧星接受本报专访时表示，应该废除《拆迁条例》，建议尽快出台《征收条例》。

国务院法制办副主任郜风涛将主持这次座谈会。此前，国务院法制办曾在官方网站通过回答网友提问的形式表示，“2001年6月13日发布的现行《城市房屋拆迁管理条例》有效。”

国务院法制办已就修改后的新拆迁制度形成了草案文件。由于要就这个草案进行讨论，应相关学者向国务院法制办提出的“不了解草案内容无法形成针对性的讨论意见”，国务院法制办将草案文件专门送给参加座谈会的学者。5位建言学者之一、北大法学院教授王锡锌教授表示，座谈会应该会先听国务院法制办的人士就草案内容做一些介绍和解释。

接受电话采访时，5位建言学者之一、北大法学院教授姜明安表示，正在研究国务院法制办修改后的关于拆迁制度的草案文件，会上将会就草案中涉及的问题提出自己的意见。

姜明安说，会就理顺拆迁过程中涉及的征收、补偿和拆迁的关系发表意见，但拒绝进一步透露自己发言的内容，“因为我的发言是针对草案内容的，这涉及草案的具体内容，而现在草案内容还不便透露。”

另一位与会学者沈岿表示，自己也是对座谈会发言作了准备。他表示，自己的发言会涉及政府在拆迁中扮演的角色、补偿和征收程序等。根据法定程序，新的拆迁制度的修改最终会征求社会意见，“要让社会各方面参与，了解在实际当中遇到的具体问题。”

对话王锡锌：“拆迁核心问题在于征收环节”

受邀与会研讨学者王锡锌表示，关注拆迁更要关注征收和补偿。

受国务院法制办邀请参加座谈的北大法学院教授王锡锌表示，关于拆迁制度修改，他关注的核心问题是征收环节。

新京报：你收到的国务院法制办的草案文件有哪些内容？

王锡锌：草案属于“机密”文件，目前还不便透露。

新京报：你知道明天（16日）的会议是怎样的议程吗？

王锡锌：今天（15日）我们收到了国务院法制办形成的修改后的新拆迁制度草案文件，目前还不知道明天的会议具体如何安排。

新京报：你打算在座谈会上都讲哪些内容?

王锡锌：我特别关注四个方面的问题。第一，拆迁的前提是征收和补偿,关注拆迁问题更要关注征收和补偿。《拆迁条例》之所以与《宪法》《物权法》和《房地产管理法》冲突，主要是因为征收环节。不少征收都是以“为了公共利益”的名义进行,《拆迁条例》不管怎么改，都要涉及到“公共利益”怎么界定，由谁来界定，“公共利益”的基本标准是什么，在界定“公共利益”时有没有社会参与，各方利益怎么表达。

第二，虽然理论上讲，征收、拆迁只能是涉及“公共利益”，但实际上“非公共利益”会不会也导致征收、补偿和拆迁的问题。涉及“非公共利益”的商业开发所涉及的拆迁，是应完全遵守还是协商自愿的原则，这个问题与第一个问题也相关。

新京报：另外两个问题呢?

王锡锌：第三，就是补偿到底如何做到公平，是否该在补偿过程中引入比较公正的市场原则，能不能经过中立的第三方论证，做到拆迁人与被拆迁人之间真正意义上的协商，不能像现行的《拆迁条例》虽然也规定了协商的程序，但很难做到平等的协商。

第四个问题就是在拆迁制度的修订中，如何能够防止拆迁领域的暴力行为。现在有些强制拆迁通过停水停电等行为，这如何能够在法律上明确遏制。

新京报：你觉得核心问题是什么呢?

王锡锌：还是征收环节，如何能够合法地保障公民的私人财产和保障公共利益之间寻求一个公平的权衡。这是修改后的新拆迁制度必须解决的核心问题。

新京报：对这次座谈，你有什么样的期望?

王锡锌：国务院法制办组织召开座谈会，我认为这个态度非常积极。当然希望拆迁制度可以修改得快一点，但我更关心的是修改的质量。

拆迁案判决基本依据拆迁条例

而非《物权法》，基层法官表示《物权法》比较笼统，有关拆迁规定不确切。

对于目前拆迁案件的判决依据是《物权法》还是《拆迁条例》，一位北京市基层法院法官表示，基本上还是依据《拆迁条例》进行。他表示，作为一部原则性的法律,《物权法》比较笼统，一些关于拆迁的法律规定不是很确切。

此前建言人大审查《拆迁条例》5学者之一的北大法学院教授沈岿也认为,《宪法》《物权法》都是很原则性的规定，但要落实到现实中，仍要靠具体操作性很强的规则。

北京市石景山法院调研显示，2009年石景山区拆迁面积近300万平方米，涉拆迁居民近2万户。在调研中，石景山区法院分析了2009年受理的36件涉“城中村”拆迁案件。

石景山法院民二庭法官助理陈仪佳曾参与石景山“城中村”拆迁案审理难点的调研，在他看来，所有难点中，房屋权属认定以及承租人、居住者拆迁补偿纠纷最为突出。

新京报：为何要考虑进行这项调研?

陈仪佳：今（2009）年4月份，我们就开始关注拆迁的问题，原因是石景山今年建设项目比较多，如苹果园交通枢纽、阜石路高架桥等，引发了很多拆迁诉讼。就目前估算，拆迁案件增长约在三成左右，其中还不包括很多隐性的迁诉案件，如涉迁而引发的离婚、遗产类的案件，我们并不是都能掌握。我们希望通过调研，掌握此类案件的特点，并制定对策作出建议。

新京报：“城中村”拆迁案件审理中存在哪些“难点”？

陈仪佳:比如,房屋权属认定,“城中村”虽然居民大都已“农转非”,但实行还是农村集体土地所有制，没有纳入城市房屋产权登记范围，农村宅基地审批部门历经数次变更，再加上一些历史遗留的房屋存在着产权争议或产权不明的情况，造成房屋权属认定的困难。目前我们的做法是“先拆违，再拆迁”，多部门联动协调以明晰拆迁房屋产权。

新京报：其他方面呢?

陈仪佳：此外，房屋补偿纠纷也很突出，拆迁时房主、承租人、居住者均要求获得拆迁补偿，如不能理顺这三方之间的关系，也会影响拆迁进程。对于这种情况，只要他们租雇合同成立，均会依照比例有所补偿，但前提是在拆迁时合同仍然有效，否则承租人和居住者停产停业补助得不到支持。

新京报：对于化解恶意诉讼，引导合理维权有何建议?

陈仪佳：在正确适用法律的前提下，加强对各方的释法明理工作，并利用居委会、调委会等社会资源，加大案件的调解力度，做到案结事了。针对“城中村”地区居民分户、立户较多，且房屋权属纠纷大幅增加的情况，加强拆迁地区居民的针对性法律宣传，选取典型案件举办大型公开庭，通过“以案说法”的方式引导拆迁居民合理维权，维护稳定。

国务院法制办：现行拆迁条例将废除

拆迁制度将有根本性变化，拟出台《征收与拆迁补偿条例》，近期将就草案公开征求意见。

12月16日上午，国务院法制办在北京金台饭店召开备受关注的《国有土地上房屋征收与拆迁补偿条例》草案（以下简称《征收与拆迁补偿条例》）专家研讨座谈会。

在长达四个小时的闭门会议之后，国务院法制办副主任郜风涛向一直等候在外的媒体做了简要的会议通报，其确认在《征收与拆迁补偿条例》正式颁布实施之后，公众与学界诟病多时的《城市房屋拆迁管理条例》（以下简称《拆迁条例》）将肯定同时废除。

郜风涛同时透露，在今后出台的《征收与拆迁补偿条例》中，整个拆迁的制度将发生“根本性变化”，但由于强调目前这一草案尚未成熟，他并未透露这一变化的主要方向。

郜风涛在会议中坦承，当前草案“还不太成熟，还需要进一步修改完善”。他强调，拆迁涉及到广大公共利益，“越是与公共利益关系密切，而敏感度越高”，因此在制度设计中，将秉行理性与审慎并重的精神，以全面反映公共利益。

郜风涛称，国务院法制办将根据当日座谈会收集的专家意见，再广泛听取涉及部门和被拆迁人的意见，对草案进行修改完善，并且在此基础上向社会公开草案征求意见，郜风涛并未透露条例正式出台的日程表。不过，据参加座谈会的学者透露，草案近期将公开征求意见。

当日上午参加座谈的学者共有九名，分别为此前建言全国人大审查《拆迁条例》的北京大学教授沈岿、王锡锌、钱明星、姜明安，中国行政法学研究会会长应松年，中国政法大学教授薛刚凌，中国人民大学教授王利明、王轶，中国社科院法学所教授梁慧星，其中五位为宪法、行政法专家，四位为民法专家。

此外，住房与城乡建设部房地产司司长沈建忠、法规司司长曹金彪、副司长周韬、国务院法制办农林城建资源环保司司长王振江也作为部委代表参会。

草案明确征收和补偿问题，政府拟专设部门负责拆迁和补偿。与会的北京大学法学院教授沈岿会后对本报记者表示，座谈会主要围绕六大问题展开：一是关于公共利益如何界定的问题；二是征收决定的程序问题；三是补偿标准的问题；四是拆迁的条件和程序问题；五是争端解决机制问题；六是非因公共利益的需要进行补偿和拆迁的问题。

据了解，草案中有几大亮点。第一为将征收和补偿的内容明确，并且在名称上突出“征收”。此外，草案还在征收环节专门对公共利益进行界定。而在拆迁过程中，政府将专门设定拆迁部门，具体负责拆迁和补偿的工作。草案也规定在对征收程序和补偿方案有不同意见的时候，房屋所有者可提起诉讼。

沈岿透露，草案内容与北大五学者此前的建议书内容精神基本一致，并且去掉了“被拆迁人”这一概念，以“被征收人”取代，他认为这是草案体现的进步之一。

法制办农林城建资源环保司司长王振江在会前向记者透露，草案将会解决此前各方讨论激烈的诸多问题，但他并未直接回应如“诉讼期间不停止拆迁的执行”“被拆迁人或者房屋承租人在裁决规定的搬迁期限内未搬迁的，由房屋所在地的市、县人民政府责成有关部门强制拆迁”等现有拆迁程序是否会完全废止。

王振江提醒记者注意，目前正在讨论的条例限定为“国有土地上”，这意味着目前大量涉及农村集体土地的拆迁问题难以被新法规涵盖，如此前引起公众高度关注的唐福珍案，其盖房用地原本就为集体用地。

在讨论之前，郜风涛代表法制办介绍了《征收与拆迁补偿条例》的立法背景以及进展：2007 年 3 月公布的《物权法》中，规定“为了公共利益的需要，依照法律规定的权限和程序可以征收集体所有的土地和单位、个人的房屋及其他不动产”，但这一“法律规定的权限和程序”并未得到即时确定，而 2001 年颁布的《拆迁管理条例》根据《物权法》的精神本来应当废除，因此“城市房屋拆迁实际上处于无法可依的状态”。

在此背景下，国务院法制办与全国人大法工委进行了沟通，建议在有关法律正式出台之前，由全国人大常委会授权国务院制定新的法规，《征收与拆迁补偿条例》由此出台。

郜风涛称，新草案曾多次征求发改委、财政部、全国人大法工委、最高院及各省意见，并曾召开两次专家论证会，2007 年 12 月，国务院 200 次常务会议审议了该草案。

郜风涛否认座谈会是对北大五学者公开建议修改《拆迁条例》的回应。他强调，这一座谈会在一个月前就已安排好，由于全国法制办主任会议的召开而延期，这是正常的立法工作程序。

“拆迁须防政府与开发商合谋”

参与研讨学者和官员意见基本一致，学者建议征收需区分公共利益和商业利益。

国务院法制办12月16日就拆迁制度修改召开专家研讨会，听取民法、行政法方面专家的意见。据悉，专家对修改草案评价很高，并提出了一些有建设性的意见。

据新华社报道，当日与会的北大法学院教授钱明星表示，对于拆迁中存在的问题和解决方案等，出席会议的学者和官员的意见基本一致，只是个别地方有不同见解。

在研讨会上，学者们普遍建议，在房屋征收中需要明确区分公共利益和商业利益。即政府不能介入商业开发，而是由开发商与房屋所有者以平等民事关系解决房屋产权的转移问题，以此切断政府和商业利益集团的共谋。但对如何区分商业利益和公共利益上存在一定分歧。

当日研讨会结束后，与会的沈岿、王锡锌、钱明星三位学者做客人民网，与网友交流。针对“政府在拆迁中应该扮演什么角色，如何遏制其在此过程中的逐利冲动”的提问，王锡锌表示，这其中首先涉及一个前提：那就是对拆迁房屋的征收和补偿。

王锡锌表示，根据《宪法》和法律的规定，公民私人所有的合法财产应当受到保护。但国家可以根据公共利益的需要，对私有财产进行征收，并给予补偿。政府只能基于公共利益的考虑，才能对房屋进行征收，征收必须要给予公平的补偿。为了遏制一些地方政府在此过程中的利益冲突，他认为必须明确公共利益的范围和认定程序，规定公平的补偿标准，应该坚决防止政府与开发商合谋进行的商业征收和拆迁。

新条例草案符合预期

北大法学院教授钱明星透露，在研讨会上，自己谈到了对公共利益的界定、参考市场交易价格进行公平合理的补偿问题，以及征收和拆迁行为如何有一个公平合理的程序设计等问题。

钱明星在座谈会说，因为按照《物权法》需要，只有在“公共利益”的情况下才有征收行为的发生，所以谈到了对“公共利益”的界定问题。此外，现在参考市场交易价格对被拆迁人进行合理的补偿问题已经具备了条件。要在程序设计上有比较合理的标准和条件，能保证双方平等地签署安置协议。

此外，要在征收和拆迁过程中设计一个合理的程序。现在的拆迁条例在程序设计上不够公正透明，在被拆迁人利益受损时，没有有效的程序来保护自己的利益，让被拆迁人得到一个适当的补偿。程序上应该有听证、公告等公开的程序，使得这个过程能够公平。

钱明星表示，国务院法制办现在形成的新条例草案，还是符合他的预期的。其中，涉及公共利益的拆迁和商业拆迁的区分，对拆迁程序方面做出了规定，也有补偿方面的规定，和法律责任方面的规定，还是比较完善的。

草案未涵盖集体土地拆迁

对于《物权法》颁布实施之后争议最大的公共利益界定问题，中国人民大学法学院副院长王轶对本报记者表示，在座谈会中，学者们普遍认为，这既不应当由政府机关最终决定，也不应当由被拆迁人最终决定，而是要选择一个第三方进行抉择，比如法院或者人民代表大会及其常务委员会。

在此前的争议中，公众对现行《拆迁条例》诟病最多的为其十六条，即使被拆迁人提起诉讼，“诉讼期间不停止拆迁的执行”。王轶表示，座谈会中各方对此条的不合理性已经达成共识，“诉讼是最重要的救济手段，如诉讼期间强拆仍然进行就不能达到任何救济效果”。

此外，目前正在讨论的条例限定为“国有土地上”，这意味着目前大量涉及农村集体土地的拆迁问题难以被新法规涵盖。王轶表示，其认为征收拆迁的法规一定需要坚持城乡一体化的原则，不应该因为国有土地或者集体土地而有所区别，但是集体土地的问题需要有赖于《土地管理法》的修改加以解决。

征收明确公开民主原则

北大法学院教授沈岿介绍，会上主要谈到了公共利益的界定，征收的程序和补偿标准，强制拆迁的条件和程序等问题。

沈岿接受采访时说，在新的条例草案中，将“被拆迁人”的概念改为“被征收人”，这是一个进步。而在征收过程中至少要有征收决定的程序，这些与他们此前递交的建议内容一致。其中，还强调了决策公开和民主参与的原则，应该通过市场评估价来予以补偿，与会专家还讨论了评估机构应该具有怎样的条件才是中立的，才能让被征收人的利益得到保障。

沈岿透露，在讨论中涉及了野蛮拆迁的问题。目前法律原则上是禁止野蛮拆迁的，但现行的《拆迁条例》没有对拆迁程序做严格的规定，从而在制度层面上给野蛮拆迁制造了机会。

“野蛮拆迁”跟“强制拆迁”还不同，在座谈会上还讨论了强制拆迁的条件。沈岿说，如果被征收人对政府的征收决定或补偿决定不服的话，可以诉诸法院来解决争端，如果法院经过合法的程序裁定政府的征收或补偿决定是合法合理的，那么被征收人在法律上就没有理由再成为所谓的钉子户。

两知名学者提拆迁三原则

吴敬琏、周瑞金就现行拆迁制度联合撰文发表意见，呼吁拆迁应该法制化，坚持公平交易原则。

知名学者吴敬琏和周瑞金 12 月 17 日联合就目前的拆迁制度撰文发表意见，他们认为，关于拆迁问题，需坚持三个原则：拆迁应该法制化，基层政府不能公司化，应该坚持公平交易原则。

周瑞金 18 日接受本报记者电话采访时表示，这篇文章源于唐福珍的自焚死亡的事件。上周他到北京开会时遇到了吴敬琏先生，两人商量要就拆迁问题准备做一个表态，“当时学者建议影响还没有那么大，文章昨天（17 日）刊登出来时形势上已经有了新的发展，但我们还是要呼应呼应。”

最新一期《南方周末》上发表了吴敬琏和周瑞金联合署名文章《关于拆迁问题的三点意见》。在文中，两位学者指出，一些地方政府存在一个认识误区，就是把公共管理商业化，把管理城市等同于经营城市，书记兼任董事长，市长兼任总经理，以商业头脑精明地算计土地等生产要素的经营价值，在运用权力大气魄、大手笔地规划大拆大建时，却往往忽略普通百姓的民生需求。

他们认为，在土地经营中，地方政府确实获得了巨大的经济利益，却把政治风险留给了整个国家。

周瑞金对本报记者表示，在这个问题上确实要仔细考虑地方政府的难题，同时也不要因为唐福珍事件而引起民众和政府关系的“撕裂”，要平缓地处理拆迁问题上和唐福珍事件所引发的矛盾。所以文中的一些提法也比较慎重。

对话周瑞金：“改革税制促拆迁条例废除”

周瑞金建议调整中央和地方财权分配，缓解地方财政依赖土地。

公权服务开发商容易导致官商勾结

新京报：你们在文章中特别提到“基层政府不应公司化”，基层政府是否有“公司化”的倾向？

周瑞金：提出“以经济建设为中心”以后，地方各级政府站在了发展经济的前沿，但政府作为公共服务的提供者，不应该站到经济利益的第一线。在房地产开发过程中，像涉及土地和房屋征收或拆迁，为房地产公司融资问题上，政府不应牵涉其中。土地征收的定价由政府说了算，帮助房地产开发商解决拆迁问题，帮助房地产开发商从银行贷款，这应该说是我们发展过程中一条很重要的教训。

各级政府既要重视经济发展，但又不能成为经济利益的代言人。在这一块上，基层政府确实有“公司化”的倾向。公权力为商业开发“背书”，还为官商勾结留下了操作空间。

新京报：怎样防止基层政府的“公司化”倾向？

周瑞金：要改变或防止这种倾向，就要求政府在施政理念上有新的思路、理念和方式，要建立责任型政府和服务型政府。要纠正在抓经济工作的同时，直接参与到经济活动中去的现象。要规范政府的行为，遏制政府不适当的干预。

废除拆迁条例面临地方阻力

新京报：修改或废止拆迁条例，面临来自地方政府的阻力。中央对地方政府的利益应有哪些考虑？

周瑞金：在土地经营中，地方政府确实获得了巨大的经济利益，要修改或废除《拆迁条例》，就得有配套的财权改革。要改变现在的分税制中中央政府拿大头的状况，要在分利上有新的调整。

新京报：如果将地方在土地上的收益再收紧，地方政府会不会面临一些困难？

周瑞金：确实存在这个问题。这就需要进行税制改革。现在实行的中央地方分税制改革是15年前设计的，当时作为调节中央和地方利益关系的重要手段，发挥了巨大作用。但现在地方政府的事权太多，超过了负荷，地方政府所拥有的财权和事权不相匹配，土地收益成为地方政府扩大财源的唯一途径，所以地方政府非常依赖房地产的发展。因此也得体谅地方政府在财权事权问题上的困难，必须要推进税制的进一步改革，重新调整中央和地方政府在财权事权上的分配，实现地方政府财权与事权相匹配。

拆迁影响政府形象与腐败相当

新京报：在文章中你们强调了暴力拆迁影响了地方政府的形象。

周瑞金：暴力拆迁已经引起了公众的很多看法，造成了民众与政府的对立，这严重影响了政府的公信力。暴力拆迁不按法制来实行，不按土地和房屋的本来价值来予以补偿。地方政府与房地产开发商合作，帮助开发商压迫私有房屋业主。这与腐败对政府形象的影响不相上下。

新京报：你们在文章中提到，地方政府既是强制拆迁的执行主体或权力后盾，又是拆迁纠纷的仲裁人，"运动员"兼"裁判员"不符合基本的法治规范。但是在法院对地方政府有依赖的情况下，怎么才能保证在拆迁问题上实现真正的法制化？

周瑞金：确实存在这方面的障碍，现在的司法体制会有可能带来这样的问题，这有赖于司法改革的深化。随着司法体制改革的深入，法院依法独立审判的能力会逐步提高，这方面应该不会是一个问题。

新京报：年前《城市流浪乞讨人员收容遣送办法》的废止是由于孙志刚之死，现在《拆迁条例》又是因唐福珍自焚身亡才这么引人关注。你怎么看待这种现象？

周瑞金：改革的深入和深化需要付出代价。但非要以公民的生命来作为改革代价这样改革的社会成本和代价太大。

"拆迁评估一般为市价 40%"

业内人士称评估机构多按开发商要求进行估价。

北大 5 名学者日前建言全国人大审查拆迁条例，促使公众再次聚焦审视现行的拆迁制度。那么，在实际操作中，拆迁究竟是按照怎样的流程来操作的呢？本报采访了业内人士，对此进行梳理。

评估机构估价听命开发商

一般情况下，土地开发招标确定开发公司之后，中标开发公司就成了拆迁人，对所开发地块进行拆迁，取得立项、规划、用地许可、安置补偿证明等一系列文件后，开发公司申请拆迁许可证。

在拆迁前，政府部门会委托评估机构对所拆迁土地进行评估，根据《拆迁条例》等文件确定的市场价原则，要按照周边商品房售价对被拆迁人进行补偿。

曾参与制定房山区土地整理模式的北京大岳咨询有限公司总监李伟说，拆迁补偿的内容在《拆迁条例》中有明确规定，但具体的数额会随着时间的变化、参考周边房屋的市场价格调整。

"但是从实际情况来看，评估价往往远远低于市场价，一般仅为 40%"，长期进行拆迁案法律援助的北京盛廷律师事务所律师张志同说，因为评估机构经过改革后与政府脱离，多为私人公司，其收费是按照拆迁面积来收的，为了获得后续的业务，评估机构会选择听命于拆迁人，在拆迁人的要求和暗示下进行评估。

开发商委托专门公司拆迁

之后，开发公司通常会将拆迁委托给一家拆迁公司，按平米计算，劳务费大约为30~50元/平米不等；开发公司经常把拆迁补偿也打包给拆迁公司，这样的话，对于拆迁公司来说，补偿越少自己的利润就越高。

按规定，拆迁公示应该是贴在被拆迁范围内，至少15天。据知情人士透露，实际操作中，许多拆迁公司刚把公示贴好照完相就撕掉；或者去公证处做个拆迁公示，然后马上就撕掉了。被拆迁人根本不知道进行了拆迁公示。

行政裁决强拆司法监督缺位

拆迁公示之后，如被拆迁居民对补偿方案不满，拆迁人应与其进行协商。“但现实是被拆迁人往往人数众多，很难形成合力和统一意见，甚至他们都不知道有这个协商的权利和程序”，张志同介绍，而拆迁人也往往不会提前告知他们。

因此，很多案例中，拆迁公示之后，拆迁人就开始申请行政强拆，由此导致很多纠纷。

按规定，拆迁人与被拆迁人不能达成拆迁补偿安置协议时，拆迁人、被拆迁人均可向房屋拆迁管理部门申请拆迁补偿安置裁决。张志同认为这不合理，目前拆迁存在的问题主要在于，政府“一包到底”，主导了从发放拆迁许可证——拆迁裁决——行政强拆整个过程，而在这个过程中，司法监督缺位。张志同说，应该取消目前的“行政强拆”，交由司法机构来审查执行。

全国人大首次回应拆迁条例修改

法工委副主任王胜明称全国人大正加紧推动拆迁条例修改。

全国人大常委会法工委官员首次就拆迁条例修改问题公开作出回应，称全国人大有关部门一直在加紧推动拆迁条例修改。

全国人大常委会法工委副主任王胜明12月26日在常委会办公厅新闻发布会上表示，在北大五位学者向全国人大常委会提出对城市房屋拆迁管理条例的审查建议前，全国人大有关部门就一直在积极推动拆迁条例的修改，在五位学者提议后，全国人大加紧了这方面的工作。

王胜明表示，现在公众很关注拆迁条例的修改问题。他认为，拆迁条例是2001年制定的，2001年以后，在党中央、国务院关注民生，保障民生，在房屋拆迁和土地征收问题上作出了许多保障广大农民和城市居民合法权益的新规定。

2007年通过的物权法，是根据党中央和国务院这些新规定出台的，与这些新规定是一致的。

王胜明举例说，物权法中对土地征收、房屋拆迁都规定了补偿款，里面用了一个词叫“足额支付”，就是因为补偿款在实践当中有时候到不了位，所以物权法规定要足额支付，而且还提到要安排被征地农民的社会保障费用，要保证城市居民被拆迁人的居住条件。这些都是国务院在2001年以后特别是在2004年、2005年、2006年这些年有关文件中的明确规定。

王胜明表示，2001年的拆迁条例应当修改，“但是大家一定要注意到；这些年来我国的发展变化非常快，党中央、国务院在保障民生方面作出了许多重大的制度性安排。”

国务院法制办：拆迁新法遇三大难题

法制办主任曹康泰表示，征收与拆迁补偿条例草案正征求地方意见，将尽快出台。

将终结拆迁条例的征收条例，目前正在紧锣密鼓地征求意见和修改中。

国务院法制办主任曹康泰日前接受本报记者专访时表示，目前法制办正在就征收条例草案征求地方意见，并还将请被拆迁人表达意见，草案修改完善后，将会尽快公开征求公众意见。

针对征收条例制订中遇到的困难，曹康泰将之概括为三个主要问题。首先面对的是如何界定公共利益的问题，他表示，征收条例将会采取列举的方式界定公共利益，且倾向于采取对公共利益进行范围较窄的界定，不过这遭遇了地方的不同意见，地方希望能够将之界定得宽一点。

征收条例遇到的第二个困难为征收程序，曹康泰介绍，包括征收程序由谁启动等问题都需要征收条例作出规定。

此外，补偿问题也是难点，曹康泰表示，法制办倾向于按市场价格补偿，“你把人家房子拆了，总得让人家有能力购买新的房子”。

征收条例是作为《物权法》的配套法规制订的，《物权法》42条明确规定了国家征收的公共利益原则，对非公共利益征收是否应当在征收条例中规定，曹康泰表示，目前对此有两种考虑，一种方案为在征收条例中增加一章，专门规定非公共利益征收和补偿问题，还有一种方案为不在征收条例中作出规定，单独立法规范此类问题。

曹康泰解释，由于国家征收是行政法律关系，而非公共利益征收一般是民事法律关系，两种不同的法律关系放在同一部征收条例中规范是否合适正在研究中。

对于征收条例草案何时能够和公众见面征求意见以及正式出台，曹康泰未给出时间表，不过他强调，法制办将会抓紧时间制订，尽快完成此项工作。

建言审查拆迁条例学者获邀人大座谈

5位北大学者获邀参加全国人大常委会法工委座谈，期待人大回复公民建议“程序化”。

12月30日下午，曾建议全国人大常委会审查《城市房屋拆迁惯例条例》的五名北大法学学者将到全国人大常委会法工委参加座谈会。北大法学院教授王锡锌表示，这在程序上是非常有建设性的做法，希望能够通过这一事件，使公民的建议回复“程序化”。

12月28日，北大法学院教授王锡锌和沈岿证实，他们在当天上午接到全国人大常委会法工委法规备案审查室电话，邀请他们参加座谈会。

12月7日，北大五名法学学者沈岿、王锡锌、姜明安、钱明星和陈端洪向全国人大常委会建议对《拆迁条例》进行审查。16日，国务院法制办组织座谈会，邀请里包括北大的这五名学者（其中陈端洪因事先安排有事而未出席）在内的专家研讨《国有土地上房屋征收与拆迁补偿条例》草案。

学者称座谈与建言有关

王锡锌说，“法工委法规备案审查室有关人员在电话里告诉我，建议书他们已经收到”，同时也邀请他们参加30日下午在全国人大常委会法工委组织的座谈会。沈岿认为，这个座谈会与他们递交建议有直接联系和因果关系。王锡锌说，电话中并没有告诉他们具体要座谈的内容，但应该会与《拆迁条例》和法律备案审查制度有关，“应该两个方面都有。”

王锡锌表示，他们5人接到邀请，“都特别高兴，这是我们期待的一个结果”。与以往公民建议相比，这次建议递交后相关部门的处理态度都比较积极，“出现了过去没有出现的程序，这说明一些理念在发生积极的变化”。沈岿也表示，这算是一个比较正式的积极反应。

希望激活法律审查程序

《立法法》规定，公民认为行政法规和单行条例同宪法或法律相抵触的，可向全国人大常委会书面提出进行审查的建议，由常务委员会工作机构进行研究，必要时，送有关的专门委员会进行审查、提出意见。

王锡锌表示，《立法法》只规定了公民有提起违宪审查的建议权，并没有规定立法机关如何回应公民的建议。北大沈岿也表示，有关部门此前尚未开一个先例，对公民的建议要予以回复。

王锡锌和沈岿都希望这次座谈会能够激活法律审查程序，“希望能通过这一事件，能实现公民建议的回复‘程序化’”王锡锌认为，如果能激活对公民建议予以回复的程序，这就是让《宪法》和《立法法》中明确的公民建议权得到有效落实。

全国人大将推动新条例出台

与会学者透露，全国人大常委会法工委将加紧与国务院法制办就征收拆迁制度沟通，加快新条例出台。

12 月 30 日下午，曾建言全国人大常委会审查《城市房屋拆迁管理条例》的北大学者到全国人大常委会法工委参加座谈会。

据与会学者们透露，主持座谈会的法工委有关负责人表示，将进一步加紧与国务院法制办就征收拆迁制度的沟通工作，希望加快新的条例出台。

当天下午，除北大法学院教授钱明星因出国而没有出席外，其余参与建言的四名学者王锡锌、姜明安、陈端洪、沈岿均参加了座谈。

王锡锌表示，我们都谈得比较充分，“四个人谈了两个小时”。他回忆说，会议的议题大致分为法工委介绍就《拆迁条例》修改所做的工作，学者就征收和拆迁问题充分表达意见，以及学者就法律法规备案审查制度发表了意见和看法。

据他介绍，法工委在座谈会上通报，12 月 7 日，法工委收到了建言传真件，12 月 9 日收到了通过快递送达的建言原件。接到建议后及时与国务院法制办进行了沟通，注意到 16 日对相关条例进行的讨论，“我感觉法工委和国务院法制办都在积极推进修法进程，要加大推进力度。”

据沈岿转述，法工委在座谈会上介绍，2007年，国务院就曾意识到《拆迁条例》和《物权法》抵触的问题，时任建设部部长的汪光焘受国务院委托向全国人大常委会作修改《城市房地产管理法草案》说明时就曾表示，拆《迁条例》和《物权法》的有关规定不一致，《物权法》2007 年实施后《拆迁条例》会面临停止执行的问题，城市房屋征收与拆迁工作可能出现无法可依的状况。法工委也坦承，在这个问题上多方利益难以达成共识。

王锡锌介绍，除了有关征收和拆迁问题，学者们还谈到了法律法规的备案审查和公民建议回复的“程序化”建设问题。

防止条例修订期间突击拆迁

与会的北大法学院教授姜明安发言强调了三个方面。

第一，希望法工委能够积极促成国务院尽快修改或制定新的条例，防止地方发生突击拆迁；第二，希望国务院能够梳理新的条例中所涉及的难点问题，发动社会公众对此予以讨论；第三，希望通过《拆迁条例》的个案，促成《立法法》中所规定的全国人大的法律法规的裁决制度、改变或撤销制度、审查制度和备案制度。

姜明安解释说，希望新的条例能够在保证质量、解决问题的前提下尽快出台。同时，在修改或制定新的条例过程中，防止地方发生突击拆迁的情况，全国人大可以建议国务院下发文件，禁止各地突击拆迁。

姜明安还希望，建立《立法法》中所规定的全国人大的法律法规的裁决制度、改变或撤销制度、审查制度和备案制度，“如果能够促成这一制度，我认为比《拆迁条例》问题的解决还重要一百倍，因为这不仅可以解决一个《拆迁条例》的问题，还可以解决其他很多条例的问题。”

他举例说，比如法律法规的审查制度，现在《立法法》已解决了谁提出谁受理的问题，但没有明确一个程序，要不要给提出者予以答复，要在多长时间内给予答复。

“拆迁”作为法律名词应修改

上次因其他事务未出席国务院法制办座谈会的北大法学院副教授陈端洪，特别准备了当天座谈会的发言。他主要就征收和拆迁问题谈了五个方面的问题。

第一，本来征收拆迁问题是一个买地卖地的问题，但目前已成为政治问题，其根源在体制之中。处理不妥当的话，将会影响社会稳定，以及公众对政府的信任。

第二，拆迁实际上就是拆除和迁出，一种破坏性的强制性的行为，作为法律名词，“拆迁”很难听，应该予以修改。

第三，征收是强制买卖和强制转让，要有充分的公共利益的利诱。在这一领域要严格限制国家强制权的运用。

第四，要对现行条例予以修改，如果修改幅度比较大，建议设立征收补偿纠纷裁判机构，现行的解决纠纷的路径都不太有效。

第五，房屋的强制转让或征收属于基本法律范围，应由全国人大予以立法。就目前情况来讲，还是要国务院来制定行政法规，但这一修改速度要加快。

对话王轶："农村集体土地拆迁应纳入新条例"

中国人民大学法学院副院长王轶表示，亟须解决城乡接合部集体土地房屋拆迁问题。

12月16日，国务院法制办邀9位学者研讨《国有土地上房屋征收与拆迁补偿条例（草案）》。据本报记者了解，研讨会上多位学者对条例限定为"国有土地上房屋"表示了异议，建议将农村集体土地纳入其中。

学者之一、中国人民大学法学院副院长王轶日前接受本报记者专访，在他看来，集体土地上的房屋拆迁，尤其是城乡接合部集体土地上的拆迁是目前最亟须解决的问题。

地方制定拆迁规则值得商榷

新京报：2001年开始实施的《城市房屋拆迁条例》限定了"在城市规划区内国有土地上实施房屋拆迁"，那么农村集体土地上的拆迁适用的是怎样的法律程序？

王　轶：在实际操作中，农村房屋拆迁执行情况非常复杂，各地情况也不尽一致。从法律的层面来看，《土地管理法》允许通过征收，将集体土地变为国有土地，这样就会产生拆迁问题。

新京报：但实施上各地都有一些相应的地方规定，比如北京有《北京市集体土地房屋拆迁管理办法》，应当怎样理解这些地方性规定？

王　轶：集体土地的征收问题，可不可以由地方政府通过发布规定的方式规制，有值得讨论的地方。因为征收过程涉及国家公权力和私人财产权的关系协调问题。

《立法法》第八条规定，对于非国有财产的征收一般要通过全国人大及其常委会制定法律来予以规制，只有在很例外的情况下才可以经过特别授权，由国务院先行制定行政法规。

新京报：这会产生什么后果？

王　轶：按照目前各地的规定，集体土地上房屋的拆迁基本是按照《城市房屋拆迁管理条例》的模式在进行，这等于把城市房屋拆迁管理条例的缺陷复制到了农村房屋拆迁领域。最核心的缺陷就是没有区分征收拆迁和协议拆迁，没有区分到底是不是为了公共利益，这就会产生一系列的问题。

新京报：地方政府还有一种方式，是通过把农村居民变为城市居民，由此改变土地性质。

王　轶：目前集体土地转为国有土地唯一的途径就是征收，因为不允许土地所有权进入市场流通，用居民身份的变更达到这一目的是违反法律的做法。农民可以对此提起诉讼。目前，还是通过行政机关自我纠错的机制来予以纠正，不是司法手段。

城市化土地来源需设新通道

新京报：上一次国务院法制办召开的研讨会中，对于农村集体土地上的拆迁问题有怎样的意见？

王　轶：与会几位学者希望不要将修订后的拆迁条例限定仅适用于“国有土地”，而是贯彻城乡一体化的原则。

目前，在大部分城市里已经少有大规模的征收拆迁了。集体土地上的房屋拆迁，尤其是城乡接合部集体土地上的房屋拆迁才是最现实的问题，此前公众关注的几起事件也都是发生在集体土地上的。

记得当时法制办的同志回应说，农村的情况不一样，更加复杂，需要进一步调研，如果把集体土地上的拆迁纳入进来，修法的进程还会往后拖。

新京报：如果这一次条例的修改不能解决这一问题，还有怎样的修法机会？

王　轶：最关键的还是《土地管理法》的修改。既然目前集体土地改为国有土地已经明确是只能为了公共利益，需要走征收程序，那么在城市化的进程中如何解决城市发展的土地来源问题？一定要开设新的通道。集体建设用地使用权是否可以进入一级市场进行流转是必须要回答的问题。

新京报：目前《土地管理法》的修改有怎样的进展？

王　轶：据我所知，国土资源部已经完成了修订建议稿，并提交国务院常务会议审议。希望有关部门在接下来的立法过程中通盘考虑，设计适合当前需要的土地流转规则。

赵作海，被翻转的人生

刊发日期：2010年5月12日～5月19日

记者：张　寒

赵作海，58岁。河南商丘市柘城县老王集乡赵楼村人，被称作“河南版佘祥林”。

1997年，赵作海与同村邻居赵振裳有矛盾，赵振裳趁夜砍了赵作海后逃走。1999年村里发现一具无头尸被认作是失踪的赵振裳，赵作海被刑拘，2002年被判死缓。2010年4月30日，“死者”赵振裳回到了村里。

2010年5月9日，赵作海被无罪释放，5月13日拿到国家赔偿款65万元。“出来我一共鞠了三个躬。”

5月15日，商丘市柘城县老王集乡赵楼村，赵作海伸出三个手指头，抬着头，眼睛往上瞟：那都是上头的领导，大官。

“我看你给县长鞠躬了。”人群中有人喊。

赵作海摇摇头，县长？那是市委书记！“你闹着玩呢你。”

停了半晌，他说，拿钱的时候我可没鞠躬。为啥？钱少，越想越少！

11年前，赵作海被认定杀了邻居赵振裳，后来被判了死缓。11年后，赵振裳回到村里。

5月9日，赵作海出狱了。“跟做梦一样”，他说想起来就觉得自己还在梦里。

怎么就进去了，怎么就出来了。

“一辈子就和翻篇一样。”他说。说杀人了就杀人了，说放了就放了。

“想得我脑子疼。”赵作海说他也想不清楚了。“公家能想清楚就中。”对他来说，最实在的是拿赔偿款，盖房子。

65 万

他说，知道我为啥按手印？先摸着钱再说，他怕“不按连 65 万都没有”。

谁也不知道赵作海把支票放在哪里了。

“我拿命换来的，我能让你知道？”5 月 15 日，赵作海揣着 65 万元的支票去了银行，周末不能办理。他说周一再去，“拿着卡才踏实”。

拿到赔偿款的头一天晚上，他几乎一夜未睡。他跟妹夫余方新说，钱是我自个的。我要给三个儿子盖房娶媳妇。

他的头常年“嗡嗡叫”，他说是屈打成招落下的病根。有了钱一定治一治。

拿到钱，赵作海想了几天，不治了。他说，这病熬一熬也就过去了。治病要花钱，不划算。

他看重拿到手里的钱，“摸到一个是一个”。

5 月 11 日晚上，谈赔偿的人 11 点多到了赵作海家。整个谈判持续了近两个小时。

过程中赵作海很少说话，姐姐赵作兰在旁边看得着急，“他就光会嗯嗯嗯，中中中”。他说得最多的一句话是，“给我多少我要多少”。

他也提出过觉得少。对方说，按文件就是那么点，你不能贪多。

凌晨两点，他撑不住了，要按手印。赵作兰急了，跑出去给叔叔赵振举打电话。

赵振举电话里交代，“不按，哪有深更半夜按手印的”。赵作兰跑回来，赵作海已经按了。

赵作兰急得拍大腿，赵作海一扭头进屋睡觉了。他有自己的打算。他说知道我为啥按？先摸着钱再说，“不按连 65 万都没有”。

出狱不到十天，赵作海“忙得连放屁的工夫都没有了”。

他还有个总结，他指着自己的嘴，“嘴还是这个嘴，但它分叉了”。

啥叫分叉？一边对政府，一边对记者。

政府来人看他，他会说感谢政府，感谢党。

“我不接见你们。”这是赵作海对记者常说的一句话。他经常把自己关在屋子里，头上裹条毛巾，往床上一躺就是半天。有时，记者快到的时候，他骑着一辆车子偷偷从村子的小路跑了。

也有的时候，他说哎呀，我不接见了，我走了，但是屁股并不离开板凳。

关于赔偿款的问题，他每天的说法都在变化。有时候说，我不在乎钱。有时候说，钱太少，我要再要65万。更多的时候，他说公家给多少，我都认了。

“我不愿意见你们？我不愿意多要钱？”赵作海偷偷地对记者说，没办法，政府有要求，少见记者。

赵作海说，你们走了，我咋办。他伸出两只手使劲往地下压，“强龙还压不住地头蛇呢”。

他用他当初挨打做例子，当时叫你往东，你往东他还说你拐弯呢。赵作海叹了口气，邪不压正，正还不压邪呢。

先稳定住，再说吧。他掏出几个记者的名片，“我都留着呢”。

1800元

听到记者提他欠赵振裳1800元，赵作海摔门进屋。对于赵振裳，他恨，又有点感激，若非对方回村，他不会有今天。

5月13日，拿到65万元赔偿的时候，有记者问了一句，你欠赵振裳的1800块，咋办？

赵作海“咣”地摔门进了房间。他嚷起来，我不认识他。

不过，1800元这个数字，赵振裳记了十几年。

这是他和赵作海反目的直接原因。到现在，赵振裳还说，因为这钱，他一辈子对赵作海不愧疚。

两个人从小玩到大，关系亲密。赵作海和他到延安打工三年，两个人一个锅里吃饭，一个床上睡觉。到最后，赵振裳没有拿到工钱。

他恨赵作海，他认为赵作海昧了他的钱。这钱他本来是准备买媳妇的，“那时候买个媳妇350块就够了”。那是他成家的唯一希望。他打了一辈子光棍。

知道赵作海拿到了65万赔偿款，赵振裳平静地打趣，“他又不给我，问我做啥”。

至于那1800元，赵振裳说，他愿意给就给，“不给我也不说啥”。

在村里人看来，两个人的仇恨并没那么深。“他俩迟早说话”，村支书李忠愿说，这么多年了，啥事都过去了。

两个人的关系，赵作海说，“先退化退化再说吧”。对赵振裳，他恨，又有点感激。赵振裳要不回村，没有他的今天。

现在的赵振裳天天坐在村边小桥上吹风。他老了。

侄子是他最亲的人。侄子对他说，“人家落了个财神爷，你落了个病身子”“你是不是发孬，老天爷找你呢”。

赵振裳就这么听着。有时候还是不服气，他说病好了，我还出去。要饭也比在村里强。

他的病只能越来越坏。他说没准哪天就不能说话了，瘫痪了。能拿到低保，“我才能活着”。

他说，除了赵作海欠他钱，他能记得的是，甘花（化名）还欠他150块。

他说，我对她好。她女儿病了，我带着看病，给她出了150元，她一直没还我。

甘花是赵楼村的一个女人。她曾经被称为赵作海和赵振裳共同的相好。都说因为她，赵振裳砍了赵作海一刀。

一个女人

“我连赶个集都抬不起头来”。甘花说，11年里，所有人都说，赵振裳被她害死了，赵作海的家被她搅散了。

甘花记得欠赵振裳的钱。她说，俺小孩有病打吊针，他帮忙了。

甘花从甘肃嫁到赵楼村。丈夫比她大二十一岁。嫁过来的时候，家里只有半桶煤，一个锅。

丈夫长年在外打工。种麦、收麦、过年，一年回来三次。

她图丈夫脾气好。有时候说着说着她会笑自己，啥脾气好，就是个窝囊包。

她说当年丈夫出门在外，赵振裳会帮她干活。按照村里的辈分来说，赵振裳是她的叔，赵作海则叫她嫂子。

她从未承认跟两人有关系。她说，当初两个人都喜欢到她家里。彼此怀疑对方和她好。

赵作海被抓后，她也被抓了一个月。她说自己被打了，被逼承认和赵作海的关系。

这11年，“我连赶个集都抬不起头来”。她说，所有人都说，赵振裳被她害死了，赵作海的家被她搅散了。

“落了一身的灰。”她想掸干净。

甘花性格泼辣，“丢人已经丢到全国去了，我还怕什么”。赵作海回来的第二天，甘花来了。一进门，她坐在赵作海旁边，一句话不说。

赵作海看了她一眼，继续接受采访。话明显多了起来。

甘花提要求，她要告赵振裳的侄子，当初是赵振裳侄子报的案。“我要我的清白”。

赵作海答应了，“你说咋弄就咋弄”。

甘花也不知道咋弄。她就知道一定要弄。她说，不弄村里人以为她亏心。

“不弄，我儿子连媳妇都不好娶”。

她去找了赵振裳：“你说我们有没有关系？”赵振裳说没有。他的侄子在旁边哼了一声。

这不是一个谁都愿意去探究的真相。

过了几天，听说甘花要告，赵作海语气平静，她告她的，和我有什么关系。他说，我自己都难保，我管别人干什么。

赵作海的脸上有一道深疤，每次记者问到，他的脸都会一沉。那是赵振裳砍的。

三个人里面只有赵振裳肯说起1997年那个下着小雨的深夜。他说，他在甘花屋子里砍了赵作海一刀。甘花在旁边。他以为赵作海死了。他跑了。

两年之后，一个无头尸体被发现，被当成赵振裳。

赵作海还记得，发现尸体的当天，天刚黑，他一回家就被抓了。

那个时候，赵振裳已经在太康县拾破烂为生了。

6分

一月6分，够120分，能从死缓减成无期了，再120分，又能减刑了。能挣到分，赵作海就能睡踏实。

出狱和入狱，对于赵作海来说，“都跟做梦一样”。

在监狱里，赵作海唯一的念头是，“挣分，减刑，减刑，挣分”。

一个月6分，他没有被扣过一次。

“没有人比我更听话”。他不申诉，他不喊冤，因为申诉要扣分。

他不敢当着人哭，“看见了又扣分”。他有时候会躲在厕所里哭，出来别人问他怎么了，他说，眼睛迷了。到后来，外面的事情他都不再想了。

一天下来，能挣到分，他就能躺在床上踏实睡觉。要清白，不如要分。

够120分，他能从死缓减成无期了。再120分，他又能减了。

出狱前，又是他减刑的日子了。监狱里的人因为赵振裳回来的事情，提审他。你杀人没？我杀人了。真杀假杀？真杀了。

赵作海回忆起来，呵呵笑。人家都知道了，我还一直说杀呢，为啥，我说不杀，万一不给我减刑怎么办。

除了挣分，就是攒钱。

妹妹给他的钱，他不花。每个月有 6 块钱，他也尽量存着。

他害怕永远都出不去了。他说老了不能动了，谁肯帮？有点钱，买点烟，递个烟，别人就能搭把手递口水。

出狱时，他带出 1200 多块钱。伴随他的，还有被磨平的脾气。

村里人对他以前的印象是，脾气大。赵作兰说之前的弟弟，“脾气就像换风一样”，一下子就急了，一下子就好了。

赵作海其实本姓徐，他当年是母亲改嫁带到赵楼村的。

赵作海力气大当年是出了名的。曾经和别村的人摔跤，两个人扳得脸都黄了，也没分出胜负。他力气大，也就不服人。村里人说他从来不怕谁。

在村里，赵作海也被看做一个能人。当过兵，能做点卖青菜的小生意。

现在的赵作海提起自己的脾气，“经过那一场，还有啥脾气”。他说现在是别人说啥是啥，“听公家的”。

他说能把家圆起来最重要。其他的，都无所谓。

两块钱

赵作海当年脾气暴躁。妻子说，有一次丢了两块钱，赵作海说是她偷了，一直打她，家早就破了。

妻子赵小齐（音）在他被抓之后的第三个月，就改嫁了。

赵作海说，他是在出狱后才知道妻子改嫁的消息。他以为妻子不看他，是因为摸不到开封监狱去。

他说，等记者都走了，他要去赵小齐家里，问问她回不回来。

“我死都不回去。”赵小齐坐在与现任丈夫的家里，盯着脚上的鞋，语气坚定。

她和赵作海都不记得是哪年结的婚了，“在农村，记啥时间”。他们是同村人。赵小齐和自己的弟弟要和一家人“换亲”。后来，赵小齐死活不愿嫁给那个男人。赵小齐的母亲托付赵作海把女儿送到姐姐家去。

半路上，赵作海带着赵小齐走了。

赵楼村很穷，穷到很多人都娶不上媳妇。有人买媳妇，“有人骗媳妇”。

后来，他们回到村里搭伙过日子。生了四个孩子，三个儿子一个女儿。

赵作海离开的十一年里，赵小齐连赶集，都绕过赵楼村。

她说赵作海脾气暴躁，经常打她。一个两块钱的故事，她讲了十几年。

她说，两个人过日子，她手里没有一分钱。有一次，两块钱丢了，

2010 年 5 月 11 日，河南省商丘市老王集乡余庙村，赵作海在其妹夫家中休息

赵作海说是她偷了，“一直打我”。

赵作海被抓后，她在路上碰到了到集市上换面粉的刘本云。她说，我想找个吃饭的活路。几个月后，她到了刘本云家，刘成了她新任丈夫。

刘本云说，来他家里的时候，赵小齐穿着补丁裤子。到了这个家，她才享福，“五年买了五个袄”。

赵小齐带走了她跟赵作海的小儿子和女儿，到刘本云家里，又生了一个儿子。

听到赵作海回来的消息，她病了一场。

当年，她也被抓到派出所，关了近一个月。挨打，挨骂。现在，她见了小轿车还害怕，当年抓她的就是辆小轿车。

她说，没有赵作海，她当年受不了那么多罪。

她不回，也不想见他。

赵作海被问到与赵小齐的感情，他笑了。他说都十一年了，还有啥感情。把家圆起来，都回来，就好了。

没感情也能过。

四栋房

赵作海一直都觉得亏欠孩子。他说要给三个儿子各盖一栋二层楼，给儿子娶媳妇。给自己也盖一栋，自己也“享享福”。

最重要的是儿子们。

人这一辈子活个啥？赵作海说起这个话题就兴奋。

他说农民一辈子终身大事，就是给儿子娶媳妇，盖房子。办完这件事，以后喝凉水都是甜的。

盖楼，一定要盖楼。他用手比画着，二层的，村里最好的。

一个儿子一栋楼，再给自己盖一个，“我也享享福”。

赵作海算了一下，65 万元，盖房子都不够，“你说我能不嫌少”。

他觉得亏了孩子。

他和赵小齐被抓走的那一个月，“孩子吓得躲到坑里去住”。村里人说。

因这个事情，四个孩子都吓得不机灵了。

两个孩子赵小齐带走了，剩下的两个没人管。后来村里决定，谁种他家地，谁就管他家孩子。

甘花养起了这两个孩子。加上自己家的，她养了五个孩子。“一天能吃进一锅馍。”甘花说。

村里人都背地里笑话她，“你亏不亏”。

甘花家的房子看起来都快塌了，四十年没修了，家里没钱。两个孩子长到一定岁数，甘花的丈夫带着他们去打工了，“能照顾他们”。

赵作海当面对甘花说过，你照顾我两个孩子，我谢谢你。

甘花说没啥，我种着你的地。

再后来，提到这个事情，赵作海就说，她帮我养孩子，那她还种我地呢。

65万的赔偿下来，刘本云问记者，我帮他养俩孩子，给不给我抚养费。

赵作海听到，说这些钱我还不够，我能给别人？

他的三个儿子都在北京打工。两个是建筑工，一个在厂子里看机器。怕走了不给工钱，赵作海出狱后，有两个儿子没回老家。

5月13日，大儿子换了一身新衣服，坐火车回来了。

刚见面的生疏让两个人什么话都没说。赵作海后来说，没想到儿子长恁高了。

他给二儿子、三儿子都打了电话。三儿子有点犹豫，他已经改姓刘了。他说，儿子，你慢慢想，爸等你答复。

饭桌上，赵作海跟大儿子说以后给你盖房娶媳妇。

儿子“嗯”了一声，之后两个人默默把桌上的菜吃完了。

出狱后，赵作海落泪的次数越来越少了。不过提到儿子，说起儿子到监狱看他不叫爸爸，他每次必哭。

哭着哭着，他把头埋在胳膊里，轻轻跺着脚，“他不叫我一声爸，他不叫我一声爸啊。”

这个伤痛他忘不掉。

他还有一个女儿，十八岁就嫁到了安徽。村里人说，说是嫁，和卖也差不多。

至今没有人知道，赵作海的女儿听说父亲的事情没有。

赵作海准备去安徽一趟，他说要让女儿知道，爸不是杀人犯了。

不是杀人犯了。

儿子就好找媳妇了。

出狱之后，他看着村里有人盖起小楼。

赵作海不服气，他说，我要不进去，我一家过得不比他们差。

可惜，“路走过了，你就不能往回退”。

他说深一脚浅一脚他也走到今天了。“我真没想到我还有今天”。

农民陈凯旋给总理带路之后

刊发日期：2010 年 7 月 15 日

记者：崔木杨

因给总理带路，陈凯旋在当地出名了。

2010 年 7 月 1 日，温家宝在湖南宁乡县考察防汛抗洪工作，临时停车与百姓交谈，这时农民陈凯旋向总理反映当地出现塌陷，大家提心吊胆。随后，温家宝让他带路去了塌陷现场。

那个下午陈凯旋兴奋不已。事后，他说自己是一时心热，他对自己的举动会带来什么，没有任何预料。不过，生活还是渐渐发生了变化。

7 月 1 日，湖南长沙市宁乡县大成桥镇，阴雨连绵的天空终于放晴了。这天下午，陈凯旋望着门前的马路，琢磨起心事。

陈凯旋是卖菜的，他的菜店位于镇中心广场，属于镇上的商业区。

40 岁的陈凯旋，在这里“知名度”并不高。邻居们说，陈凯旋不识字，不过卖菜时账算得很快。他很勤劳，还是个热心肠。他的心思，则都在供儿子念书上。

7 月 1 日下午，陈凯旋的心思，是想看到温总理。

“总理在峨山坝上视察，车队回来时肯定路过这条路。”陈凯旋说，他想一定要看看车里的总理。他希望能站在路边，向总理挥挥手。

陈凯旋决定，在马路边等候总理车队到来。

镇上的人都知道温家宝在当地考察抗洪防汛工作。车队尚未到来，守候的人群已水泄不通。

陈凯旋觉得，在这里，想隔着车玻璃看一眼温总理都很难。

他决定“另辟蹊径”——在他邀请下，镇上一名骑摩托车的小伙子带着他，从田间小路，奔向了峨山坝。

陈凯旋的“凯旋路”

当地老百姓跟陈凯旋说,他给温总理做向导去看大坑的路是“凯旋路”。

约下午5点10分,陈凯旋站在田埂里,距总理车队将要驶过的马路,不足20米。

20分钟后,陈凯旋看到车队驶来。车队没有像他预想的那样“疾驰而过”,而是停了下来。

陈凯旋看到,温家宝走下了车,与守候田间的农民聊了起来。

“总理一边挥手一边走过来,当时大家把掌鼓得很响。”陈凯旋在人群中挤,发现自己离总理“可近了,最多三米”。他听到总理问一名农民,今年粮食有没有减产。

陈凯旋还听到身后有村民小声向自己嘀咕:“你看总理多亲咱农民啊。要不你把镇上受灾,学校、医院、民宅都掉进坑里的事,和总理讲一下。”

“温总理,我想向您反映一个问题。”陈凯旋说,他当时心里一热,上前说,附近塌陷出大坑,大家提心吊胆。

陈凯旋说,自己当时是被总理的亲民作风感染,之前没有任何准备。自己家也并不在灾区范围。

“总理说我反映的是一个大事情,涉及群众的生命安全。”陈凯旋回忆,温总理问了他一些情况。他跟总理说“我们想请您去看看”,温总理马上叫我为他带路。

陈凯旋上了总理的车,感到“局促不安”,不知坐到哪里好。温家宝让他坐在自己身边,在车里第一排。

陈凯旋说,路上总理还跟他聊天,问了他一些个人情况。路两边有群众时,总理会向窗外挥手致意。

“一点架子也没有,有时候他还握着我的手一同向窗外挥呢。”陈凯旋说,他感觉特别幸福。他说,总理的手很软,很暖。

约十多分钟后,车到了青泉村口。温家宝下车步行,让陈凯旋带路。

当地半年来频发塌陷,陈凯旋带总理看的,是一个直径60米深约30米的大坑。总理视察的过程中,陈凯旋没跟上。

他说,自己想再次回到总理身边时,现场有干部拦住了,不让他再靠近。

据新华社报道,温家宝视察完大坑要离开时,四处打量人群,还问了一句:“我的那个向导呢?”

这成为陈凯旋的遗憾。7月9日，陈凯旋说，“当时要是能跟总理告个别就好了。”

那天下午，陈凯旋反映问题和给总理当向导，前后二十多分钟。陈凯旋说，别看时间短，村民们都说他走的是“凯旋路”。

“误会”与“出逃”事件

听到有人敲门不止，陈凯旋以为是来抓自己的，借道邻居家楼梯，跑了。

陈凯旋上了总理的车后，一些乡亲涌向了陈凯旋家的菜店。

正在卖菜的陈凯旋妻子听说丈夫的事，说：“你们别说笑了，他一个卖小菜的，还能上总理的车？”

7月9日，陈妻说，后来她给骑摩托车的小伙子打电话，才相信丈夫真的见到了总理。她觉得“还是很自豪的”，不过听说丈夫反映了问题，她又有些怕。

给温总理带路后，陈凯旋带着“幸福和兴奋”，回到了菜店。

妻子说，“见总理是好事，可你不该乱讲话，你又不是塌陷户。万一今后生意做不成了咋办？”陈凯旋没太在意。

这时乡亲们三五成群到来，纷纷说，陈凯旋把总理带到现场了，问题一定会很快解决。大家都乐呵呵的。后来，不知谁说了一句：不对啊，你这是给政府惹麻烦了，你要小心些。

当晚7点钟左右，一名在政府工作的亲戚来访。亲戚训斥了陈凯旋，认为他随便向总理反映问题很冒失。亲戚建议他出去躲躲。

陈凯旋紧张了。店里的人走后，他关上了卷帘门。

坐在板凳上，陈凯旋越想越害怕。陈凯旋回忆说，在他向总理反映问题和带总理去看大坑的途中，曾先后两次有人在身后拽自己的衣服。

2010年7月1日，湖南宁乡农民陈凯旋坐在温家宝总理身边，带路去看当地的塌陷

此外，陈凯旋称，在总理视察塌陷现场时，有一个穿衬衣的中年人低声对他说，你把总理带到这里，今后你没好日子过。还有一名穿警服的人也凑过来，说了同样的话。

7月1日当晚，镇上流传说，派出所要抓陈凯旋。

夜里约12点，菜店的门被敲得叮咚响。他跑到店面的二楼，透过窗户看到楼下是镇上的干部，旁边还停着一辆小车。

敲门声让陈凯旋心惊。妻子楼上楼下地走，眼泪汪汪，说“你看你这闲事管的”。“我当时对我老公讲，不能开门，一定是来抓你的，你看车都来了。”7月9日，陈妻说。

见来者敲门不止，陈凯旋借道邻居家的楼梯，跑了。

陈凯旋后来说，干部们半夜来，敲门时屋里没回应还敲了半个小时，“架势和抓人一模一样”。

7月10日，大成桥镇一名朱姓干部说，陈凯旋出逃是个误会。“他多虑了，我们当时就是想去了解一下，他是怎么见到总理的，不是抓人。”这名干部说，因知道陈凯旋在，就多敲了一会儿门，不过没敲半小时。

出名后的烦恼

陈凯旋不想接受采访了，一听有媒体要来，立即从家里跑掉了，夜里都没回。

陈凯旋出逃后，三天没敢露面。

这期间，镇上的干部频繁给他打电话，叫他到镇政府一趟。

陈凯旋在电话里吼：“你们把我的门都砸烂了，你们一定是来抓我的。我不回去！”后来陈凯旋又说“要回去我只见张书记”。

张书记在电话里说，敲门事件是个误会。三天后，陈凯旋走进了镇政府，“书记说了一些安慰我的话，让我放心生活”。之后，陈凯旋回了家。

陈凯旋的日子，发生着变化。

“你看总理在这里，我在这里，这张是我在向总理汇报情况。”如今，有客来访，陈凯旋会用手指戳向报纸上的照片，讲自己的故事。

不断有电话打来，很多记者要采访他。开始，陈凯旋很高兴。他开始收集报纸，并让人念给他听。

陈凯旋的儿子今年高考，成绩不理想，考了300多分，他担心儿子上不了大学。在接受采访时，他总提到自己的心愿是儿子能上大学。陈凯旋以为，或许能帮儿子完成大学梦，不过他每次提完心愿，没看到有什么发生，他也就不想这茬了。

有一天，他听说新闻里说他告诉总理塌陷是挖矿造成的。陈凯旋说这话他没说，他觉得这样会让很多人恨自己。

“电话一个接一个，接受采访，搞得我嗓子都说哑了。”陈凯旋不想接受采访了，他又怕得罪人，白天干脆不在家待着。

陈妻说，有一次县委宣传部来电话，说一家中央媒体要来采访。陈凯旋听后马上跑掉了，夜里都没回家。

除了记者，不断有周边村民来找陈凯旋。他们带着材料，希望能够替他们向总理反映情况，“解决问题”。

“收人家的材料吧，我压根没能力办。不收吧，又抹不开脸面。”陈凯旋说，现在一想这些事情“就冒火”。

改变的生活

陈凯旋还是感到压力。他把菜店转让了，他打算回家种地。

向来早睡早起的陈凯旋，最近开始失眠。

有一次，街坊们看见，陈凯旋一晚上都在屋子里喝茶。

陈凯旋的一个朋友说，陈凯旋最近变得小心翼翼。“以前说话大嗓门，现在说话低声低气，还四下张望。”

县里干部也注意到了陈凯旋的情绪。

宁乡县委宣传部副部长袁国华说：“坊间的传言很多，各式各样什么都有。”

袁国华说，县里已注意到各种传言对陈凯旋的影响。为此，县委还开了会，要求大成桥镇党委书记务必与陈凯旋面谈一次，希望陈凯旋不要有思想包袱，希望他重新过回正常生活。

“谈了两个多小时，不过陈凯旋的情绪一直挺激动。”大成桥镇一名干部回忆。

7月11日，位于塌陷区的村民获悉，新的受灾补偿标准即将推出了。

这一天，陈凯旋以五万元的价格，将自己经营了多年的菜店转让给了别人。他认为至少赔了五万。不过，他觉得有五万也好。

尽管镇干部给他做了工作，陈凯旋还是有压力，仍担心被“报复”。他担心菜店继续经营下去，被有关部门“找茬罚款罚到一分钱不剩”。

陈凯旋说，他已经决定离开大成桥镇中心商业街。

他想回家种地去，他觉得“这样活起来安生”。

郑民生：走上55秒杀戮之路

刊发日期：2010年3月25日

记者：孔　璞

■ 背景介绍 ■

福建南平一小学门口，42 岁男子挥刀砍向 13 名小学生，残暴背后隐藏复杂人性。

【凶手档案】

郑民生，1968年4月30日生，福建南平人，中专毕业，未婚，原马站社区诊所医生，2009年6月辞职。

3月23日7时20分左右，正逢孩子上学的时间，福建省南平市实验小学门口，郑民生手持砍刀，连续砍杀13名小学生，目前已有8名孩子死亡，5名孩子受重伤。

郑民生以故意杀人罪被批捕。

【遇难者名单】

柯翠婷：女，一年级（5）班

陈楚柠：女，一年级（5）班

欧阳宇豪：男，一年级（4）班

黄舒婕：女，一年级（4）班

彭飞：男，二年级（7）班

陈佳惠：女，三年级（2）班

周雨笑：男，四年级（4）班

侯传杰：男，四年级（7）班

怎么会是他呢？

郑民生的街坊邻居都坚持说，郑民生是个不讨厌孩子的人。

去年夏季的一天，有居民看到郑民生骑着电动自行车，载着四五个七八岁的孩子，在路上玩。

路边拐角处杂货店的女老板记得，孩子们像八爪鱼一样紧紧抓住郑民生，他们的笑声在暮色中很响亮。

而就在前天，55 秒内，8 名小学生命丧在郑民生的刀下，5 人受重伤，场面凄惨。

没有比人性更复杂的事情了。

几乎所有被采访到的人都用了那句话，“想不到会是他。”

“郑一刀”

作为化纤厂医院主力外科大夫，郑民生有“郑一刀”的称呼，“就是说他一刀下去就好了”。

南平化纤厂家属院，坐落在福建南平市东北部山区，这座曾经的国企已于 2000 年前后倒闭。

通往家属区的水泥路崎岖失修，两侧林木茂密，两层小楼的医院就在路边的高地上。郑民生 1990 年从建阳卫校分配来到化纤厂职工医院，曾在这里工作过 12 年。

化纤厂原职工小付曾在郑民生那里看过一次病，只是小的伤口处理。他记得郑笑呵呵的。

“在化纤厂的时候，郑医生是个很可以的人。”小付说。

家属区里年纪稍大的人都记得郑民生。作为化纤厂医院主力外科大夫，郑民生有“郑一刀”的称呼。

“就是说他一刀下去就好了，不用第二刀。”家属区一位刘大爷说。

一位何姓女职工告诉记者，郑民生在医院“回头率很高”，很多人找他看过一次病后，会反复找他看病。她自己带着女儿找郑看过一次病后，就把郑推荐给亲戚们。

福建省南平市实验小学的学生上课前——在校园内的绿篱上系上小白花，以寄托对 8 名遇害同学的哀思

虽然好几位老职工都说郑民生的医术

高超，但刘大爷说当时就已经听说郑民生与医院其他医生，尤其是院长关系不睦。“但好像都是些小矛盾，他不太会处人际关系。”

郑民生的弟弟入赘到化纤厂一名职工家，姐姐也是化纤厂职工。何女士偶尔看到郑去姐姐家吃饭。

厂里职工都知道郑民生家境贫困，因此弟弟入赘。化纤厂里的收入非常低，1996年前，一个月只有300元不到的收入，1996年改革后也只有400多元。

刘大爷听到郑民生曾抱怨钱少，找不到好的女友。

“那个年代，人人都很穷，也不单是他一个。”在刘大爷来，郑民生和厂里所有年轻人都差不多。

蜗居

郑民生和三哥一家三口以及70岁的母亲，住在一套两居室，冬睡客厅夏睡阳台。

在化纤厂的12年，郑民生几乎没有存下钱。他和三哥一家三口以及70岁的老母亲，一直住在三官塘社区天台小区一套61平方米不到的两居室里。

三官塘社区是南平市一个偏僻的小区，十几栋建于上世纪90年代初的七层小楼依山势排开，两条狭窄的水泥路通往这里。

“这里是南平贫民窟。”三官塘的一个居民说。

郑家的两居室位于三楼。3月24日，郑民生家大门紧锁，一位警察守在门口，他告诉记者，为了防止郑的亲人被人寻仇伤害，他们已将郑母等人转移保护起来。

同一个单元里，郑民生家是唯一一户没贴春联的，只有一个红“福”字挂在门上。

郑民生是6兄妹中的老五，六弟没入赘之前，他和老六占据一间卧室，兄嫂一家三口占据一间卧室，母亲住在客厅。

老六入赘后，郑民生的居住条件并未改善。去他家串过门的邻居说，冬天郑民生睡客厅，夏天则睡阳台。

杂货店的陈老板替郑民生算过一笔账，他在医院的月收入约1400元，“郑民生不吃不喝得攒个十年才能买套老房子。”

郑民生今年42岁，他和周围人提起的恋爱不下5次。在他的描述中，房子是致使他多次和女友分手的导火索。最近一次的分手是去年年中，对象是和他谈了一年多的街坊“苏妹妹”。

"他说'苏妹妹'嫌他收入低，买不起房。"陈老板记得。

郑民生工作单位旁边缝衣服的阿姨注意到，七八年来，郑民生和她越来越多地聊起房子问题："他有点结婚狂，找女友就想找有房子的女人，还说离婚的也不要紧，只要有房。"

难以理解

在同事眼里，郑民生是个孤僻而难以理解的人。

2002 年，化纤厂职工医院改制为延平区马站社区卫生服务站，并搬至马站街上。在这里，郑民生和同事的相处恶化。

在同事眼里，郑民生是个孤僻而难以理解的人。他很少和同事玩，一个人独处时总喃喃自语，或大声放歌。

和同事几乎不说话的郑民生，爱与单位周围的小商贩聊天，他会一连好几个小时靠在缝衣服的阿姨的门口，诉说前领导对他的苛刻，从扣发工资到人格侮辱。

"郑医生十次有八次是在说前领导欺负他。"小吃店的金老板说。

郑民生还常常诉说同事们都很有钱，看不起他，嫌他穷。缝衣服的阿姨曾听他诉苦："他说大家都是成年人，嘲讽他时交换眼神他就看得出。"

在南平市政府的一份材料里，记者看到：郑民生自述马站医院前负责人不尊重他，工作上为难他，在生活上不关心他，并经常羞辱他。

对此，郑的同事都予以否认。"大家关系很淡，但谈不上有仇恨。"郑民生的同事李文说。前领导也坚决否认了与郑民生有过节儿。

曾经与郑民生在建阳卫校同学过的南平某医院叶医生说，中专时郑民生就话少，不与同学来往。

郑民生喜欢吹嘘自己和女人的关系，他曾说过自己有美貌的女友去了美国。

2008 年，郑民生取得了西医外科主治医生的资格。从那时起，他开始常常对缝衣服的阿姨说，自己受排挤呆不下去了，要离开。

"这个社会很现实，也很势利。"他跟卖杂货的女摊主说。

2009 年 6 月，郑民生辞职。化纤厂一位认识郑的职工说，他的辞职报告上有这样两句话："我的人生得不到安宁，有人要害我。"

但李文医生十分干脆地否认了，他说自己见过郑民生的辞职信，半页纸，黑色水笔手写，大致说自己辞职的原因是为了到外面有更好的发展。

郑民生离开马站卫生所的那天，到金老板的小吃铺吃了一碗面，“我要走了，到很远很远的地方去。”

杀戮

他杀人后自供作案动机：工作无着、恋爱失败、受一些身边人员闲言刺激，结果报复社会。

此前，郑民生常被人说有一点不正常，除了喃喃自语，他还有着与年龄不符的性情。

“他有次在楼下玩麻将，我逗他，就装作和人说话的样子大声说：陈局长，就是这个人赢了我好多钱。结果他吓得一哆嗦，站起来就跑了。”郑的一位李姓邻居说。

他还曾不打招呼就带着邻居家的孩子上街玩，吓得邻居家以为孩子丢了。

但邻居们都认为，郑并没有精神疾病，只是一个不通世故的人。

据提前介入该案的检察官介绍，看不出郑民生有精神异常特征。其对作案动机的供述符合逻辑，自供原因：一是工作无着，二是恋爱失败，三是受一些身边人员闲言刺激，主要动机还是因上述原因而报复社会。

刚失业时，郑民生曾多次外出找工作，每次他都笑嘻嘻地跟陈老板说一声，并拿上一瓶他每次必买的果粒橙。但几次外出都没有医院愿意接收他。

今年以来，郑几乎没有再出门找工作，邻居们好几天才看到他一次。

陈老板发现郑每次路过她的店铺，都要照墙上的镜子，以至于她想摘掉镜子。

郑和母亲的关系一直都说得过去，但事发前几个月，郑民生的三哥将母亲送到另一个兄弟家。郑的三哥告诉陈老板，郑民生总是指责母亲“害了他”。

与哥哥的矛盾也随之增加，“他哥哥开始嫌他占着家里地方又不挣钱，很多余。”打扫卫生的吴老伯说。

郑民生也不再打台球——这是他少有的爱好之一，在马站社区卫生所工作时，他把大部分空闲和零用钱都花在了街对面的台球厅里。

“他瞄的时间长，是个敏锐又有耐性的球手。”陪郑打过球的李先生说。

3 月 23 日，早晨 6 点半左右，郑民生身着白色运动服，跑过陈老板的店铺。陈刚刚开门，就看到郑民生冲路上的老人打招呼：“走，锻炼去！”

几乎是同一时间，一年级学生欧阳宇豪的母亲黄宝珠起床，给孩子煮了粥。

几分钟后，有人看到郑民生搭上了一辆摩的，朝山下驶去。从三官塘到南平市实验小学，摩的只需不到十分钟，那是所当地条件最好的小学。

7 点出头，黄宝珠牵着儿子的手出门，在家门口搭上一辆路过的公交车。从黄宝珠家到实验小学只有一站路，十几分钟后，母子俩来到校门口。黄宝珠低头看表：7 点 23 分。

欧阳宇豪松开黄宝珠的手，踮脚亲了一下妈妈的右颊，转身融入等待 7 点半开校门的小学生人群中。

黄宝珠看到儿子蓝色的米奇书包随着步伐起伏。侧过脸，她看到一个白色运动服男子走向成群的小学生，刀握在手。后来，欧阳宇豪和其他 12 名学生倒在血泊中。

杀人的就是他，郑民生。

“造假书记”王亚丽的官场现形记

刊发日期：2010 年 2 月 10 日 ~4 月 23 日

记者：黄玉浩　吴 伟

背景介绍

20 岁时遇到富商，因之与诸多市领导结识，得不同领导“赏识”而不断升迁至石家庄团市委副书记

身份、年龄、履历、档案均涉嫌造假，石家庄团市委原副书记王亚丽因冒充别人女儿意图侵占他人遗产，而遭当事人举报，其造假身份被曝光。2010 年 2 月 10 日，新京报对“石家庄团市委原副书记涉嫌身份造假”的相关情况，进行了报道。

紧接着，中组部新闻发言人证实，王亚丽被认定为“造假骗官”，中组部与中央巡视组、河北省有关方面一起对该案进行了查处，王已被免职，并移送司法机关。

被称作“一身是假”的王亚丽，是如何一路过关斩将，从一名普通的农村女子，一步步升迁至团市委副书记？当地相关部门在王亚丽升迁中是如何审核把关的，为何没有及时发现其身份及档案造假？

新京报记者再次赴当地对此进行深入调查。

“如果不是太贪心，王亚丽还会升官”。2010 年 3 月 1 日，石家庄下辖的辛集市委书记张国亮感慨。

2009 年 6 月之前，王亚丽是石家庄市优秀后备干部、最年轻的市政协常委，曾当选市“十佳女杰”和“十佳女乡长”，位居团市委副书记，“前途无量”。

张国亮认为，如果不是意图侵占他人亿万财产，遭当事人持续举报，王亚丽的造假身份将很难被发现，“当个副市长也有可能”。

2003 年至 2007 年，王亚丽曾任鹿泉市经济开发区党委书记，其间，张国亮任该市市委书记，专案组进驻石家庄市后，曾多次传讯已调任辛

集市委书记的张国亮。

对此，张表示坦然接受调查：我也被她骗了。

被举荐的后备干部

曾任鹿泉市委书记的张国亮说，若非市领导大力举荐，他不会同意王亚丽出任开发区党委书记。

“之前，我都不认识这个人，听都没听说过。”3月1日，张国亮说，若非时任石家庄市委常委、市委副书记的张振江举荐，他不会任命王亚丽为鹿泉市经济开发区党委书记。

张国亮回忆，2003年9月，张振江至少两次跟他说，王亚丽是个很有能力的后备干部，要找个机会重用，并推荐她主持开发区工作。

此前，2002年8月，王亚丽作为石家庄市委组织部下派的挂职干部，任鹿泉市开发区科技副主任，正科级。当年下派鹿泉的7名干部之中，王亚丽是唯一女性。

张国亮称他曾与王亚丽有简短接触，对王并无好感，“好告状，喜搬弄是非，喜表现好邀功，性格张扬，与开发区其他的领导经常闹意见”。

2003年9月，7名干部挂职期满，除王亚丽被张振江推荐留下任职外，其他人均调回。

张国亮称，他曾与市长一起去找张振江，希望说服他放弃推荐王亚丽，但张振江称也是受人之托，“推不掉”。最后折中的方案是让王亚丽任开发区党委书记，而非作为一把手的主任。

下派干部的档案由地级市市委组织部管理，王亚丽在鹿泉挂职期间，她的档案并未转到鹿泉。张国亮认为，正是这个原因，让鹿泉市错过了对王亚丽档案履历的审核。

他介绍，按程序，王亚丽要想以后备干部成为挂职下派干部，必须由所在单位领导举荐，并由市委组织部考核通过。

石家庄原团市委副书记王亚丽被指身份造假

张国亮介绍，王亚丽

能作为后备干部，应是西柏坡纪念馆书记耿振环和馆长赵贵世向市委组织部大力举荐的结果。王此前在此任馆长助理。

认为对王亚丽了解不够，张国亮说他曾致电西柏坡纪念馆，馆长赵贵世对王的工作能力大加赞赏。

一名接触到王亚丽案办案组的石家庄市公安局领导透露，2007 年 4 月，时任市委宣传部副部长耿振环、赵贵世，向市委组织部推荐王亚丽出任团市委副书记一职。而耿赵二人在接受调查时称，他们的推荐，是时任石家庄市人大副主任张振江的授意。

造假的干部履历

“在任命干部时只唯上不唯实，才让王亚丽一路通关。”石家庄市政府一干部说。

2003 年 9 月，王亚丽被正式任命为鹿泉开发区党委书记，数月后，她的档案转至鹿泉市委组织部。

据张国亮回忆，当时鹿泉市委组织部发现王亚丽的档案很乱，年龄、工龄、党龄与履历不符。遂上报到张国亮，张让他们向石家庄市委组织部汇报，但后来不了了之。

记者自石家庄团市委获得的王亚丽任团市委副书记的简历表显示：生于 1978 年，1990 年成为河北省军区后勤部战士，1990 年到 1995 年在中国人民解放军某医院做药剂师；后成为正定县武装部干部，转业后任石家庄市交通局稽征处人事科副科长；2001 年 10 月任西柏坡纪念馆馆长助理，正科；2002 年 8 月到鹿泉挂职开发区科技副主任，2003 年 9 月任鹿泉市开发区党委书记；2007 年 4 月调任石家庄团市委副书记，并当选石家庄市最年轻的市政协常委。

2009 年底到 2010 年初，记者先后到正定县武装部、某部队医院及王亚丽提到的军医学院，均查无此人。

其中，2009 年 8 月 21 日，正定县武装部主管档案负责人坚称，该单位查无王亚丽此人，更无此人的档案。

“12 岁当战士，参加工作这都不稀奇，12 岁成为一家大型军医院的药剂师，这怎么可能……这样的履历怎么能通过各级组织部门的审核？在任命干部时只唯上不唯实，才让王亚丽一路通关。”石家庄市政府一官员认为，组织部长都很难让王的档案通过市委常委会的审核，因为市委领导的大力举荐，其他人为了顺应领导意思睁一只眼闭一只眼。

3 月 1 日，张国亮承认，王亚丽被任命为鹿泉市开发区党委书记时，并没上常委会讨论，“当时正处换届，忽视了，如果上会讨论，她的履历造假很是明显，应该能发现”。

王亚丽事发后，记者拨打张振江的手机，一直处于关机状态，而耿振环与赵贵世的电话也无法打通。

据张国亮讲，受王亚丽案牵连，耿、赵二人已被双规，已退休的张振江也被党内处分。

记者就此向主办王亚丽一案的河北省纪委求证，相关负责人称，目前此案还在侦查阶段，不便透露案情。

得到能人“干爹”帮助

时任交通局长答应将王破盘的“干女儿”王亚丽调入交通局，王破盘再将局长之子列为公司股东。

调查显示，在王亚丽的升迁史中，商人王破盘，扮演了至关重要的角色。

在很长一段时间里，王亚丽的身份是王破盘的“干女儿”。

王破盘为石家庄市无极县无极镇正村人。多名当地官员和村民介绍，在无极乃至石家庄，王破盘都是风云人物。

上世纪八九十年代，依靠当兵时积累的人脉，王破盘承接了大量部队基建工程。在完成原始资金积累后，他又瞄准政府工程。

“许多工程最低100万都没人干，王破盘提出70万都干。因为他可以从部队里带来人以及一些便宜物资。他不仅赚了钱，还为无极县做出了巨大的贡献。”2010年2月28日，原无极县委书记刘日回忆。

刘日1985年至1993年任无极县委书记，为河北乃至全国的改革明星，大刀阔斧进行修路铺桥等建设。

这期间，王破盘的部队人脉，也给无极县带来帮助。

1990年前后，王破盘曾被无极县授予致富带头人称号，并当选县政协副主席。其间，王破盘承接了大量政府工程。

因有突出贡献，王破盘与历届县长、县委书记均关系良好。

1994年，王破盘看中了石家庄市交通局在新华区新华路上的一块地，而时任石家庄市交通局局长的王志峰正是无极人，且曾任无极县委书记。

“那时候也没有招拍挂，就由交通局立项，以建立大型的停车综合服务中心的市政公益项目性质，在得到两个市领导的批示后，王破盘获得了这块地的开发权。”王破盘生前好友、金华综合停车服务中心常务副总韩志友称。

也是这一时期，王破盘与时任新华区党委书记的张振江联系紧密。

韩志友称，王破盘为了拿地，曾给王志峰送过80万元，最终，估价180万的地块他90万元拿下。

石家庄市公安局一名副局长曾与王志峰、王破盘熟识，他介绍，王志峰与王破盘在谈这块地时，“互相帮助”，王志峰答应将王破盘的干女儿王亚丽调入市交通局做干部；作为回报，王破盘的金宝有限公司，要将王志峰之子王印江列为股东。

在金宝公司1995年的一份地址变更的公司章程中，记者看到当时公司股东栏里为王破盘、王印江、王亚丽、薛立新等。

2010年2月27日，石家庄市交通局直属党委副书记周锁香证实，王亚丽调入市交通局任稽征处人事科副科长正是时任局长王志峰的安排。1998年底，王志峰涉嫌贪污受贿被市纪委调查，随后逃往国外，被“开除公职、开除党籍”，其子王印江也被市交通局稽征处辞退。

“人事科副科长只是一个副股级，根本够不上市委组织部管，一般来说稽征处的处长都可以任命，但前提是这个人必须是干部身份。”周锁香说。

她认为，药剂师是干部身份，但王不可能12岁当药剂师，而排级以上才是干部，12岁的王亚丽不可能做到排级……没干部身份如何调入交通局当上副科长，“这个就不好说了”。

美元失窃案与“分手”

王破盘家中保险柜的110万美元不翼而飞，让王亚丽失去信任，此后她另投他人。

韩志友回忆，王破盘当时是许多市领导眼里的能人，常与领导们一起吃饭喝酒，关系亲密。而作为王破盘的干女儿，王亚丽很容易与王破盘身边的政要打成一片。

但1997年发生的一件事，导致了王亚丽与王破盘后来的“分手”。

当时王破盘四处筹措修建停车服务中心大楼的资金，其中110万美元放在家中的保险柜里不翼而飞。

王破盘报警后，新华区公安分局侦查后认为，与他住在一起的王亚丽有重大嫌疑。不料，立案数天后，王破盘又找到了当时主管刑侦的新华分局副局长黄瑞安，提出撤案，理由是“家庭纠纷，你们不用管了”。

多年后，王破盘曾对韩志友说起此事，称110万美元是被王亚丽偷走；他报警后，王亚丽威胁说，要是不撤案我就告你强奸，他不得不撤案。

2月26日，新华区公安分局原主管刑侦的副局长黄瑞安说，王破盘的确报警说丢失巨额现金，警方怀疑过与其同居的王亚丽，但后来撤没撤案他不记得了，“可能没破案”。

资金被盗事件后，王亚丽和王破盘分道扬镳。王破盘的女儿王翠棉了解到，王亚丽离开父亲后，投靠了王志峰。“因与王志峰的关系不清楚，王志峰的妻子曾带人打了王亚丽”。

此说法得到多名交通局老干部证实。

1998年，王志峰外逃后，王亚丽留在了交通局稽征处人事科副科长位置。

与一领导关联的升迁

对照张振江与王亚丽履历，会发现一个时间段内张的每一次升迁，总会伴着王亚丽的升迁。离开王破盘和王志峰后，王亚丽依然与多名领导联系紧密。

石家庄市交通局一退休干部回忆，此时看不出王亚丽有失去靠山的落魄，相反她行事高调，总对身边人说她父母都出国了，姥爷是中央军委的一个高层。她还常当着别人的面给一些市领导直接打电话。“这个女人的气场，倒真像很有背景的样子”。

新华区一名退休副区长证实，当时与王破盘要好的市领导中，张振江是少有比较欣赏王亚丽的人，认为她干练、有能力。

对照张振江与王亚丽的履历，会发现，2001年8月至2007年，张的每一次升迁，总会伴着王亚丽的升迁，或获得新的机会。

2001年8月，张振江任石家庄市委常委、政法委书记，2001年10月王亚丽调任正处级单位西柏坡纪念馆馆长助理，级别正科。次年8月，王亚丽作为被培养的后备干部下派至鹿泉市经济开发区任科技副主任。

2003年2月，张振江任石家庄市委副书记，当年9月，王亚丽在鹿泉一年挂职期满，出任鹿泉市经济开发区党委书记。

2007年3月，张振江出任石家庄市人大副主任，而当年4月王亚丽则当选为石家庄团市委副书记。

对于二人升迁的巧合，石家庄市委组织部未予置评。

2008年，张振江在市人大副主任任上退休。2009年6月，王亚丽被免去团市委副书记职务。

“王亚丽舍得在领导身上投资，有金钱也有感情。对一些领导就像是对自己的亲生父亲一样，整天围在他们周围。如果病了，就鞍前马后照料。需要送钱的也从不手软，特大方，必要的时候又能搬出来自己‘在军委高层的家族关系’。”曾与王亚丽共事过的一名鹿泉市官员认为，如果没被举报，“王亚丽还不知道能爬多高呢”。

争财产暴露假身份

父亲这个突然冒出的“女儿”到底是谁？王翠棉不断调查发现，王亚丽并非真名。

如不是王翠棉坚持举报，王亚丽或许会顺着仕途走下去。

2008年8月8日，王破盘去世，未留下一句遗嘱。作为石家庄金华停车服务中心的法人代表兼董事长，他留下了一座价值4.5亿的在建大厦。

王破盘去世后，他的子女王翠棉、王中信等人遭遇了离奇一幕，一名陌生女子自称王破盘亲生女儿，报警要进行尸检。此后，她提出自己是唯一遗产继承人。

这名女子便是时任石家庄市团市委副书记的王亚丽。

“我们都不认识她，更没有一个当市领导的姐妹。一个陌生女人突然自称我爸的女儿……我们觉得可能是个阴谋。”

王翠棉决定调查这个女子。

石家庄市工商局企业注册分局提供的一份金宝公司“外商投资企业负责人王亚丽”的身份证明显示，1994年王亚丽住在北马路3号一部队大院，曾在某部队医院工作过……现任金宝公司董事。

王翠棉回忆起，1994年，父亲王破盘住在北马路3号部队大院，与一个叫“小丽”的女人同居。这个“小丽”难道就是如今的王亚丽？

与王破盘关系莫逆又同住那个大院的魏建军、新华区原副区长白合庆等多人证实了王翠棉的猜测——王亚丽正是“小丽”，王破盘的干女儿。

通过公安系统查询“王亚丽”户籍资料，王翠棉发现王的户籍和年龄不断变化。

1996年1月1日，王亚丽由“正定县武装部干部调动”迁入石家庄市宁安路派出所，是其有案可查的最早户籍迁移。

正常的户籍迁移应由户籍迁出、迁入地派出所出具迁移许可证和迁入许可证，但王亚丽1996年的这次迁移只有一封“正定县武装部开具的介绍信”，称王亚丽是正定县武装部干部，现调入市交通局，请予以落户。

2003年王亚丽任鹿泉开发区党委书记时，户口由宁安路派出所迁入鹿泉市，不足两周后又迁回石家庄，其出生年龄由1973年更改为1978年。

王亚丽到底是谁？凭着王亚丽的身份证照片，王翠棉最终查到，王亚丽原名丁增欣。

2008年11月，无极县西验村村委会向张段固镇派出所开具证明，王亚丽是丁小锅的女儿丁增欣，全家1989年后全部搬走。

就此证明信，2009年8月23日，无极县张段固镇西验村村长丁三民称属实，是2008年11月份，石家庄市委组织部到村里调查，支书丁保栓写的。

在张段固镇派出所，依然保存有丁增欣的户籍，资料显示她为西验村人，生于1969年9月1日，父亲丁小锅，母亲张英勤。

20年前际遇，命运改变

从初中退学后，王亚丽（丁增欣）有段时间跟着唢呐班子，直到1989年遇到商人王破盘。

丁三民是丁增欣的同学，他回忆，村里人都叫她“三闺女”，“她20多岁时全家都离开村里了。听说她在王破盘帮助下当上兵了，后来能做这么大官我们也没想到”。

作为丁小锅的本家，西验村支书丁保栓称，四川大地震后，全市干部大会动员捐款，他们在电视上看见丁增欣讲话，“这时候才知道她现在不叫丁增欣，叫王亚丽了，当了团市委副书记”。

丁三民回忆，丁增欣自1989年搬出村子就没见过她，小时候她学习一般，喜欢玩，在村里的女孩中算长得好看的，皮肤比较好，村里人都说她像城里人。

丁增欣的户籍档案显示，她曾就读无极中学，初中没毕业，初二就退学了。

丁三民等村民介绍，退学后的丁增欣，一直跟着附近村里的红白喜事的民间唢呐班子唱歌跳舞，直到1989年遇见王破盘。

1989年，47岁的王破盘修无极公路，工程途经西验村。丁三民、丁保栓等人回忆，当时丁小锅在工地上帮忙，与王破盘相处融洽成为好友，遂将女儿丁增欣介绍给王破盘做干女儿……

2008年12月起，王破盘之女王翠棉开始实名向石家庄市、河北省及中央各级纪检和组织部门举报王亚丽“身份造假骗官”。

2009年6月，王亚丽被免去团市委副书记、市政协委员。2010年1月，专案组进驻石家庄市，调查王亚丽案。

“这样一个全身是假的女骗子，却能仕途通达。这对组织部门，对地方领导，是一个莫大的讽刺。我们有太多教训需要吸取。”3月1日，辛集市委书记张国亮感慨，“说王亚丽是混进官场的三聚氰胺，很有道理，危害太大，影响太恶劣，对干部的选拔教训太深。”

王亚丽升迁路线溯源

1. 认下“干爹”村妞进城

1989年，丁增欣认识修路的王破盘，成为王破盘的“干女儿”后改名“王亚丽”，从村里到了城里。

2. 结识局长任副科长

1996年1月，王亚丽结识市交通局长王志峰，在其帮助下调入交通局稽征处任人事科副科长。与此同时，以“干部调动”的名义办理石家庄户口。

3. 离开干爹投奔局长

1997年底，王亚丽离开王破盘，涉嫌卷走王110万美元的建楼款，后投奔王志峰。

4. 局长被“双开”走近新“贵人”

1998年底，王志峰涉嫌贪污被调查后逃往国外，被“双开”。王亚丽与时任新华区党委书记的张某关系进一步密切。

5. 获市领导提拔当纪念馆馆长助理

2001年8月，已升任市委常委、市政法委书记的张某，提拔王亚丽至西柏坡纪念馆任馆长助理，级别正科。

6. 受领导举荐成后备干部

2002年，张某任市委常委、政法委书记，王亚丽受西柏坡纪念馆书记耿振环、馆长赵贵世的举荐，经市委组织部核准后成为年轻后备干部。

7. 被派往开发区成为挂职干部

2002年8月到2003年9月，作为市委组织部培养的后备干部，王亚丽到鹿泉经济开发区做挂职干部，任开发区科技副主任。

8. 挂职期满被荐任开发区书记

2003年9月，王亚丽挂职期满后，时任石家庄市委副书记的张某，多次向时任鹿泉市委书记的张国亮举荐王亚丽，后来王亚丽任鹿泉开发区党委书记。

9. 再受到推荐任团市委副书记

2007 年 3 月，张某任石家庄市人大副主任，授意已任宣传部副部长的耿振环、赵贵世向市委组织部举荐王亚丽任团市委副书记。

10. 遭实名举报涉造假被免职

2009 年 6 月，王破盘的女儿长达半年实名举报王亚丽“造假骗官夺产”后，市委组织部以涉嫌档案造假，免去其团市委副书记职务。

邳州征地血案调查

刊发日期：2010年1月18日~2月1日

记者：涂重航

■ 背景介绍 ■

2010年1月7日，江苏邳州市河湾村，200多名男子手持棍棒、砍刀，欲强行征用该村耕地，与前来护地的百余村民发生冲突，村民一死一伤。当地警方称，涉嫌行凶的30人被控制，其中包括河湾村支部书记孙孝军。

事件发生后，邳州市政府称，不法分子受企业委托，勘探村民耕地，发生冲突。

对此说法，村民无法认同。他们透露，运河镇镇政府用“以租代征”等方式，导致河湾村3000多亩耕地中2500多亩被占用。自2007年以来，该村因被强占耕地、被拖欠补偿租金等，冲突时有发生。而国土资源部三令五申，要求各地整治“以租代征”等违法违规做法。

2010年1月13日下午，江苏邳州市东高速收费站办公室门前水泥地上，被风干的血迹，留下五六米长印痕。

在血迹不远处，立着宣传牌，牌上写着——在邳州，有一种氛围：每天都有新追求，每天都有新激情，每天都有新作为；在邳州，有一种追求：一时不为民一日不宁，一日不为民三天不安；在邳州，有一种精神：两天并作一天干，夜里当成白天干，雨天当成晴天干。

然而就在这个牌子下面，1月7日一村民因护地被殴，送医院后抢救无效死亡。

200多人持刀棍打人致死

河湾村村民介绍，1月7日上午，邻村张村人陈爱中、炮车镇人路祥超带领200多名男子，乘30多辆轿车，护着大型挖掘机、勘探车，试图强行进入河湾村二三组的农田区。此时，不甘耕地被占的河湾村100多名村民，阻拦机械进入耕地施工，老人、妇女坐在挖掘机前。

僵持一上午后，陈爱中等人到河湾村旁的“野猪林”“醉好酒家”吃饭。

下午2时许，他们再次返回。

一名目击村民说，那些人赶到田间小路上后，从轿车后备厢里拿出半米多长的砍刀、匕首和“喇叭棍”，一人一把，开始拖拉村民。

挡在前面的一名老村民说，一些年轻人朝他嚷：“打死你们这些老的，不值得。要打，我们只打年轻的。”

下午4时40分，冲突发生。

村民看到，一部分来的人在高速路边追打河湾村村民李冬冬。十分钟后，200多人乘车离开，李冬冬躺在高速路收费站门前，全身是血。随后虽送医院抢救，但终被宣告不治身亡。

家人提供的遗体照片显示，李冬冬右胸、右腹、右背，均有一处刀伤。

村民薛银礼说，21岁村民李卫南，当天为了保护被围的母亲，被捅三刀，左右肺叶刺穿。送医院经过抢救，4天后才脱离危险。

1月13日，李冬冬的母亲赵霞告诉记者，当天下午，儿子本已回家。4时许，听说来的人要“打仗”，他又返回现场。

李冬冬父亲说，儿子原定农历腊月十八结婚，事发前一天刚拍完婚纱照，片子没洗出来，人却死了。在李冬冬的新房里，红色大床上放着新的绸缎被面。

警方称村支书是带头者

李冬冬死后，尸体停放在中铁二局二处医院太平间内。7日晚，李冬冬的十多名亲戚守护尸体。

8日凌晨，亲属说，邳州市公安局来人要拉走尸体，遭到他们反对。凌晨6时许，警察赶到太平间，抢走尸体。

时至上午，得知尸体被抢的河湾村村民，聚集到邳州市政府前讨要尸体，未果。次日，上千村民在事发高速收费站前聚集，后被政府部门劝回。

1月13日，邳州市宣传部新闻科长丁庆飞证实，确实动用了防暴警察抢尸体，但那是为了破案需要，为了更好地保护尸体。

当天，邳州市公安局通报“1·7”事件称，在邳州海天石化有限公司南侧，发生一起多人参与的斗殴事件。

警方说，邳州市海天石化公司因筹划二期项目设计，需要地质勘探资料。张村孙孝军、陈爱中等人受公司委托，于当晚5时许，在公司南侧河湾村区域内进行勘探，与河湾村部分村民发生争执，引发斗殴，致村民李冬冬、李卫南受伤。李冬冬因伤势过重，经抢救无效死亡；李卫南经抢救脱险。

截至1月14日，警方已控制涉案人员30人，其中有主要犯罪嫌疑人8人。

邳州市宣传部丁庆飞称，海天石化要进行2期扩建，企业组织的勘探与村民发生纠纷，导致流血事件，勘测方也有一人受伤。

内部人士透露，河湾村书记孙孝军，既是河湾村村支书，也是张村村支书。另外，带头“勘察”的炮车镇人路祥超投案，张村人陈爱中至今外逃。

警方称，孙孝军、陈爱中、路祥超被指组织策划了“勘察”，1月13日晚，邳州警方以“涉嫌聚众斗殴”，刑拘了孙孝军。

河湾村多名村民证实，事发当天，陈爱中和路祥超辱骂村民，“捅死一人，赔30万，大不了再坐两年牢”。

国土局解答称事发耕地保存完好

那么双方的矛盾到底因何而起？

曾在运河镇政府工作的内部人士告诉记者，海天石化跟镇政府签订协议后，一次性缴付镇政府款项，镇政府出面征地。

要求匿名的村民介绍，2009年6月后，运河镇政府工作人员及各个村支书、村主任，“分块承包”河湾村村民，不断动员村民答应“以租代征”。

到2009年12月，两成村民与村委会签订了“用地补偿协议”。

村民提供的协议书显示，河湾村委会作为用地方，征用村民土地，运河镇政府出资，按年支付村民的补偿款，镇政府将土地一次性卖给企业。协议书中，去年的补偿款为每亩每年1000元。

对此，海天石化工作人员说，公司领导正参加邳州市“两会”，征地冲突需要找邳州市政府。当日，运河镇政府以同样理由拒绝接受采访。

而邳州市国土资源局工作人员冷冰受市委宣传部委托，代表该局解答说，事发土地属农用地，截至目前在该地块上未发生违法违规占地情况。

当问及河湾村2500亩耕地是否被占用时，冷冰说，此前未接到举报，对此并不知情。

而多位村民称，事发当天，他们分别致电邳州市国土资源局颜姓副局长及朱姓科长，得到回复是：一有动静，再打电话。

对此说法，冷冰坚称，他们是事后听说征地一事，事发前根本不知情。当他们到达事发现场查看时，发现耕地保存完好。

“以租代征”耕地仅剩500亩

记者调查发现，“1·7”冲突，其实只是当地强行占地、以租代征等引发矛盾的一个缩影。

资料显示，河湾村原有3000多亩耕地。2003年开始，当地政府开始“租用”村民耕地，然后租给企业修建厂房。村民反映，就这样，2500多亩地被征用。

1月15日，记者在河湾村运丰路、勤丰路发现，道路两边全部建成厂房，分别有盛昌木业、勤丰纺织、宏达制衣、鑫源纺织、运丰恒温库、长江木业等数十家企业。其中，只有少数几家开业，其他厂房均大门紧锁，围墙内长满荒草，有些厂房玻璃未安，里面空空如也。

“我们经常进去放牛。”河湾村一村民说，在他们的耕地上建的厂房超过八成都已倒闭，有些厂房换过几次厂名，但未见过开工生产。

徐州市国土资源局证实，他们也发现闲置土地问题，并于2009年7月发文，要求加快试点盘活闲置土地步伐，运河镇被选为试点，加速“腾笼换鸟”步伐。

2007年运河镇强行征地时，一村民跪在地头痛哭

徐州市国土局介绍，“腾笼换鸟”具体步骤是：运河镇政府出资4000万元，关停并转效益低下、濒临倒闭的企业，同时出资收购闲置土地。然后，再投入约4000万元，在收回的土地上建设标准化厂房10万平方米。最后，镇政府“招、拍、挂”公开出让、出租或出售这些厂房。

与此同时，邳州市还要求，各乡镇发展工业园区，每个乡镇均建有工业园区招商引资，河湾村并入运河镇工业园。

2006年，邳州市建立新区——邳州市经济技术开发区，河湾村位于新区东南部。镇政府收走河湾村耕地，转手卖给或租给企业。

除此之外，在河湾村原有耕地上，运河镇修建了占地100多亩的政府新大楼和占地上百亩的“河湾张村公寓”小区。

项目不仅被指超标用地，而且涉嫌先斩后奏

记者在徐州市国土局了解到，邳州市运河镇机关办公楼迁建项目2008年9月通过用地预审意见,同意占用河湾村2.6公顷土地(约36亩)，而非100多亩。

河湾村民反映，镇政府大楼2007年底开工，目前已建成60亩。另外，记者在徐州市国土局了解到，该项目当时并未获得江苏省国土资源厅建设用地审批。

经过几次“腾挪”，几年后的河湾村，如今仅剩耕地500多亩。

当然，以租代征过程并非一帆风顺，其间，村民的抵制始终未停。

河湾村多名村民说，2009年8月，河湾村5位村民因耕地被村里出售到北京反映。村民介绍，村里拿去他们的耕地后，以每亩17万元卖给开发商，而补偿给村民的每亩只有3万元。

拖欠租金也曾引发冲突。村民介绍，2007年和2008年，村民因租金拖欠两次推倒企业院墙，砸毁警车。

村民王兆英介绍，2007年，河湾村委会征用她家耕地时，她跪在地里磕头，被几名村干部架起抬走，挖掘机铲平地里庄稼。

“我们不能光看到那1000元的租金，耕地是我们的保命田。”2010年1月13日，72岁的王兆英告诉记者，她有一个30多岁的儿子，哑巴，患精神病，她和丈夫薛银礼指望地里收粮养儿，耕地被征后，就剩1000元补偿，“心里慌”。

张悟本的“神医”路

刊发日期：2010 年 5 月 28 日

记者：黄玉浩　陈宁一

从一个纺织厂下岗工人，到大红大紫的中医“大师”，张悟本经历了 13 年。

13 年间，张悟本没停止“折腾”，他口才好，卖商品、保健品，上函授班。

最重要的，他遇到了几个“贵人”。

2007 年他遇到一个做养生产品、熟知市场的“贵人”他的命运变了。后，他后来成了“神医”。

张悟本是怎么成为“神医”的？“贵人”又为什么“帮助”他？

张悟本下岗是 13 年前的事了。

高中毕业后没考上大学，1981 年张悟本进纺织厂做了名工人。这样的生活，持续了十多年，直到 1997 年下岗。

下岗后，张悟本折腾过很多事。

卖过小商品，卖过安利的产品，后来又卖钙片。

数年后，2010 年的张悟本，突然火了，成了“神医”。

他能“治”很多病。按他自己说，能治近百种疑难杂症。能治糖尿病、心脑血管病不说，还能“治”癌症，肝癌、肾癌……他说癌一点都不可怕，是让医生宣传得神乎其神。

总之，世界医学界的难题，张悟本解决了。

方法？吃绿豆、茄子和白萝卜等。

火了的张悟本，称自己是中医世家。

四代中医世家，6 岁从父学医，前天（2010 年 5 月 26 日），他还是这样说。

不过，5 月 24 日，他的父亲说，他不知道儿子跟谁学的医。他跟儿子一样，都曾是纺织厂的工人。目前他还从原厂里领着退休金。

张悟本怎么学的医，怎么突然火起来的？

社区讲座后遇“贵人”

据称，了解养生市场前景、做养生类产品的唐燕飞，从遇到张悟本那一刻起，就想要包装他。

调查显示，在他下岗后，辅助推销保健品事业，2000 年，张悟本到北师大继续教育学院自学了一个函授班，专业名为“中医药”。

这是个自学班，开卷考试。

另有据可查的是，他还学过看手相治病。

一名接触张悟本的知情者说，在销售钙片时，张悟本已以“中医养生专家”和“高级营养师”自居。

而张悟本真正以“专家”形象出现，是三年前。2007 年 6 月，中国中医科学院下面的一个事业单位——中医药科技合作中心（下称合作中心），组织了一次活动。

正是这个活动，开启了张悟本的“食疗第一人”之路。

据中医科学院一负责人介绍，合作中心属独立法人，自收自支，除总经理鄢良为中医科学院在编人员，其余均为外聘人员。

中医科学院一内部人士则称，合作中心其实就是一个卖保健品生产技术的公司。

2007 年 6 月，该中心要组织“普及中医知识、治未病”的社区讲座。其职员王小雨是张悟本的朋友，王小雨向鄢良推荐聘请张悟本主讲。

5 月 25 日，鄢良接受采访时说，当时聘请中医大家不现实，报酬也高，而张悟本表达能力强，能“深入浅出”。

鄢良称，这个讲座开展近两年，是免费的，引来媒体报道，主讲人张悟本被关注。

而讲座引来了“回头客”，合作中心于是成立了收费的“中研健康之家”，由张悟本坐诊。

根据中医科学院内部人士讲，进社区讲座其实是该中心一系列商业宣传活动之一，目的就是推广产品和专家，并通过媒体报道扩大宣传力度。

在进社区开讲座的这个阶段，张悟本认识了一个叫唐燕飞的人。

“唐燕飞称，他自 2007 年结识张悟本以后，就竭力想包装推广张悟本。”一名后来参与包装运作张悟本的人士透露。

唐燕飞是何许人？工商登记资料显示，他2000年成立了“北京悟心堂中医研究院有限公司”，是北京第一批经营中医养生类产品的公司。

后来包装张悟本的中奥纵横（北京）文化传播公司（下称中奥公司），唐燕飞时任副总。

参与包装张悟本的知情人士介绍，当时开讲座的张悟本已被媒体关注到，让了解养生市场需求的人，对包装张悟本的市场前景，充满了期许。

策划“奇人”加入包装团队

贺雄飞说，在一个全民养生的时代，张悟本的观点又如此与众不同。包装后一定能火起来，书肯定畅销。

中奥公司2007年开始包装张悟本，但一直不是太见成效。

直到两年后，一个人的加盟，出版人贺雄飞。贺雄飞又是何许人？上世纪90年代，他曾被称为中国民间出版第一人。他擅长策划出版“学术”书籍，号称是中国最有影响力的民间出版家。据称他曾推出汪国真、余杰、孔庆东和摩罗等文化名人。

贺雄飞策划出版的“草原部落”与“黑马文丛”系列丛书，均是上世纪90年代最受关注的文化类畅销书。因一些个人因素，他在21世纪初逐渐淡出出版一线。

2010年5月26日，张悟本及其所在公司召开媒体会，现场播放着食疗光盘

张悟本蹿红后，媒体调查发现了背后的贺雄飞。被认为是张悟本一夜走红的主要策划者。

2010年5月25日，贺雄飞称，2009年8月，一名影视投资界的朋友找到他，向他推荐一名叫张悟本的中医大师，看能否为他策划一本书。朋友称已有一家公司在包装这名大师，但一直不顺利。朋友送给了贺雄飞一张演讲光盘。

这名演讲的大师，便是张悟本。

“那是我第一次接触张悟本的观点，我一下子就被吸引住了。我觉得这个人的观点十分新颖，与我们接触过的所有权威医学专家学者的观点，都不一样，而且言辞幽默善于表达。”贺雄飞说。

他通过朋友引荐，结识了已在包装张悟本的中奥公司老总姜勇、副总唐燕飞与吴威。

贺雄飞说，中奥的人告诉他，他们捧张悟本几年了，制作了由其讲演个性化中医观点的电视光盘，本想卖给地方电视台，但电视台不买，还说要播出需要交钱，“张悟本当时名气太小，没人关注”。

而中奥公司想要打造张悟本，“当务之急是要使其出名。”于是中奥公司又想到出书。贺雄飞称，中奥公司找他之前曾找过许多出版商，对方都拒绝了。

贺雄飞称，中奥团队曾找过张小波等出版人出版，被拒绝了。

5 月 26 日，张小波告诉记者，很多类似养生类书籍的稿子找到他，想出版，但“但我们的原则是，违背常识或宣扬迷信的一律不碰”。

张小波说，养生方面的书，有些书籍语不惊人死不休，造成乱象。也有人以出书为幌子，建名声，非法行医或贩卖一些自制产品，“这样的人我们一般是不接触，或者接触了也会马上断绝关系”。

而自称长期患有高血压、高血脂和糖尿病的贺雄飞称，张悟本深深吸引了自己。

“在一个全民重视养生时代，他的观点又如此与众不同。我认为张悟本经过包装后一定能火起来，书肯定能畅销。”贺雄飞说。

畅销书横空出世

响亮的书名，权威的出版社，策划人概念一一实现。再加上发行公司的大力推广，这本食疗书籍，目标是 1000 万册。

“当时觉得,这本书做出来肯定畅销,不做必然遗憾终生。”贺雄飞说。

他介绍，书的文字内容，全部来自于中奥公司摄制的题目为“大国医道”的张悟本讲演光盘，“直接从光盘中扒下来的，都是他说的话”。

据一名参与“包装”张悟本的内部人士介绍，当初为了制作张悟本的光盘，中奥曾招募了一批懂中医和养生并能写文案搞策划的人，来做张悟本的助手。

作为策划人，贺雄飞说，他给这书取了一个口号式的名字 :《把吃出来的病吃回去》。贺雄飞认为，这个口号，有助于建立一个“革命性的理念”。

接下来，贺雄飞提出要找权威的出版社。

他介绍，当时中奥公司准备找的是其他出版社，而贺提出，一定要由够主流、够官方和够权威的出版社来出。

于是，通过私人关系，贺雄飞找到了人民日报出版社。

5月26日，记者致电人民日报出版社《把吃出来的病吃回去》的责编，询问出版时对作者和书中内容有无严格审核，该书责任编辑称，“我们只负责编书，其他的我们不能说，有事可以找中奥纵横的吴威”。

“出版社都是卖书号的，只要你这书不是刊登反动违法内容，其内容真伪没人去仔细审核。”出版人贺雄飞说。

2009年11月，《把吃出来的病吃回去》出版。据称，出版社为了加大宣传就投资了100多万。

该书交由贺雄飞之弟贺鹏飞经营的鹏飞一力公司负责发行，“我对我弟弟说，这本书你一定要尽最大努力宣传，这是一辈子的机会”。

贺雄飞称，鹏飞一力高额广告投入下，两大售书网站当当网与卓越网先后在首页重点推荐此书，并加大宣传力度，每天网上销售达到8000多册，“所有书店均占销量头名”。

“养生类书现在是个热点，基本上谁做谁火，市场空间大。”贺雄飞称，张悟本这本书，是他出版生涯中“商业效益最好”的书。

“你看下北京大小书店的排行榜，这书销售量一直排在榜首，有半年了。”贺雄飞称，书出来半年销量已过三百万册，预计2010年6月底可达500万册，年终目标是1000万册。

两次“触电”大增知名度

口才好的张悟本，在电视节目中诙谐幽默，他的观点又是如此“标新立异”，诸多观众被他的脱口秀吸引。

“书的销量上去以后，电视台的态度也就转变了，之前是中奥在求着电视台来采访张，还要花钱，书畅销后，电视台纷纷主动邀张去上节目。”贺雄飞称。

2010年初，北京电视台《城市》栏目“民以食为天”节目邀请张悟本上节目。

5月26日，北京电视台《城市》栏目组李姓副制片人称，张悟本的节目是他们自己制作的，不存在商业合作宣传一说。

2010年2、3、4月，张悟本三上湖南卫视的脱口秀节目“百科全说”。他言辞诙谐幽默，养生观点“标新立异”，引来无数观众追捧。

据媒体报道，《百科全说》播出“张悟本谈养生”的第一期，就登上了史上同时段收视率前三名。据说，不少人一到固定时段就坐在电视机前，等着看张悟本的“脱口秀”。

湖南卫视《百科全说》制片人李隽宇接受采访时称，他们曾了解张悟本养生书籍的情况，也参考了张悟本在北京电视台的节目。“他所讲的是食物的属性和功效性，这也是大众感兴趣的。”而张悟本健谈、直率，适合一档脱口秀节目。

李隽宇称，湖南卫视没有给张悟本钱，张也没有给湖南卫视钱，“双方不是商业推广的合作关系”。

到两家电视台“触电”，给张悟本带来大量粉丝，许多观众看了电视后去买张悟本的书和光盘，并按照其中的方子开始食疗。

“最好的医生是自己，最好的医院是厨房，最好的药物是饮食”，张悟本在电视节目中的结束语，已被无数观众传诵。

“超豪华”运作团队

内部人士说，毕竟吃绿豆、萝卜和茄子，吃不死人。没有把人吃出事，没有权威部门出来说张悟本扯淡，张悟本是扳不倒的。

在策划包装张悟本的同时，一个新的公司成立。

2009 年 8 月，北京悟本堂健康科技有限公司在朝阳区注册成立，注册资本 3 万元。

法定代表人为唐燕飞，出资 1.62 万元，股东姜勇出资 1.08 万元、吴威出资 3000 元。

营业执照显示，该公司成立时经营范围为技术推广活动、经济贸易咨询等，2009 年 12 月 21 日，变更登记，增加了批发零售预包装食品、图书电子出版物的零售。

此后，张悟本在“悟本堂”坐诊开方子。

一名参与策划推广“大国医道”的知情者透露，为了包装推广张悟本，中奥公司曾出巨资聘请了超豪华策划团队，参与策划央视大型纪录片《大国崛起》、曾任央视《赢在中国》节目全国推广总监的高强，负责动用自己电视台的人脉，向各大电视台推销张悟本；人民日报市场信息中心策划主管吴宗群负责将张悟本观点梳理成 30 集讲座，并将文字编撰成书；贺雄飞则整合自己出版和传媒业的资源，扩大该书宣传，进行发行推广。

“这几乎是一个顶尖的推广团队，从电视到纸媒再到网络，我们全方位地展开宣传推广。其中一些质疑文章也是我们推广的一部分。”这名人士说，第一篇质疑稿件是《人民日报》下面的《生命时报》刊登，其实也是策划的一部分。

不过，《生命时报》撰写报道的江大红记者说，这是绝无可能的。做该选题前，是感觉张的观点很忽悠人，于是展开了调查。“我们做了这个稿子后，出版社对我们有意见。领导也承受了很大压力。”

而该内部人士称，现在外界有争议了，他们还会继续出关于张悟本现象调查的书籍，围绕张悟本展开中西医文化间的争论，可以保持较高的关注度。

该人士称：“毕竟吃绿豆、萝卜和茄子，也吃不死人。外界再质疑，没有权威部门说张悟本的方子就是扯淡，把谁谁吃出啥毛病来了。没有这样的前提，张悟本是扳不倒的”。

“造神”与“吸金大法”

一个号2000元，训练营1万，加上卖书、光碟……有人估算，张悟本到年底能为公司创收1亿。

如今，张悟本做一个讲座，出场费20万元。

他15分钟看一个患者，收费2000元。据称这样的号当时已排到了2011年。

还有收费1万元一个月的康复营。

“加上卖书、光碟等，你可以算一下，他一年能帮老板赚多少钱。”贺雄飞说。

有知情者估算，至2010年底，张悟本为该公司创造的收入，不会低于1个亿。而张悟本食疗方子中的绿豆等“食材”引发的农产品涨价背后的利益，无从估算。

贺雄飞证实，悟本堂正在筹建自己的绿豆种植基地，而张悟本的《把吃出来的病吃回去》续集也将不久面世，“吸金还将继续”。

网上百度中奥公司，关于这个影视公司，全是招聘理疗师、医务助理等的广告。网上显示其地址，与悟本堂公司注册地址一模一样。

贺雄飞说，唐燕飞一直将成功发掘张悟本作为自己的骄傲。

针对经营张悟本搞创收的过程，记者致电唐燕飞，在获悉记者采访意图后，唐拒绝接受采访。

对于捧红张悟本，贺雄飞怎么看“神医胡万林”？贺雄飞说，胡万林让人吃芒硝，结果吃死人了，张悟本顶多让群众吃点绿豆，反正不会死人。他没行医资格却收高额挂号费，收高额培训费的康复营是否超出了公司经营范围，这些都是卫生部门与工商部门管的事，“媒体炒来炒去有什么用”。

“即使媒体证实了张悟本学历与中医世家的身份是假的，也不会彻底搞垮张悟本的，除非权威部门和专家能证实张悟本的观点是错的。”贺雄飞担心的是，张悟本书籍的续集，是否还委托他策划出版。

贺雄飞说，张悟本出书后，悟本堂赚大头，张悟本赚中头，他赚小头。不过他很满足，“赚个几百万，不也是天上掉馅饼的事情吗，谁想过能这么火呢？”

“张悟本论调”剖析

1. 吃长条茄子能减肥、降血压、降血脂、治肿瘤

范志红：茄子确实曾在国外研究中排在“防癌蔬菜”的前 15 名。正常情况一天吃的量不超过半斤，一般不大量生吃。茄子中含有茄碱，过量摄入有可能产生毒性，会伤害消化功能。

食物之所以为食物，是因为每天适量摄取时不会妨碍人体生理功能的稳定性。是药三分毒，一旦以治疗为目标而超量使用某些食物，或者超量摄入某些营养成分，就可能带来毒副作用。

王文：从医学上来说，没有任何研究证明吃茄子能减肥、降血压以及治疗肿瘤。

2. 高血压患者应大力补钙：女性 3000 毫克，男性 4000 毫克

王文：高血压患者只能适当补钙，特别是年龄较大的人。一般在 600 到 800 毫克之间。

3. 吃盐多少跟血压没什么关系

王文：高盐饮食是高血压主要诱发因素，每人每天摄入量应该在 5 克左右。中国人饮食中盐的摄入量是比较高的。

4. 80% 高血压、糖尿病都是误诊

王文：这是外行说法，国际国内都有一套严格的标准来核定。

医生都是按照此标准来检测，个别误诊情况可能存在，但绝大多数诊断都是准确的。

5. 睡前吃白萝卜对肺有好处

范志红：按中医说法和传统经验，白萝卜有润肺作用，晚饭或夜宵时吃白萝卜是无害的，对某些人可能有好处。但这并不意味着白萝卜必须在睡前几分钟吃。没有研究证明临睡时吃东西对身体有益，反过来，这时进食对睡眠可能有不良影响。此外，身体怕冷、容易腹泻的人不宜经常大量吃生白萝卜。

6. 不要喝酸奶，里面的增稠剂会让血管堵塞

范志红：国际上的多项研究证实，饮用酸奶对控制血压是有益的，部分益生菌还有帮助降低血胆固醇的作用。其中的增稠剂均属于可溶性膳食纤维，在小肠中不吸收，还能与部分胆汁中的胆固醇结合，将它带出体外，绝不可能产生让血液变粘稠的作用。

王文：酸奶的增稠剂并不会让血管堵塞，酸奶对润肠通便有一定作用。

（记者涂重航对本文亦有贡献）

河南商城蜱虫致死事件调查

刊发日期：2010 年 9 月 8 日

记者：孙旭阳　黄玉浩

■ 背景介绍 ■

2010 年夏天，河南商城县，有多人被一种叫做蜱的小虫子咬伤，不治身亡，引起村民恐慌。据了解，当地 2009 年已出现死亡病例，但 2010 年尤其多，成为蜱虫“重灾区”。

目前，国内还未分离出病原体，也不清楚它的传播途径，只是参考国际研究得知，蜱虫携带的病毒，能侵染人体细胞，致使人体血小板、白细胞锐减，并具传染性。

记者调查发现，商城县基层医院从 2009 年至今均存在误诊。村民反映，有些医院医护人员并未按传染病防治法处理该病。

调查中，信阳市、商城县的卫生部门都表示，无法提供具体疑似病例的数目及疫情状况。当地村民认为只有信息公开，才能止息恐慌。

吴德政蜷缩在床上，这名 73 岁的老中医不断抽搐。他伸出手，像是要抓住什么，断断续续地喊：“娘呀，我疼呀……”

他通体高烧，咳着血、上吐下泻，体内血小板和白细胞不断减少。在呻吟了三四天后，多个器官功能相继衰竭。

2010 年 6 月 11 日，吴德政死了，留下一段儿子为其拍摄的挣扎呼叫的视频，和一大堆医学书。临死前，吴德政被确诊为“发热伴血小板减少综合征”，由蜱虫叮咬所致。

毒虫，在河南商城县出现。

伏山乡南冲村村主任杨富告诉记者，商城县是蜱虫重灾区，全县被咬的应有好几百人，已有多例死亡。

对于具体死亡人数，商城县疾控中心主任余芳表示，这属于疫情发布，县疾控中心无权公布，她拒绝透露死亡人数。

致命的“感冒”

村民被蜱虫叮咬，起先高烧不退，随后血小板、白细胞锐减，最终多器官功能衰竭而亡。

看着父亲吴德政临终前的视频，吴玉涛泪流满面，他承包了商城县余集镇卫生院的一个门诊，他后悔，若早些将父亲送去信阳医治，或许还有救。

吴德政，从医50多年，退休后，跟老伴在山区村子里带孙子。6月1日，他发烧到38度，去儿子吴玉涛的诊所看病。吴玉涛以为只是普通感冒，给父亲打了两天吊针。其间，他还在输液中加了点激素，以促进药效。事后才知道，这加速了病原体在体内的繁衍。

6月3日，吴德政已无法站立。

次日，家人将他抬到商城县人民医院，抽血检查，发现其血小板检测值已由正常的100到300个下降至25个，白细胞值由正常的4000到1万个降至1400个。

“医生说，这是被蜱虫咬了，是无形体病，很多人来治，住几天院就好了。”吴玉涛说，县医院继续给父亲挂吊针，高烧依然不退，上吐下泻更加严重。

6月7日，吴德政转院到信阳154医院。

4天后，吴德政不治身亡。

吴玉涛被告知，要是父亲早点住院，一开始就打强力霉素和多西环素的话，“救回一条命没问题”。无形体病会导致病人血小板和白细胞锐减，免疫系统趋于崩溃，最后多器官功能衰竭而死。

蜱虫也在商城县鲇鱼山乡出现。

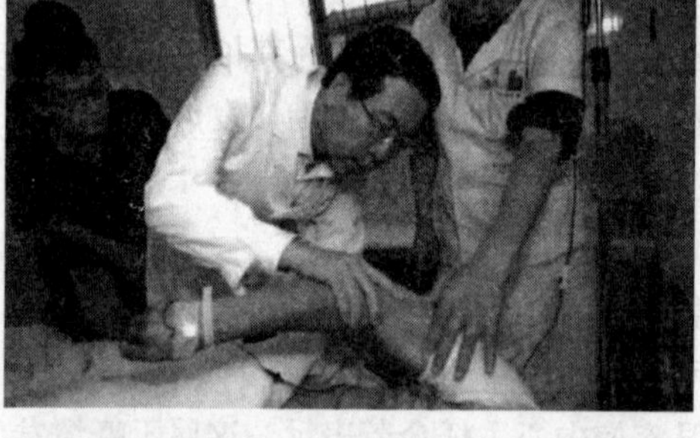

9月10日，河南商城，卫生部和中国疾控中心专家一起会诊一名疑似蜱虫叮咬致病患者

该乡平塘村村民鲍祥义，喜欢赤膊上山干活，被蜱虫叮咬。从5月13日鲍祥义肋部出现红包到最后死亡，只有9天时间。

5月22日，鲍祥义多个器官开始衰竭，血小板锐减使血液难以凝结，他手腕部被吊针刺破的血管，一直淌着发血，必须有个人专门按压。

一天之内，他仅输氧就花了两千多元。当天，鲍祥义转院到信阳，还没被抬上手术台，就停止了呼吸。

7月3日凌晨，龚正成也告别人世。他是庙岗村村民，脚上被蜱虫叮咬。临死前一天，他牙关紧闭，水米难进。和鲍祥义一样，他腕部的“血直飙”。

到7月底，“毒虫咬死人”的事，已传遍商城县的十里八乡。

蜱：八爪毒虫

平时比芝麻大一点，吸血后比黄豆大，有八个爪，钻到人肉里，抠不出来 。

商城县伏山乡，位于大别山区。当地卫生院院长张晶介绍，商城是蜱虫重灾区，而伏山乡又是商城的重灾区。

伏山乡南冲村李贤芳，也被蜱虫叮咬，但她不知道发生在何时何地。6月1日，她开始发烧、呕吐，吃不下饭，五脏六腑就像刀子在割。她去县人民医院，没医治好，又到信阳154医院，治疗半个月，血小板恢复正常。

李贤芳庆幸，自己发现得早。她说，以前没听说过这种虫子，最近商城县被咬的很多，传言四起，有的说这种虫子很小，肉眼都看不见，在草里，有植物的地方就有，听说很多人都死了，现在都没人敢上山采茶下稻地干活。

雷呈琼见过这种虫子。她也是南冲村村民。她丈夫杨富是该村主任，同时也是一名村医。

7月31日，雷呈琼到院里摘菜，随后回家，卷起裤腿看电视。杨富看到她腿上叮着一只黑色虫子，只有芝麻粒大，用手扣，没扣掉，后用医疗镊子将其夹掉。当天，雷呈琼没事，4天后发烧，后在信阳治疗痊愈。

8月24日下午，记者在下马河村火庙组，村头几个妇女主动要求去草丛里捉蜱虫给记者看，被制止。她们又在狗的身上扒，还是没找到。“这东西平时比芝麻大一点，吸了血胀大几十倍，比黄豆还大，有八个爪，钻到人肉里，抠都抠不出来。”

12岁的罗政还挽起衣服，给记者看他腰部被蜱虫咬伤的红肿痕迹。他的母亲腿上，有多处白色的点状伤疤，“都是蜱虫咬的，不过没发病。”

村民们一旦发现蜱虫吸附在皮肤上，一般就是抠，还有人用烟头烧，据说蜱虫被烧后，会把八个爪从肉里拔出来。

百度发现，蜱虫在受到外界刺激后，会通过爪分泌更多毒素。上述办法，都难以保证第一时间取出蜱爪。

商城县卫生局的宣传资料则建议人们找镊子夹出来。

杨富说，商城蜱虫咬人，在2007年前后就有发生，但人数不多，咬后也没事，也就出现皮肤瘙痒，涂点清凉油就没事。从2009年开始，被咬人数增多，出现多名死亡个例。2010年尤其多，若救治不及时，便可能会有危险。

蜱“毒”传播谜团

蜱虫致命病原体仍未分离出，但已发现其具传染性，病患表示基层医院没按传染病法防护。

2010年夏天，商城县蜱虫暴发后，杨富从县卫生局领到相关宣传材料。材料介绍，蜱虫通常栖息于草丛与植物叶间，但材料并未提及，蜱虫携带的是什么病毒，又是如何传播。

杨富听说，蜱虫最初是动物身上携带的，他很想知道，为什么现在会在人际传播？是否虫子有了变异？

对于杨富的这些疑惑，商城县卫生局纪委书记吴泽欣说，他也搞不清楚。目前只知道，蜱虫会传播一种“吞噬细胞无形体”，它会使血小板、白细胞减少。所以业界将这病称为“无形体病”。

但迄今为止，只有美国和欧洲一个国家从蜱虫咬伤患者体内分离出病原体。所以在河南各级医院和疾控部门都将该病称为“疑似无形体病”。

据商城县疾控中心主任余芳介绍，2008年，信阳五个县区曾出现疑似无形体病症，县疾控中心专门成立了一个小组，以加强对该病的监测和上报。

2009年5月，河南省成功申请到“河南省无形体病病原学、流行病学研究及其预防控制”项目，中澳专家联合攻关。

但是病原体一直没有分离出来。余芳说，上级专家出于严谨，目前已将此类病更名为“发热兼血小板减少综合征”。

吴泽欣认为，该病的可怕之处在于，除了感染人群能诊治外，疾病的病原体以及传播途径，至今还是个谜。

吴玉涛有个结一直未解开。他未在父亲身上找到蜱虫叮咬的痕迹，也不知道父亲何时被虫咬，“我曾问他，他说想不起来了。”

黄志菊也不知道自己是怎么发病的。她说，在发病前，她一直在照顾婆婆季德芳。2009年10月初，商城县鲇鱼山乡下马河村，68岁的季德芳患疑似无形体病死亡。在她出殡时，曾照顾过她的儿媳黄志菊因身体不适住了院。对症治疗后，黄志菊康复。

在季德芳去世的20天后，她的远房亲戚、同村49岁的妇联主任罗林英也因无形体病死亡。她死的第二天，曾照料她的二嫂突发高烧住院，按无形体病治后康复。

两家患者的家属均对记者说，她们在商城县人民医院陪护病患时，医生并未叮嘱过，那种病具有传染性。

记者了解到，卫生部于2008年2月19日，曾向各级卫生部门下发《人粒细胞无形体病预防控制技术指南(试行)》(下简称“《指南》”)。

其中指出，蜱虫咬的无形体病属于传染病，人对此病普遍易感，与危重患者有密切接触、直接接触病人血液等体液的医务人员或其陪护者，如不注意防护，也有感染的可能。

商城县人民医院副院长王德强表示，知道该《指南》，但对于上述两家患者家属的说法予以否认。他说，医院对于蜱虫患者都是按照传染病要求防护的。

虫毒误诊为“精神病”

2009年商城已出现因蜱虫而死亡的病例，但许多村医仍不认识此病，诊断为感冒、脑炎等。

谈起蜱虫，王德强并不像村民杨富等人那么紧张。他说，这种病的临床死亡率大约在2%—8%之间，死亡病例多发生于老年人。

资料显示，1918年—1919年的美国大流感，死亡率最高时达到5%。

据王介绍，从2009年起，商城县感染无形体病的患者中，死亡病例增多，这也让卫生部门加强了培训力度。“关键是不要误诊。一旦误诊，出现并发症就很难救回来。”

而在记者调查中，误诊并不在少数。

商城县探访的7起疑似病例死亡者，横跨2009年夏天至2010年夏，初发病时首先找的都是村医，且都被诊断为感冒。

其中，曾泽平被错误诊断的病种最多。在治疗中，她却先后被诊断为感冒、精神病和脑膜炎等。

曾泽平住在商城县鲇鱼山水库边，2009年夏天，她去拎猪食，忽然觉得很困。虽然在村医处被当做感冒，进行输液。几天后，因高烧，她开始胡言乱语，自称看到神鬼。家中请来“大仙”驱邪。但曾泽平每夜会疼醒一二十次。

随后，曾泽平被丈夫岳昌余送往商城县人民医院。

“急诊科的医生说我老婆有精神病，我就把她送到了县精神病院。”岳昌余说，在精神病院里，她被约束住，喂吃镇定药后，平静了很多。

几天后，曾泽平全身抽搐，大小便不能自理，又转到武汉某医院。治了五天四夜仍无果，曾泽平在剧烈抽搐中，咬烂了自己的舌头，被一辆救护车送回商城。

岳昌余说，“救护车司机也是河南人，他很同情我老婆，说他一辆车就拉过五六个同样的病人，都是被虫子咬的，没治了。”

鲇鱼山乡一名不愿具名的村医说，当时很多村医确实不知道还有一个“疑似无形体病”。

他记得，此前卫生部门曾就疑似无形体病给乡镇和村里的医生宣讲过，“不过也就是随便说说，发些宣传资料，我们都没当回事，谁知道这病这么要命。”

在患病和死亡人数都比较多的鲇鱼山乡下马河村，村医周世瑶的诊所门口，还贴着一张泛黄的《人粒细胞无形体病防控知识问答》。

周世瑶说，这是2009年秋冬之际，卫生防疫部门下发的宣传单。当时，连续两名村民的死亡，使下马河村成为疑似无形体病的防疫重点村。

误诊为了牟利？

信阳加强相关培训，但误诊仍在发生，有村民质疑基层卫生院为让患者多吊盐水才误诊。

2010年5月24日，国家疾控中心派员到信阳，对商城、罗山、光山等5县85个乡镇的负责人进行培训，要求“及时发现、报告和调查”。

7月9日，任务被层层分解，信阳要求其自市级医院到村诊所，必须加强对疑似无形体病的防治培训。

杨富和商城县的所有村医都被召集，进行了培训。杨富说正因为参加了培训，才救了妻子的性命。

培训要求村医，遇到发烧者，一定建议其去乡卫生院验血，血小板和白细胞低于人体正常值，且日渐锐减，确定为疑似无形体病个例，要建议去信阳154医院救治。

2010年6月，中国疾控中心应急办主任丁凡一行赶赴信阳，商讨对该病的应对策略。

据信阳154医院感染科主任崔宁介绍，从去年起，该科已经治好了100多名感染无形体病的患者。“只要初期不被误诊耽搁的话，这病太好治了。”

但是，出于各种原因，延误治疗的病例还是在不断出现。

商城县人民医院一位负责人说，农民想省钱，只好去找村医；而输液是村医赚钱的主要项目，不排除有村医为了赚钱，“先挂几天水再说”。

调查中记者发现，也有村民质疑乡镇卫生院为赚钱，延误病患治疗。

伏山乡枫树村55岁妇女雷呈华，便是其中一例。

7月12日，村医余涛为雷呈华治病。两天，烧不见退。余涛联想到蜱虫咬死人的传闻，建议其去乡卫生院去验血。

这是余涛遇到的第一次无形体病疑似病例，“以前也没人来村里宣传过这个”。

在伏山乡卫生院，抽血化验后，医生告诉家属，雷患有急性肠炎，要住院。女儿丁保玉对此表示怀疑，“我母亲半年前曾在商城县人民医院做过肠炎检测，没有任何问题。”

4天后的7月18日，家属将雷转至县医院。雷被诊断为疑似无形体病，后又被送往信阳，在154医院，雷病亡。

“医生说我们来得太晚了。”丁勇席含泪说，他们怀疑伏山乡卫生院将雷留治4天，可能为了赚取医疗费。他们去卫生院讨要验血单，被告之结果正常，且已被县医保部门收走。

伏山乡卫生院院长张晶告诉记者，当时检查时，雷呈华的血小板和白细胞并无明显减少。她并解释说，“这种病人体征每天变化很快，可能是在后期变化了。”

“公布疫情，止息恐慌”

商城县村民因不了解疫情已产生恐慌情绪，信阳市、商城县卫生部门都不公布具体病例。

虽然关于疑似无形体病的培训在村医中展开，但很多村民仍对此病感到陌生，并害怕。

传言开始盛行。在商城县城区，数人告诉记者，蜱虫侵入公园，已经咬死了几个在草丛游玩的市民。

记者走访商城县多个村庄发现，绝大多数村民至今都没有看到官方防治无形体病的宣传。在死者龚正成所在的鲇鱼山乡庙岗村杨桥组，一老者问记者，“什么时候能救救我们？”

他说，只要下地，就肯定会被蜱虫咬住。“我年纪大了，不怕，咬死就咬死了，不种地吃啥？”

有旁观者还建议，国家能否派飞机过来播撒杀虫剂，杀死蜱虫。这马上遭到反驳。“蜱虫都钻在地里，你撒药有啥用？”

目前，无论是信阳，还是商城县的卫生部门，都表示无法提供具体疑似病例的数目及患者名单。

据信阳市卫生局一位内部人士透露，信阳市政府曾经研究过如何宣传该病。“4月份，市长专门听取了卫生系统的汇报，最后领导得出结论，在病原体和传播途径尚未弄明白的情况下，大规模宣传容易造成群众恐慌，产生不稳定因素。”

这位人士还称，信阳作为一个地级市，是否有权发布疫情，让有关领导难以把握。

伏山乡主管政法的一位乡领导说，政府之所以没有公开蜱虫疫情，是维稳需要，“怕引起进一步恐慌，更何况病毒此时还未知”。

而调查中，有村民向记者表示，政府若不公布确切疫情，反而容易产生社会恐慌。

记者获得资料显示，仅2007年3月到9月的半年内，河南共报告无形体病例79起，死亡10例。其中信阳72例，死亡9例。南阳市桐柏县7例，死亡1例。商城县在这半年内，报告了4例。

吴玉涛认为目前数据肯定超过资料上的。他估计，整个余集镇，从2009年到现在至少有近百人被蜱虫咬伤。据吴所知，有3人因此病而死亡。

伏山乡卫生院院长张晶拒绝透露，伏山乡蜱虫叮咬的疫情，但她表示，“被咬的人的确很多”。

根据“无形病防治指南”的要求，发现一例疑似无形体病，要在24小时内，通过国家疾控中心网报系统，按乙、丙类传染病上报。

张晶还说，目前对于乡卫生院诊断出的疑似病例，并未网络直报。理由是，“目前能检测的只是疑似病例，不知道是否该报。但已将情况向县卫生局汇报了。”

吴玉涛认为政府应该让更多人知道这只虫的真实情况，至少人们知道该如何防治。只有公布疫情，恐慌才不会蔓延。

他告诉记者了这一幕：

2010年6月，父亲吴德政出殡的那天，一个12岁的少年脖子上爬了一只小虫子，他的母亲发现后，尖叫一声。

人群霎时乱作一团，都慌了。

VD8387的生死7分钟

刊发日期：2010年8月26日

记者：崔木杨

2010年8月24日，21点31分，VD8387出现在机场上空。

这架河南航空公司的客机，从哈尔滨起飞，提前4分钟飞抵伊春林都机场。身材修长的客机轰鸣着，在机场塔台工作人员眼中，掠过机场30号跑道上空。飞机下方，伊春市市长王爱文已经进入站坪，准备迎接机上即将抵达伊春的要客。7分钟后，VD8387坠落在机场跑道，断成两截。

21：38坠落：有人喊先救孩子

飞机先是急速下降，撞地后断成两截；飞机中部的一些乘客连人带椅被甩出去，像被弹射出的战斗机坐椅。

在伊春林都机场停车场等人的张先生看见飞机的时间在21点31分。让他印象深刻的是，飞机正式进入跑道前，飞行姿势很舒畅，就像天空中一只翱翔的鸟。

21点33分，准备降落的VD8387航班舱内灯光略显灰暗。在空姐的提示下，机舱内的91名乘客纷纷拉起遮光板并调直了坐椅靠背。

此时，坐在9排C、D两座的江苏商人蒋先生和她的同伴周彩凤，正在聊着家常。

“说着说着，她（周）忽然问我，飞机怎么停了？”25日躺在伊春康复医院的蒋先生说，周彩凤说完话后自己下意识地向四周环顾。昏暗的灯光下，过道两侧的乘客正在收拾自己身边的物品。略显嘈杂的私语声中，不时传来小孩子兴奋的笑声。

让蒋先生感到恐惧的是，上述这一切在瞬间就发生了颠覆性的改变。

21点38分，感到急速下降的蒋先生先是听见机腹传来一声闷响。接下来机体撞地受阻产生的冲击力，让他开始反复在两排坐椅之间碰撞。

事故发生时，另一名乘客王先生坐在飞机尾部。他说，飞机落地后，机身随即从中间断开。

“位于飞机中部的一些乘客，连人带椅子都被甩了出去，像被弹射出去的战斗机坐椅。后来不知谁喊，先让孩子出去，接下来就有女人哇地一下哭了起来。”

乘客蒋先生回忆说，舱里一下就黑下来，当时有人喊，别慌。舱里的人不断地从后排跑到前排，然后再从前排跑向后排。最先起火的是飞机中间，有一个乘客身上着起了火，一转眼人就成了火人。

“喊声，救命声，呻吟声响成一片，不过很快就被四处冒出的浓烟吞噬了。”蒋先生说。

飞机起火一分钟后，位于机舱前部的蒋先生在逃生人流的簇拥下，从机头前部的一个裂口逃出。随后，他发现，飞机已经断成了数截。

21：41 搜索：市长专用车参与

飞机坠落后，机场启动一级救援预案，恰好在机场的伊春市长王爱文，大吼着安排救援，21 点 50 分发现失事飞机。

机场巡视员王雨森记得，在 VD8387 即将飞抵伊春时，他和灯光队巡视员孙亮，巡视过跑道和助航灯光。“当时一切正常。”

随后，机务队与特种车队接到航务部通知后，21 点 20 分进入一号停机位，并按照规定检查巡视。

一切完毕后，机场等待 VD8387 降落。机场塔台在 21 点 35 分看见 VD8387 在机场上空，确认机组看见跑道的消息后，向飞机发布了落地许可。“落地许可发布后，飞机就自东向西降低高度。”塔台一工作人员说。当时 VD8387 的情况和以往的降落并没有什么不同。而转瞬间，大家意识到灾难发生了。

“飞着飞着，飞机发出的灯光，一下不见了，我心里一沉，意识到出事了。”他说，随后塔台开始用所用频率呼叫机组，但没有丝毫反应。

“好像（飞机）一下就被黑黢黢的天给吃了。”在机场停车场的张先生说，飞机降落时自己的车头向东，飞机掉下去之初，他曾一度认为自己眼睛花掉了。等他用力擦了几下前风挡玻璃后才意识到可能要出大事。

“我连滚带爬地下车，隐约地听见一声闷响。”他说。

据机场值班记录显示，21 点 41 分——VD8387 消失后的 3 分钟，伊春机场就启动了一级应急救援预案。机场驻地的民警和消防官兵迅速前往30号跑道正东方向进行搜索。

随后9分钟，在机场跑道正东1000米处，搜索人员发现了失事飞机。一位参与搜索的官员说，飞机坠落的消息传出后，恰巧在现场的伊春市市长王爱文显得很焦急。平时说话平稳舒缓的市长一面大吼着安排各部门前来救援，一面把自己的两辆专用车安排进了搜索队伍。

“从VD8387第一次飞临机场上空，到从天上消失共计7分钟”，他说，这7分钟里机组没有发出任何预警。

22：00救援：消防员含泪营救

飞机在持续爆炸，每一次爆炸像黑夜中升起一个太阳；一名10来岁的女孩胳膊皮肤被烧伤。

21点43分，伊春机场消防中队副中队长徐鹏和他的7个战友接到救援要求。随后，他们第一时间赶到事故现场。

“太惨了，四处都是火光，飞机在草地上摔成了好几截。看上去就像一条被剁碎了的鱼。”他说。22点我们赶到现场，当时飞机还在不断爆炸。“为了控制火势我们只好用泡沫枪灭火，好些乘客的遗体都淹在泡沫里了。”

从机场跑道尽头，到飞机坠毁的草地，救援人员需要翻过一个土坡。

24日那一夜，消防队战士邹文吉翻过这座土坡后险些流泪。

他说，发生坠机以前这里到处是青草和野花以及挺拔的白杨树。可在24日，他能看见的只有散落在四处喷吐着蓝色火苗的飞机残骸和挂在树上的衣服。

“一个小女孩，十来岁，两个胳膊上的皮都烧没了，我问她疼不？她对我说疼。当时心就和针扎的一样。”他说，在自己抱起小女孩以前，女孩被一名穿黑衣的妇女抱在怀里，女孩刚被抱走，那位妇女就瘫在别的战士怀里。

“妇女一定不是女孩的母亲，但我想一定是母爱让她抱了孩子这么久。”邹文吉揉着鼻子说，这很让他感动。

22点10分，伊春的武警官兵等救援人员陆续赶到现场。

伊春空难导致多人伤亡，其中包括人社、发改委系统官员

“我没有受伤，但是眼前的场景太恐怖了，飞机在持续地爆炸，每一次爆炸就像在黑夜里升起了一个太阳。”一名参与救援的工作人员说，尽管消防队员在奋力地压制火焰，但他还是能经常看见腾空而起的烈焰和浓烟。

22：20 救治：医生赶路 300 公里支援

佳木斯市调来 30 多名医护人员，有的长途跋涉 300 多公里赶来；当地官员表示，有信心把幸存者从伤痛中拯救出来。

沿机场向北可来到伊春市康复医院，“8·24”坠机事件发生后，这里在第一时间内收治了 13 名伤员。

“就像打仗一样，一刻都不敢松懈。”康复医院烧伤科黄主任说，医院收治的坠机患者都是大面积烧伤患者。这些幸存者在烈焰和浓烟的灼伤下入院，都呈现体内液体溶入到组织间隙的症状。有些人肿胀得像一个皮球。

“不过幸运的是，出事后前来支援的医生从四面八方赶来，比如佳木斯市就调来了 30 多名医护人员。”他说，“这些医生都是坐着 120 急救车，长途跋涉 300 公里赶来的。”

“毫无疑问，我们在尽最大努力挽救每一名患者的生命。”医生纪春明挥舞着沾满鲜血的乳胶手套说，有一名女性患者入院的时候身上的烧伤面积达到了 99%，换句话说就是除了腋下的皮肤没有受损，其余的皮肤都已消失了。

为了拯救这名患者，10 个小时内，纪春明为这名女士身上切开了 13 个口子，输进了 13000 毫升的各种药液。“尽管我们知道这名患者的情况不是很乐观，但我们一定要让她坚强地活下去。”

“全国各地的医生都在帮我们，我们有信心把幸存者从伤痛中拯救出来。”伊春市卫生局一位官员说。

25 日寻亲：靠手表认出哥哥遗体

阳光下，一字排开的不锈钢担架，摆在伊春市殡仪馆的停尸房前。

“大个子的被烧成小个子，小个子被烧成一团了。”一位殡仪馆的女员工说，现在已不让女员工插手此事。

空难发生后，遇难者的家属纷纷赶到殡仪馆。

事发时，白女士正在飞机场等候侄儿乘坐的飞机。“我来接他（侄儿）是担心他会很难过，因为今天是他母亲出殡的日子。”25 日，伊春市殡仪馆内，白女士抹着眼泪说，侄儿在深圳做生意，这次刚回来原本要参加母亲的葬礼，见老人家最后一面。

“我那个侄子可好了，平时笑嘻嘻的。”她说，短短几天两位亲人相继撒手人寰。

“要不是看见手腕上的那块手表，压根就没法认出来那具遗体是我哥哥。”

在殡仪馆门前，一位死者家属说，即便认出了手表，也不敢确认面前这具焦糊的遗体，就是自己失去的亲人。“以前他（遇难者）植入过心脏起搏器，可在遗体里我们并没发现，如果不是烧化了，那就是我们认错人了。”

赵女士的女儿在这次空难中遇难。她没有找到女儿的遗体，“孩子以前是在外地读书学跳舞的，一回家就搂着我的脖子亲，现在我不知道怎么把她带回家。”

上访者的“精神病院”

刊发日期：2008年12月8日

记者：黄玉浩

背景介绍

2008年10月，山东新泰农民孙法武赴京上访时，被镇政府抓回送进精神病院20余日，签下不再上访的保证书后被放出。记者调查发现，在新泰，因上访而被送进精神病院者不是个别。

部分上访者及家属称不曾被通知精神鉴定，不过政府手里握有他们的鉴定书。家属反映，政府不经家属同意甚至未通知家人，便送上访者入院，而当事者坚称自己没病，并因此质疑政府限制人身自由。

相应医院承认许多“病人”是上访者。而当地政府表示信访压力巨大，若出现越级上访，会受上级处分。

2008年10月19日早晨8时30分，泰安汽车站。

57岁的农民孙法武一下车，就四处张望寻找。约好的同伴还没到。

突然，一辆面包车“嗖”地停在老孙面前。车上下来三人，将他半包围了。

老孙认得其中一人，新泰市泉沟镇信访办主任安士智。

“干什么去？”

“北京打工去。”

“打什么工！你是去上访。不能让你走！”

两男子一左一右上来，老孙掏出手机报警，被劈手夺下。随后被塞进面包车。

两小时后，泉沟镇大沟桥村村民孙法武，被带进了镇派

老孙上访被带至精神病院

出所，关在一间屋里。

次日上午 11 点，老孙又被推进面包车。发觉车往新泰市区方向开去，老孙嚷嚷着，这是要去哪里？

没人搭理。

车最终停在一个院子里。老孙抬头：新泰市精神卫生中心（下称新泰精神病院）。

基本不识字的老孙，隐约识得这几个字。

两人架着他往前走，一个穿白大褂的人迎上来。

强制“治疗”

老孙央求说，我没病，让我回家；院长说让你家人找你们镇政府吧。

那天的事，老孙想起来就说头痛，“脑袋要炸”。

10 月 20 日那天，当抬头看见“精神卫生中心”字样，2007 年的记忆在脑子里复苏。

老孙冲着那医生大喊：“我没病！我是上访的！”

那天很多“病人”听到了这喊声，包括后来跟老孙关系密切的老时。

“医生说，我管你有没有病，你们镇政府送来的，我就按精神病来治。”

被押着经过了三道铁门，进入病房区。

老孙听到医生喊了声：来几个人帮忙，把他绑起来！

然后几个“格子服”冲过来，将老孙按倒在床上。

“手脚全绑在床腿上，外套蒙在了脑袋上。”老孙听到有人说快灌药，接着脸部被捏住，嘴被动地张开了。

医生捏了他下颌，几粒药“自己下去了”。

被绑在床上，老孙仍不时喊着我没病，让我回家。

当晚 7 点左右，主治医生朱风信来给老孙打了一针，之后老孙“没了意识”。

朱医生后来在接受采访时说，镇政府带来鉴定书，只能按精神病治。

老孙醒来时，发现松绑了，脑袋“沉得像个铁锤”，腿发软。想去小便，一下床，一头栽在地上。

次日清晨，老孙观察病房。窗户被一根根钢筋细密地焊住。又想了想，要出去必经三道铁门。

老孙后来说，从没想过要逃，逃不出去。

上午，院长吴玉柱来查房，老孙央求，我没病啊，让我回家吧。

院长说，谁送来的谁签了字，才能让你走，让你家人去找你们镇政府吧。

手机被没收了，怎么通知家人？老孙没想出什么办法。

老孙的“冤屈”

上访几年，事情没结果，儿子被人砍了，老孙开始上访。

老孙入院的第二天下午，“病人”老时靠近了他。

那是“放风”时间，大家都在院子里活动。不“放风”时，大家都要待在病房区。

老时后来说，一般新来了人，他都去偷偷问问情况，而他听到了老孙喊“是上访的”。

老孙跟老时说，我的事冤着呢……

老孙是新汶矿务局小港煤矿职工，2007年底正式退休。

而因镇煤矿长期采煤，老孙所在的大沟桥村地面大面积塌陷，地没法耕种了，村里大量房屋也斑裂毁坏。1988年起，泉沟煤矿向大沟桥村多次补偿。

按补偿标准，老孙家可获4万多元。但据老孙及村民徐学玲等人讲，全村300多户都没领到补偿款。

而村干部称已发放，具体到老孙，说老孙盖了印章了。老孙坚称造假。

2001年起村民选出数名代表去上访，老孙是代表之一。

2003年11月，新泰市纪委调查组调查后，认为孙法武等村民的补偿款已发放。调查报告显示，村里“尚欠孙法武1块4毛钱的房屋斑裂补偿”。

老孙等人不服，2004年9月28日他们向新泰市纪委递交了审计该调查报告的申请。

三天后，当年10月1日晚，十多人闯入老孙家打砸。当时老孙没在，老孙的儿子、新婚第五天的孙贵强被砍成重伤。

据孙妻张学芳回忆，那些人喊着，“再上访弄死你们全家”。

自此，家里白天黑夜关着家门。而案发后，警方一直未能破案。

孙法武再次踏上信访之路，“市、省、中央不停地跑，不停地递材料”。

村民补偿费的事和儿子的事至今无果，而老孙“不停地跑”，不停“被拘”。

2004年12月26日，老孙从国家信访局门前被“接回”新泰，因“扰乱社会秩序”被拘留14天。

2005年1月14日，泰安市劳动教养管理委员会对老孙作出1年零

9个月的劳教决定，理由是“到国家信访局上访，大声吵闹滋事，扰乱国家机关正常的工作秩序”。老孙被送进了山东省少年劳动教养管理所劳教。

2007年7月12日，再次赴京的老孙，再次被“接回”。

这一次，时任泉沟镇信访办主任的陈建法说，你不能再上访了，你有精神病。老孙称，当时一民警让他签字。

“我怎么成了精神病？”老孙拒绝签字，随后被塞进一辆车送到泰安市肥城仪阳乡精神卫生中心。

“开始天天吃药，打针。”老孙对药物敏感，“头一直晕，站不起来。”老孙说，后来主治医生孟庆顺给停了药。

孟庆顺2008年11月24日接受采访时说，当时是陈建法替老孙办的手续，费用也是泉沟镇政府出的。

那次，老孙被“治疗”3个月零5天。在家人多方投诉，而老孙答应不再上访后，被放出。

这是老孙2007年对“精神卫生中心”的记忆。

秘密的记录

老时秘密进行着自己的“任务”，迄今，他记录了18名被关进医院的上访者。

对于老孙的经历，老时说，他在偷偷记录这些事，准备向外举报。

84岁的老时是天宝镇的退休干部，因与邻居宅基地纠纷长期没得到解决，曾多次到北京上访反映镇政府不作为。

2006年6月14日，老时被天宝镇信访办人员从北京“接回”，直接送进新泰精神病院。

后出于多种因素，天宝镇政府和医院后来多次通知老时出院，但老时不走了。

“你们强行把我送进来，又吃药又打针，必须申请权威机构对我进行鉴定，给我个说法，我才出去。”

没有讨到说法，老时就一直待着。至今已两年5个月。这期间，他利用“放风”时间搜集材料，发现“很多上访的人被关进来”。

老孙做了许多记录，记在纸片上，甚至旧药盒上。

老时说，一切都是“秘密进行”的，因为护士不让“上访病人”之间交谈。

老孙能证实的是，他有次跟一个女上访者说话，护士说：你们上访的人再在一起说话，就绑起来多灌几次药。

两年多时间里，老时秘密记录了18个因上访被关进精神病院的人。

老时还写日记，2006年6月的一篇日记老时写道："一些精神病人老是打我，只要我和医生、护士顶了嘴，等他们走后，几个病人一定会打我，掐我脖子。肯定是这些医生指使的。"

日记和记录的纸片，老时藏在褥子底下。

老时告诉老孙，关进来没多久，他便让家属捎进来一部手机，他曾偷偷往外打电话举报，都没成功。

老孙发现，老时把中纪委的举报电话写在了内衣口袋上。

听说老时藏有手机，老孙要借来报信。但手机嘟嘟响，无法拨出，而老时也不知原因。

信息传不出去，老孙"只能待着"，但"悄悄抵抗"。

进来第二天开始，每次吃药，他都将药压在舌下，等护士走了再吐掉。

护士很快发现，后来吃药会检查舌头。老时和"上访病人"李元亮也这样说。

"病友"之间

"上访病人"李平荣说，一定帮我带个信出去，让他们来救我。

老孙试图传信息的时候，家里人正四处找他。

10月19日老孙离家后，家人发现老孙电话打不通了，后来孙妻张学芳找到了谷里镇的张成用等人，张曾跟老孙约好19日一早在泰安会合后进京上访。

张成用说，他打听到老孙被镇里带回去了。

10月22日，张学芳找到了镇信访办主任安士智。

安说，你丈夫有病还上访，扰乱社会秩序，我们把他送去精神病院了。

张学芳要求安拿出老孙有精神病的证明，被拒绝。

张学芳又去找代镇长陈建法，说大街上那么多有精神病的人你们不送，偏送他？

陈说，别人没上访，他上访了。

10月26日，张学芳带着5个亲戚到了新泰精神病院。

她被允许见老孙，但要隔着铁门。

当时，老孙正在院里"放风"，突然听到铁门另一侧有人喊他。

他蹲下来，通过铁门下面半尺高的缝隙，看到了妻子张学芳的脸。

老孙让把手机递给他，打了110，说自己去上访被镇政府强行关在精神病院了，需要解救，110说不管上访的事。

张学芳对老孙说，你放心，我要去北京告，我一定救你出去。

27日，张学芳再次来看老孙时，老孙把老时的名单和日记偷偷交给她，并说了老时的叮嘱：拿到北京去喊冤，还我们一个公道。

送走妻子，老孙也像老时一样注意“上访病人”。

10月31日下午，老孙看见三男两女架着一个40多岁的妇女进来，那女子一直挣扎，大喊“我没精神病，我是上访的”。

3天后，“放风”时，老孙得知该女子叫李平荣，因丈夫工伤处理的事进京上访被关进来，家人尚不知情。她求老孙帮忙带个信出去，传给她在外地上学的孩子，“让他们来救我”。

老孙从老时那里借来烟盒纸和笔，又一次“放风”时，他给了李，李写下了她家地址和亲人的电话。

李写好后，先将烟盒纸扔到院里一个角落。之后，老孙假装瞎逛，去捡起。

11月3日，张学芳探望老孙时偷偷将烟盒纸带出。但迄今没能联系到李的家人。

鉴定与“癔症”

工作了34年，其中29年患精神病，单位还没让我病退？老孙耿耿于怀。

在等待被“营救”的日子里，老孙缠着医生要看自己的“鉴定书”，被拒绝。

根据老时的记录，“上访病人”有几个共同点，一是进来时家属不知情，二是不知何时被鉴定过，更没见过鉴定书。记者了解的情况大致如此，除了徐学玲。

46岁的徐学玲，是大沟桥村的致富能手，经营着一家店铺。2006年，她的妹妹徐加玲（聋哑人）在泉沟煤矿被保卫科长打伤，因对当地公安机关处置不满，徐学玲此后四处上访。

2008年5月14日，徐学玲被从北京“接回”，关进肥城仪阳乡精神卫生中心一周。

被送出后，徐坚持要说法，镇政府给了她一份“精神疾病鉴定意见书”。这份日期为2008年3月29日的意见书，委托人是新泰市公安局，鉴定地点是泉沟镇政府。

徐学玲说，她根本不知鉴定这回事。她回忆，3月29日，镇信访办副主任薛青刚跟她说，省里派了调查组来查你妹妹的事。她记得，当时见到了镇党委副书记高伟和三个陌生人。高伟跟她说，这三位是省里下来的，你把案子跟他们说一下。徐讲述了妹妹的事，并询问三人单位和姓名，对方说有事你找镇里就可以。

鉴定书称徐学玲“思路清晰、言谈切题，未见幻觉妄想等精神病性症状……讲到伤心处则痛哭流涕……”诊断结论“癔症”。

山东安康医院精神疾病司法鉴定所的张金响是鉴定人之一。他接受采访时称他们是受当地公安机关委托，他称“癔症基本不影响其民事行为能力，发病时可能产生社会危害”。

11月25日，记者在泉沟镇信访办见到了老孙的鉴定书：“不满村干部侵吞群众房屋斑裂款，多次到省、中央上访……又哭又叫十年……其妻张学芳、子孙贵强等证明：孙法武1979年头部被砸伤患精神病语无伦次……”“意识清，定向力正常……涉及心事时痛哭流涕、泪流满面……诊断：臆症性精神病。”鉴定机关为山东精神疾病司法鉴定所，时间为2006年3月。

张学芳说，家人均不知老孙被鉴定过，更不用说做证明。“家里大事小事都是他说了算，他有精神病？”

徐学玲称，几十年来，村里人从不知老孙犯过精神病。

从记者处得知2006年3月的“鉴定书”后，老孙回忆，2006年初，被劳教期间他与一名干警发生冲突，该干警打他并让他当众下跪……当晚他想自杀被发现，随后绝食抗议；后来两名干警带他去济南说去看病。

当年3月，老孙被提前释放，但他并不知是因“有精神病”。

对于被称有29年精神病史，老孙耿耿于怀：我工作34年，29年精神病？

不上访保证书

“我有精神病，不能再继续上访。”签字后，老孙得以回家葬母。

11月10日，隔着铁门，老孙又听到妻子的喊声。

80岁的母亲病危了。

这天早晨，孙母跟张学芳说，做了个梦，梦见银海（老孙的乳名）一直在叫娘。

52岁的张学芳慌了神，她去给信访办主任安士智跪下了，边哭边磕头说，让他见他娘最后一面吧。

安说，老孙是上级安排送进去的，需要请示。他让张学芳回家等消息。

于是张又跑去找老孙。

老孙跑去找院领导，领导说找你们镇政府去。

当天下午 5 点，孙母逝世，老孙未能回家。

12 日上午，老人遗体要火化，按当地风俗，作为长子的老孙必须到场。送丧的亲属一直等，老孙一直没出现。

张学芳穿着孝服去镇政府找安士智，被门卫拦住，她跪在了镇政府办公大楼前。

1 小时后，安士智出现了，说要老孙回，张学芳须在一份保证书上签字：我丈夫孙法武有精神病，再犯了要向精神病医院送。

张学芳签了字。

随后，安士智带她到精神病院。老孙被要求在另一份保证书上签字。

老孙问保证书写了什么，安念了一遍，老孙又让医生念了一遍：我有精神病，不能再继续上访。

安后来跟记者说，签保证书是为了让老孙不再上访，不再"扰乱社会秩序"。

11 月 12 日中午 12 点，老孙签了字，离开精神病院，去给母亲送葬。

老孙 4 岁丧父，跟母亲生活了半个世纪，"没见上最后一面"。

医院的无奈

院长承认医院里有些人是上访户，他说很多现象"医院无能为力"。

11 月 25 日，新泰精神病院院长吴玉柱承认，医院里有很多人是上访户，都是各镇政府付费的。

老时记录的那个上访者名单，能看清的名字，都得到了吴的证实。

吴玉柱说，在新泰，被政府强行送到精神病院"救助治疗"的上访人员很多。

他说，有许多人一看就不是精神病人，医院就拒绝收，但政府送人大部分时候带着鉴定书。"都是同行，我们也不好推翻那些鉴定。每次还有公安的人来送，我们更不好说什么。"

"医院也有苦衷。"吴玉柱称，医院经济压力很大，每个人吃住每月 1000 多元，而许多镇政府都拖欠，例如老时的费用，天宝镇两年多都没交。

根据 2001 年 11 月卫生部有关规定，"临床症状严重，可危及生命或危害社会治安等情况应属紧急收治范围。"

对于老时、老孙他们属哪种情形，吴玉柱说，我国还没有对精神病人管理的专门法规，很多现象，"医院无能为力"。

镇政府的“压力”

当地镇政府称，若处理不好越级上访的事，“上级就会找我们”。

泉沟镇镇长助理陈建法也表达了“无奈”：“信访压力巨大”。

陈建法说，老孙和徐学玲的事，不是镇政府有能力解决的，而若处理不好他们越级上访的事，“上级就会找我们”。

他称，孙和徐都是“信访钉子户”，每年进京上访十多次。每次他们一到，市驻京办就打回电话，市里就责令镇里快去接人。

“每一次都得去三五个人，吃住花销，不是一笔小数目，全由镇里出。泉沟镇仅在这两个上访者身上，这些年花费在10万元以上。”

为了不让徐学玲再上访，2008年8月9日，镇政府与徐的妹夫李天平签了协议，一次性支付“苦难救助金”4万元，并协调煤矿付了16万元医疗费及抚慰金。

陈建法说，这可能是一个坏的例子，因为徐加玲的情况应不用赔那么多钱。

对于老孙被强行收治，泉沟镇信访办主任安士智出示了一份新泰市公安局的“建议书”：“鉴于孙法武已经司法鉴定系精神病人，具有一定现实危害性，为减少社会危害，特建议泉沟镇人民政府给予救助治疗。”

而陈建法说，把人送进精神病院，不是镇一级政府能够完成的。

安士智称，新泰市实行信访属地管理，信访工作是对党政一把手的最重要的一项考核，“出现越级上访，党政一把手要受到处分”。

根据我国信访条例的规定，采用“走访”形式上访，“应当向依法有权处理的本级或者上一级机关提出”，不过条例没有对“越级上访”的禁止性规定，更无处罚建议。

来自新泰市信访局网站的消息，新泰2008年狠抓信访工作。3月4日，新泰的信访工作会议上，市委书记辛显明提出，围绕全国“两会”召开和奥运会，切实做到“五个严禁”，其中“严禁发生赴省进京丢丑滋事事件”被列为第一条。

同样来自新泰信访局网站的一篇“经验交流”文章写道：针对个别信访人信“访”不信“法”、信“闹”不信“理”的心态，牢固树立依法打击的意识，做到“公安机关依法打击一批、精神司法鉴定治疗一批、集中办班培训‘管’掉一批”，营造“依法上访受保护、违法上访遭打击”的导向和浓厚氛围……对精神偏执的信访人也进行人文关怀，协助其进行司法鉴定，经鉴定精神异常的送医院治疗。”

据当地媒体报道，新泰市因信访成绩突出，曾被山东省授予先进称号。

据该报道，新泰曾因“越级上访不断，被省里亮了‘黄牌’”。后来“层层签订目标责任书，把各项信访目标任务分解量化到单位和人头，实行责任追究制、一票否决制和黄牌警告制，全市上下共同参与，齐抓共建”，新泰成为“首批‘平安山东’建设先进市”。

■ **相关链接**

精神病强制收治规定

因为我国于1985年着手起草的《精神卫生法》至今未出台，目前没有针对精神病人权利保护的专项法规。

按《民法通则》规定，亲属或者其他利害关系人若送精神病人强制治疗，需向法院提出申请并由法院宣告。

《刑法》规定：精神病人造成刑法上的社会危害，由家人或监护人严加看管，必要时可由政府强制医疗。

2001年11月卫生部规定：临床症状严重，“对自己或周围构成危害者；严重不能适应社会；伴有严重躯体疾病的精神病人；严重自伤、自杀、拒食、外跑等可危及生命或危害社会治安者应属紧急收治范围，并应给予特级护理。”

孟氏兄弟：不挖煤还能做什么？

刊发日期：2007年11月9日
记者：欧阳钦平

这年秋天，不光是孟宪有、孟宪臣两兄弟，在内蒙古宁城县芦家店村，农忙后闲下来的男人们比以往任何一年都要多了许多。

“十年九旱”的自然条件，让这里的许多村民，选择了外出打工。千里之外的北京市房山区，星星点点的小煤窑，成了他们许多人的选择。

2007年，北京房山加大了对小煤窑关闭的力度，没有活干的村民们，提早返乡。

和其他准备随时回到煤矿干活的村民们不同，在这一次“死里逃生”后，兄弟俩决定：不再挖煤，放弃这个已经干了20多年的营生。

现在困扰他们的，除了身体何时恢复外，还有他们时常问自己的问题：不挖煤了，能做些什么呢？

身体

孟氏兄弟的土地上，挥锄整地的，只有女人。回家已经一个半月，兄弟俩还是什么活也干不了。

十月中旬的蒙古高原风清云淡，收获之后的土地弥漫着秋的气息，宽厚安详。这是一年中最后一段好时光，冬天马上就要来临。

人们赶在上冻之前，要对土地进行平整，以待来年。在村里，这样的重体力活一般是男人们去做，但在孟氏兄弟的土地上，挥锄整地的，只有女人——孟宪有、孟宪臣的妻子刘凤云和贾殿琴。

在经历了130多个小时的生死考验之后，两兄弟发现，他们的身体已大不如前。

孟宪有的视力比原来差了许多，腿上还落下了风湿病；孟宪臣则坐得时间稍长，就会腰疼。不干活的时候，两人好像没啥事，但稍微干一点活就出虚汗，力不从心。

“在村里，没有比我们哥俩更闲的了。”回家已经一个半月，兄弟俩还是什么活也干不了，秋收都是靠亲戚朋友帮忙。

孟宪有家今年收成不错，院子的一角，新收的玉米码成了一个高大整齐的棒子垛。

一家5口人，6亩4分地，能打7000多斤玉米，按6毛多的市价，能卖4000多块。这几乎是孟宪有夫妻在地头劳作一年的全部收获。

可村里除了玉米啥都种不好，一家人吃的米面、牲畜的消耗、种子化肥，全得靠这点玉米去换，最后真正能拿去卖钱的，“几乎寥寥无几”。45岁的孟宪有用词不是很准确，但意思明了。

兄弟俩一个共同的愿望，就是身体尽快恢复，别落下什么毛病，那样，还可以出门打工挣钱。

“挖煤的活是决计不再考虑了，可不干这个又能干什么呢？”兄弟俩心里没底。

矿难

15年前，孟宪臣亲眼见一个工友的脑袋被砸扁。但对比这次，他觉得被困5天6夜的经历更令人受煎熬。

对于挖了20多年煤的孟氏兄弟，8月18日的塌方，并不是他们第一次亲历矿难。

1983年的一天，孟宪有刚开始干矿工才四五个月，他和6名工友在井下作业时，矿道突然塌了。

孟宪有和比他年纪还小的一个工友吓得直哭，班上最年长的工友就大声“训斥”他们：“哭什么！咱这是大矿，上面肯定会救咱！”

果然，十个小时不到，救援人员就打通了一百二三十米的矿道，7个人毫发无伤。孟宪有获救后得知，事发后，扎莱诺尔矿务局局长和当地公安局长都在井口坐镇指挥，“那架势，谁敢不卖力气救人？”

孟宪臣经历的矿难，比堂兄更多。

1991年5月，孟宪臣在七台河挖煤时，被一块矿道顶部落下的石头砸中，腰椎受伤，卧床两月后才好。

第二年腊月，在辽宁义县的一家小煤窑，他经历了第二次矿难。

那天下午6点，他们一共4个人在井下干活，突然听到头顶有吱吱嘎嘎的声响，几个人赶紧往外跑，但已经晚了。

一块巨型条石在孟宪臣身后落下，将跑在后面的同乡王学成压在底下，另有一人脚被卡住。他们试图抬起条石，但石头太重，纹丝不动，王学成疼得直叫唤。

孟宪臣狂奔出井去找千斤顶，也就三四分钟，等他回去时，上面的土方已经全部掉了下来，王学成脑袋被压扁，眼珠子都流了出来，鲜血顺着条石一滴一滴滴落。

15年过去了，孟宪臣对当年事发现场的血腥味儿仍记忆犹新。可对比那样的惨死井下，孟宪臣觉得自己被困5天6夜的经历更让人受煎熬，“真是求生不得，求死不能。”

他们

在亲眼目睹了两名兄长死里逃生的奇迹后，孟宪军依然希望，能够重新回到房山去挖煤。

秋收之后，原本是大多数人忙完了农活，启程离家外出打工的时候，但这一年，很多人没有出发。

孟宪臣粗粗估算了一下，光芦家店村二组，70户330多口人，在外挖煤的就有四十几人，其中百分之七八十在房山。

2007年9、10月之交，房山启动新一轮打击非法开采行动，包括芦家店村的这些村民在内，绝大多数矿工都被“清理”出了煤窑，失去了工作。

孟宪有（左）和孟宪臣，放弃挖煤的营生，兄弟俩突然不知如何掌握未来

这些人被清理返乡后，有的开始另谋出路，有的无事可干闲了下来，有的则持观望态度，等着房山的煤矿重新开工招人。

孟宪臣说，村里的男人们出去打工无非两条路：挖煤或是搞建筑。搞建筑挣得少，干的人也就相对少一些，挖煤一个月能挣两三千。“纯粹的庄稼人，什么技术都没有，去外面找工作并不容易。”

孟宪臣的三弟孟宪军，原本在房山一家正规煤矿干活，这次也被清理。在亲眼目睹了两名兄长死里逃生的奇迹后，孟宪军属于观望的那一拨。他说，希望能够重新回到房山去挖煤。

未来

出事之后，孟宪臣不再想为儿子完婚的事儿；孟宪有则依然盼着儿子考个理想的学校。

按照原来的计划，孟宪臣本想挖煤攒点钱，明年正月为儿子完婚。出事之后，他不再想这事儿。

操办一场婚礼就得四五万，未来的儿媳妇还委婉提出要求，说家里房子比较破旧，要结婚的话，得给他们盖5间新房。对于这个要求，孟宪臣想都不敢想。

现在，孟宪有想得最多的，则是一双上高中的儿女。

两个孩子都是他的骄傲，“懂事，学习也好。”可每年上万元的学费、生活费，是家里最主要的负担。长子孟庆华明年就要参加高考，能考个理想的学校，是全家最大的心愿，可真要那样，也就意味着家里负担将大幅增加。

孟宪有、孟宪臣兄弟俩开始担忧自己能干些什么。

江苏一家机械公司的老板在得知两兄弟的事后，曾打来电话，说等他们身体恢复之后可以去他那里试一试，具体做什么没有细谈。

兄弟俩觉得，不管做什么总是一个机会，到时可以去看看。

以前，家里所有的花销，几乎全部靠他们下井挖煤去挣。然而，这笔收入不会再有。

温州大火：七个人的生死一天

刊发日期：2007 年 12 月 14 日

记者：杨继斌

2007 年 12 月 12 日，77 岁的王瑞波吃完早点催妻子陈雪芳早点去买菜。老伴没说什么，穿上外套下楼。

当天气象资料显示，温州晴转多云，温度 11℃~15℃。北风 3 级转东北风 2 级。

陈雪芳出门的时候，温富大厦身体粗壮的保安赵光阳还在嚼着刚买来的早餐；家住 21 楼的高永松正在叮嘱老伴照顾怀孕的儿媳……

没有人知道灾难要发生。

根据温州市官方公布的消息，是日上午 8：20 分许，位于温州市区人民路的温富大厦裙楼一楼的“朵朵鲜”花店突发大火。花店后墙墙根的明线冒出火花，迅速点燃花店的包装纸和塑料花。火苗迅速蔓延，过火面积 1270 平方米。

凌晨：大厦停电一小时

凌晨温富大厦的停电未引起居民警觉。8：20 分，再次停电，火灾发生。

凌晨的时候，已经有异常发生。

灾后第二天上午 9 点，报纸上公布火灾原因。官方初步的调查是，线路老化，导致火灾发生。

王瑞波点头表示认可：“昨天凌晨 4 点，家里突然停电，我以为是自家的线路出问题了，但是听到邻居也有起床的声音，才知道整栋楼停电了。”

一个小时之后，居民楼的供电恢复了正常。这个故障并没让居民意识到是灾难前兆。

老伴下楼大概 20 分钟，王瑞波家的电视突然黑屏，日光灯也同时灭了。王瑞波还是没有在意。

8∶10分左右，谢尊武买了臭豆腐，回家路过“朵朵鲜”旁的农行营业点，他临时决定取点现金。从银行出来，突然有些内急，想起楼上有厕所，于是，转身上了三楼。

谢尊武上厕所的时候，正是王瑞波发现停电的时候。12月13日，已躺在病床上的谢尊武已想不起来当时洗手间灯是否亮着。

“就解了一个大手。突然听到厕所外面有人叫。没在意，却闻到有刺鼻的、燃烧的味道。”谢尊武回忆道。

13楼的王瑞波也闻到了刺鼻的燃烧味。他起身，打算把窗户关上。但突然看到窗外浓浓的黑烟。伸出头去，看到近处的人往外跑，而远处的人向温富大厦跑过来。

“要糟。”王瑞波赶紧把窗户关上。这个1949年就在河北入伍、并且跟随部队南下的老兵在第一时间想到的是用固定电话拨打119，却发现电话已打不出去。

谢尊武也猜到了火灾发生，他赶紧往洗手间外冲。但是，烟火和热浪把他推了回去。

8∶20：接到火警

指导员指示迅速从正面进攻，打开通道。但半小时后正面火势仍难控制。

8∶20分许，消防队员金台国和他的战友接到温富大厦火警时，他正在组织战友打扫卫生。他们刚从另外一个火灾现场回来。

“二中队出动了全部的三辆消防车，5分钟左右就赶到了火场，当时发现火苗已经卷着黑烟越来越大。”这名入伍5年的老兵回忆道。

26岁的金台国是头车班长。指导员彭诚志给的指示是，迅速从正面进攻，压制火势，打开通道，上楼救人。金台国带着邓如、范宏海，架好水枪，开始压制通道的火势。

这时，王瑞波在家里踌躇了几分钟，准备下楼，77岁的他没有信心能走下13层楼梯。但他也不能确定，家里是否安全。

出门，楼道里有呛人的烟味。王瑞波拿毛巾捂住口鼻往12楼走。

黄天勤，温富大厦的第二任业主委员会主任。他告诉记者，温富大厦设计上的漏洞，给王瑞波等业主的逃生带来了麻烦。“楼道全部是封闭的，没有窗户，不能及时把浓烟排出；浓烟只能沿着楼道一层一层的往上涌。”

当时，住在21楼的高永松看着儿媳走进了电梯。他知道发生火灾后走电梯的危险，但是，一个已经几个月的孕妇独自走下21楼肯定是不可能的。儿媳刚进电梯，电梯就关掉了。

楼下，金台国的高压水龙头在大火面前显得力有不逮。浓烟不停卷过来。他听到口护（消防员用的氧气面罩）里的警报器响了。

“一桶液体氧气的使用时间，差不多半个小时，警报器响，说明半个小时已经过去了。我通过步话机告诉指导员，正面火势太大，没法有效遏制火势进入通道。”

金台国接到指导员新命令：从西面楼梯迂回进入主楼。

8：30：扔橘子求救

怀孕的儿媳被困在电梯里，不停敲打电梯的门，公公无奈向下扔求救信。

12月13日，谢尊武在医院里输液。病床上的他很庆幸自己保住了性命。

打算从通道冲出大楼失败以后，谢尊武趴在三楼洗手间窗户上呼救。

烟火越来越大，烫人的热浪不时把他从窗户上逼回去。胸闷，“难以形容的怕”。好几次把手机拿出来想给家里打电话，但是又怕家人知道了担心。

他不知道自己在洗手间里待了多久。“我决定跳下去。”

就是在谢尊武思索跳楼的前后，王瑞波摸索着回到家里。在12楼遭遇浓烟后，他曾沿着楼梯往上爬。到了15楼，老人放弃了。楼道里越来越黑。

“烟比人跑得快呢。”

关门，翻箱倒柜找胶带。拿胶带把门缝贴上。过了一会，想起窗户缝，也贴上。有心脏病的他还是觉得胸闷，他怀疑是自己刚才在楼道里吸入的浓烟有毒，便到冰箱去找牛奶。

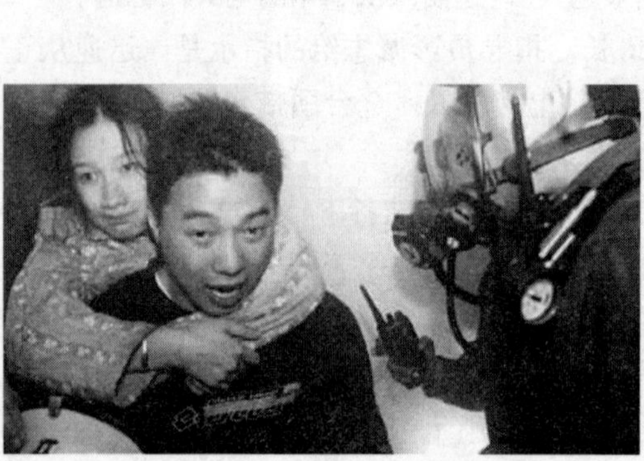

2007年12月12日，在消防队员的护送下，温富大厦两名居民离开火灾

“我在部队的时候，当过医护员，知道牛奶

可以解毒。”

喝完牛奶，王瑞波找到一条毛巾，打湿，躺在地板上，用毛巾捂住口鼻。取出手机，给老伴打电话。电话里老伴一个劲哭。

王瑞波说我没事，便把电话挂掉。“手机就剩下一格子的电。要省着用呢。”

这时，8：30分许，高永松已经在他21楼的屋子里，往外扔了好几个橘子。被关在电梯里的儿媳妇不停在里面敲打电梯的门。

高永松万般无奈，在纸上写上“快救人，人被关电梯”，然后拿纸包住橘子，砸向窗户外楼下的救火者。

但是，扔下的橘子，开始并没引人注意，“当时大家都忙着救火，没人注意到。”

电梯是保安赵光阳关的。13日，他告诉记者，电梯的总开关在地下室。电梯关闭之后，赵光阳接到了新的任务。他须爬上28楼去关闭温富大厦的煤气总开关。

“周主任（物业管理）塞给我6根蜡烛，说上面太黑，可以照明用。我攥在手里，拿毛巾捂着鼻子就往上爬。”赵光阳说，走到六楼的时候，他就把6根蜡烛分发给了先后遇到的几批下楼者。他们都问我，你怎么还往上走啊！

“楼道里没有任何应急照明设施，黑啊。”爬到28楼，花了将近10分钟。顺利关掉了煤气总开关。他爬上楼顶，和30多个惊慌失措的人呆在一起。

而三楼厕所里的谢尊武，这时从窗户上跳了下来。

9：40：消防员逃生

金台国背着两名老人下楼，到了3楼找不到门出去。

金台国没有看到跳楼的谢尊武。他已奉命迂回到西面楼道。

西面楼道在整个火灾中，并没有过火。金台国带领消防队员黄萍，得以顺利进入。

躺在病床上的金台国回忆，当时，从正面强攻的任务，主要是解救舞厅中的被困者，而从西面楼道进入，主要是解救居民楼上的被困者。

“一共上去4次。换过3次口护。”金台国回忆道。“最后一次是接到命令说19楼有人求救。我和黄萍到19楼后，一户一户地敲门，终于找到了两个求救的老人。把防毒面具分发给老人，便背着老人往下走。

但是，下到7层的时候，金台国又看到一个人扶着墙有气无力地往前走。“我不行了。”那个人对金台国说。但是，金台国手里已经没有了防毒面具。他便放下背着的老人，把自己的口护给了这个求救者。

“当时一下就觉得喘不过气来。”金台国说，下到5楼的时候，就开始感觉胸闷、恶心，全身一点力气都没有了。

坚持到三楼，借着手电筒，他还是找不到楼梯口，在楼里转了一圈后，仍然没有找到，随行的人开始告诉金台国，口护的警报器响了。

“我当时就想，再找不到出口，我们都得死在这里。”就要晕倒的时候，他走到了一个门前，随行的人说，这个门可以进去，能从窗户上爬出去。

金台国想都没想，一拳打碎了门上的玻璃，手被玻璃划破。打开窗户，消防队特种车辆上的云梯伸了过来。金台国和他拯救的人得以逃生。

就在金台国逃生的前后，9点40分许，高永松扔的橘子起到了作用。业委会主任黄天勤在地面，看到了高永松扔下的第六个橘子，发现了里面的求救语。

“很快，就有人上去打开了电梯，把人给救了出来。”黄天勤说，当天居民们彼此的互救和自救，是此次灾难有效控制的很重要的原因。

19：00：一天寻母等来绝望

焦急一天的麻缩面（网名）终于接通母亲的手机，但那端自称是警察。

联系不上母亲余多多时，麻缩面（网名）希望母亲的手机丢了。当他怀着这样的忐忑心情时，已是上午9：30分。

每天早上6点，母亲都会去山上晨练。晨练回家路过温富大厦，偶尔会花一元钱，进去跳晨舞。麻缩面不能确定母亲当日早上是否也在里面。

已经无数次拨打那个熟悉的号码。但是话筒里提示一直是无人接听。

也就是在9：30分，舞蹈老师黄伊茗知道了温富大厦发生火灾的消息。几个月前，她盘下大厦裙楼西南2楼的400平方米房子。装修之后，打算办一个舞蹈培训班。

原来计划是在12日下午开业的。她上网查过，12日不是一个坏日子。

她赶到了现场，火正在肆虐。她看到不停有人抬出来。

“生意完了！没人会愿意在一个跳舞死过人的地方学跳舞。”她说，为这个培训班，她已经支付了超过40万的资金。

11点左右，大火最终熄灭。麻缩面在温州市各个医院寻找母亲。

“12点半的时候，在温州市第三人民医院发现了一个女性死者，我上去看了一下身上的钥匙和首饰，不是妈妈的，心里又急却还怀着一份侥幸。”

也就在 12 点的时候，关在 13 楼的王瑞波打开了窗户，空气中尽管还有浓烈的烟味，但是已经可以闻到一丝淡淡的清新。有几个保安来敲门，问他有没有事，他摇摇头。

此时，保安赵光阳和楼顶的其他被困者走下了温富大厦。

当晚 7 点，摔断左腿的谢尊武转到温州治疗骨科最好的温州医科大学附属第二医院。

此时距火灾已有 11 个小时，王瑞波爬下 13 层楼梯，把被拦在警戒线外的老伴领上楼。

也就在差不多这个时候，麻缩面的手机响了。来电显示是母亲余多多的号码。电话另一端是一名男子，自称是警察。

麻缩面彻底绝望了。

悲怆的绝望，夫妻相缚投江

刊发日期：2007 年 4 月 5 日

记者：杨万国

背景介绍

一对贫病交加的夫妻把自己捆绑在一起，相拥投江。而在这个乡村，合作医疗、民政特困户救助、疾病救助等所有的救助制度，都无法解决他们的现实困境。

村支书说，“唯一的办法是发动乡邻捐款”。在他们相拥的遗体被发现后，捐款来临——却用做了他们安葬的费用。

他们留下了一个同样患病的儿子，也留下了有关农村医疗救助的许多疑问。

夫妻俩被打捞上岸时相互搀拥，拽也拽不开。

这是江书义看到妻弟和妻弟媳尸体被打捞上来的样子。他看到，一条麻绳捆在两人腰间，腰带也相互绞缠在一起。

死者为陈正先与姚元香夫妇，湖北公安县埠河镇万众村村民。丈夫 38 岁，妻子 34 岁，有一个 12 岁的儿子，在读小学。

2007 年 2 月 22 日，正月初五，这对夫妇相拥跳入长江。

他们留下的遗书表明，大病使这对贫穷的夫妻再也无法承受。而在这个湖北省首批新型农村合作医疗试点县，翻阅合作医疗、民政特困户救助、疾病救助等制度，他们的困境超越了这里所有的救助范畴和救助能力。

村支书说，“唯一的办法是发动乡邻捐款”，但显然来得太迟。在他们相拥的遗体被发现后，捐款来临——却用做了他们安葬的费用。

“赶紧回去搞钱！”

正月初五，B超结果出来，大家都傻了眼。陈正先患有“血吸虫病、乙肝、肾结石，黄疸”等至少4种大病。

“双方的哥哥姐姐们，不要为我们难过，陈泽彪的亿干（乙肝），和去和从（何去何从）；妈妈，孩儿们不孝，对不起了，正先和元香不分，到东南西北永远在一起，江水是我们的家”。

2月23日下午，荆州三医院一病房，江书义在床头柜里发现了陈正先用铅笔写的遗书，字歪歪扭扭，写在一本病历的底页上。

陈正先只在这家医院住了三天。

“全身的皮肤、眼睛都像火纸（一种黄色的冥纸）一样黄”。正月初二，江书义和妻子到岳母家拜年，发现陈正先身体很虚弱，走路随时可以倒，饭也不能吃，“你身体有病，不轻，要赶快去治。”

陈正先说，他和妻子上午已经到沙市的医院检查了，下午去拿结果。

第二天，检测结果让江书义吓了一跳。这份肝功能检测报告显示，陈正先的谷草转氨酶超标400多倍，谷丙转氨酶值1274，正常值是5—40。“病情很严重，必须马上住院。”正月初三，陈正先被送到了荆州三医院，他的亲属们立即分头借钱。

江书义用凑来的2000元钱交了住院费，陈正先和妻子还准备了850元，江让他们先留着。

当天，医生对陈正先做了CT检查，没有查出问题。

次日，医生要求他们做B超。江书义征求陈正先的意见，是做黑白的，“还是彩照的？黑白30，彩照贵，120。”

陈正先犹豫了一下，“彩照吧，这样检查得清楚一些。”

“他是很想弄清自己到底得了什么病。”江书义说，陈正先一贯节省，这次选择花钱多的，可见他想知道病到何种程度。

正月初五，B超结果出来，大家都傻了眼。陈正先患有“血吸虫病、乙肝、肾结石，黄疸”等至少4种大病。

“赶紧回去搞钱！”听了主治医生说“相当严重”之后，陈正先的大哥和江书义也焦躁起来，两人叫道。

当日下午一点，江书义筹到1000块钱赶回医院，看到妻弟躺在床上，有时长声叹气，妻弟媳趴在床边。

陈正先没有要姐夫的钱，他说：“你暂时拿着，放这里也不安全，我们身上还有800多，医院账上还剩400多，多交钱医院可能给我们用贵药。”

听到小弟说得有道理，江书义把钱重新揣进了衣兜。他告诉姚元香，“小弟这是重传染病，要注意病房开窗通风。”

临走，江书义又给姚元香安排今年的生产，“开春了养头猪，年底哪怕杀100多斤也是好的。”

陈正先家没有猪栏。江书义又建议，“大哥常年不在家，猪栏也空着，你们可以用嘛。”

下午四点半，陈正先的输液还有半小时就完了，江书义赶回了家。

“夫妻相缚投江”

遗照就是他们的结婚照，两张年轻的面孔，丈夫留着小分头，妻子留着高高的发髻，脸上擦了胭脂红，紧紧地贴着丈夫。

陈正先夫妇的失踪是姚元香娘家哥哥先发现的。

2月23日10时，姚元香哥哥去医院发现夫妻俩不在。

护士说，前一天下午6点，给陈正先打完针后，就看到他们夫妇出去散步了，晚上没有归院，以为回家了。

在病房里，陈正先的亲戚们翻开折叠整齐的衣物，发现了写有遗书的病历。

之后，江书义一边拨打了110报警，一边在车站等地寻找，未果，他开始喊来10多名亲戚租船沿江寻找。

三天，4000元，此后他们没钱请船，就沿江徒步寻找，从荆州找到公安，后来又到了长江下游的江陵和石首，并印了1000多张寻人启事，沿江贴了一百多里。

陈泽彪捧着父母的遗照

20天后，两位放牛的老人就是在看到随江漂流的两具遗体，按照寻人启事的电话通知的江书义。

开始时候，尸体怎么都打捞不上来，最后，江书义下水把绳子解开，分开腰带，才把两人的遗体捞上岸。

“他们一直就这么恩爱，也很老实。”陈正先夫妇的遗体被运回万众村时，全队的乡亲集资买来鞭炮和纸钱。

4月2日晚，陈正先的家，两张陈年木床，上面铺着稻草和破乱的棉絮。唯一的家具——组合柜上，放着他们的遗照。确切说，应该是结婚照，两张年轻的面孔，丈夫留着小分头，妻子留着高高的发髻，眉毛弯弯，脸上擦了胭脂红，紧紧地贴着丈夫。

被吃掉的麦种

“他们很老实，又很要面子”，几位邻居说，夫妇俩不到万不得已，从不向乡亲借钱。而且借了钱必定按时归还。

亲戚们说，面对疾病和治病欠下的债务，这对小夫妇一直未曾放弃对生的渴望。

在陈正先20岁出头的时候，他被检查出血吸虫病和乙肝病。血防站告诉他，为了防止交叉感染，先治愈肝病再来治血吸虫病。而血吸虫病是国家免费给予治疗的。

此后，陈正先一直没有系统地治疗自己的病，实在受不了时就去买点药吃，因干不了重活，家里勉强种着1亩多稻田和3亩旱田。后来，妻子姚元香也患上了坐骨神经痛，无法下地干活。

2005年初，眼看儿子长大了，读书要花钱。这年，在江书义的建议下，陈正先夫妇决定一起出去打工。

在佛山一家陶瓷厂，干了不到5个月，陈正先病倒了。

“听说车间的温度高达60度，他身体本来就差，一下子就累倒了。”江书义说。

回家治了一个多月，打工5个月的钱又花光了。感觉稍微恢复后，陈正先又来到佛山，这次检查发现他有乙肝，陈只好回到家。

灾难接踵而至。

这年的9月28日，儿子陈泽彪也病倒了，检查发现，也是严重的乙肝。

妻子揣着挣来的2000元钱和从亲戚家借的8500元钱给儿子治病，10天后，钱花光了。

此后，他们夫妻再也没能出去打工。借的8500块钱也没能还一分。这成了陈正先夫妇巨大的心病。

“他们很老实，又很要面子”，几位邻居说，夫妇俩不到万不得已，从不向乡亲借钱。

而且借了钱必定按时归还。

农村有借钱不过年的风俗，一位邻居说，他们夫妇卖口粮也会在年三十之前还清账。

2006年，陈正先种了西瓜和水稻，但是当年当地遭遇虫灾和水灾。水稻勉强够吃。

到10月份，他们家连小麦种子也吃掉了。最终从邻居家借了90斤麦种撒在地里。

因穷错过合作医疗

在2006年9月份，也就是陈家吃着麦种过日子的时候，当开始缴纳合作医疗费时，陈家没钱了。

因为穷，在2006年，他们还错过了农村合作医疗。

公安县是湖北省首批新型农村合作医疗重点试点县，2003年开始试点。合作医疗由农民自愿参加。人均交纳15元钱后，一年内，生病住院即可按一定的比例报销门诊和住院费。

从那一年开始，陈正先一家就参加了合作医疗。但在2006年9月份，也就是陈家吃着麦种过日子的时候，当开始缴纳合作医疗费时，陈家没钱了。

实际上，算上陈的母亲，一家4口人，只需缴纳60元。

该年冬季，陈正先在当地建筑工地做零活，攒了一点钱后，他问村干部，能不能现在参加。村干部告诉他，过了截止日期，不行了。

“他没有开口借，我们也不知道。”4月2日傍晚，在陈正先家门口，一位50多岁的妇女有些遗憾地说。

“我们哪里知道他家有这么困难？”4月3日晚，万众村村支书李全红告诉记者，这个村子有人口2300多人，都分散居住，他住在和陈正先相隔20多里外的地方，“如果知道，我们一定会给他评上特困户的。”

李全红说，在当地农村，如果能评上特困的话，民政部门每月给予人均10元钱的补贴，还可以资助其参加新型农村合作医疗保险。

按照村支书李全红的介绍，在万众村，享受特困补助的有20多户，实际上达到特困户的有30多户。

荆州市民政局副局长张晓峰介绍，城市低保是“应保尽保”，但是农村评特困户是按照省里分配的指标从最特困的家庭倒数排名，并不能保证所有特困家庭都能享受特困补助。

李全红说，村里享受特困户的家庭有比陈正先家经济条件还好的，但是陈正先从来没有主动讲到自己的困难，村干部们也就都不知道。

事实上，就连姐夫江书义，也不知道陈正先他们患有这么多病。江书义说，他并不知道2006年陈正先有没有治病，只知道他是老乙肝，平时看起来还好，只是发了大病，亲戚们都开始想办法借钱。

陈正先兄弟两人，大哥一家常年在外面打工。家里只有一位身患多病的老母亲。2006年春节，大哥回家过年，大年三十时，哥哥叫小弟全家一起来吃团年饭，但是陈正先全家没有去。20斤猪肉、一斤瓜子、一斤花生，三口之家静悄悄地过了年。

但在村干部的眼里，有一件事，陈正先夫妇却是很主动的，那就是交公粮。

一位邻居和村干部回忆，在减免农业税之前，当地每亩田要上缴国家300多块钱。有一年，夫妇俩实在没有钱，眼看村干部来收钱了，他们忍痛把家里唯一的一头猪卖了300多块钱上缴国家。

这年春节，他们全家没有吃上猪肉。

合作医疗的现实

在当地部分村民的眼里，即使陈正先继续参加了合作医疗，也不会根本改变他家的悲剧。

2005年，儿子陈泽彪住院，共花去11000元，其中只有4700多块钱的住院费可以按30%以下的比例报销，另外的4000多块钱门诊费和后期治疗费则无法报销。

公安县合管办主任冯秀成介绍，按照该县合作医疗管理办法，参加合作医疗的农民因病住院治疗，可获得住院期间包括医疗服务费、药品费、材料费的补偿报销。

住院医疗费补偿设立起付线和封顶线，在本县内医院起付线标准为50元至200元，在县外医疗机构住院治疗起付线为800元；每个参加新型农村合作医疗的农民在一年度内，住院医疗费累计补偿最高限额（封顶线）为20000元。

起付线以下时由农民个人负担，超过起付线后可分段按比例补偿：合作医疗强调在本地医院就近治疗，在县内住院治疗，补偿比例为40%~70%。若在县外治疗，补偿比例为20%、25%、35%和55%四个级别。

这种情况下，当年，陈泽彪获补了863块钱。

尽管有一定的补偿，但村民想到还需要自己支付很多医药费，很多村民便不愿意参保，多是一些身强力壮的人认为自己不会得病。

另外，许多农民认为，定点医院的药品价格贵，也是参加合作医疗积极性不高的原因。

在公安县埠河镇，一位村民给记者提供了两份购药单，一种由同一厂家生产的同型号的治疗高血压的药品，在当地合作医疗的定点医院——埠河镇卫生院，需要 15 元，其他非定点药店只需 8 元。

该卫生院负责人承认涨价的事实，但他认为，自己的药品是按照规定把加价控制在 3%以内。

埠河镇万众村村支书李全红每年 9~11 月份就无法休息，挨家挨户做工作，劝说农民参加合作医疗，常常忙到深夜。

李全红介绍，农民参加合作医疗后，虽然每次可以报销 5 元左右的门诊手续费、输液费等。但是因为药费更贵，平均下来，一次普通的感冒输液农民在个体诊所就诊还可以节省 10 元钱。

参合率（参加合作医疗的农民比率）成了合作医疗管理办公室最头痛的事情。冯秀成介绍，该县参合率 80%，李全红所在的万众村只有 70%。

参合率低导致的一个直接后果是，致使合作医疗基金筹资能力有限，因此对农民的补偿比例也有限。

冯秀成介绍说，该县目前的基金利用率达到 95%，但是对农民的补偿比例只有 35%。

“农民的自付比率达到 65%，因此稍微大点的病花掉几千块钱，农民还是承受不了”。

“我也是刚刚听说陈正先的事情，作为农民的儿子，我很悲痛，作为合作医疗管理者，我很遗憾。”冯秀成说，即使陈正先一家参加了合作医疗，也无法根本解决他们的困难。

冯秀成说，农村合作医疗本质上是一种低水平、广覆盖的互助救急模式，并不能解决困难家庭治疗大病的现实。

“惟一办法是捐款”

3 月 10 日，陈正先夫妇的遗体被运回村子，所有的亲戚都已拿不出安葬的费用。村民们开始自发捐款。

李全红介绍，在当地乡村，还有一种“大病救助基金”。但要由住院病人申请，陈正先一家也没能享受。

“但这个基金补助金额也有限。”荆州市民政局副局长张晓峰介绍，该基金补助金额为 500 起，3000 元封顶。

张晓峰提供的数据是，荆州市农村特困户约占 3%。在拥有 8 万人口的埠河镇，特困户人口也达到 1781 人。

这样一个不算小的比例中，陈正先绝不是唯一的一家。冯秀成介绍，在该县的住院病人中，类似陈正先这样的困难家庭约占 1%。“人数不是很多，但是往往弄得家破人亡”。

在当地官员看来，应该适当提高农村合作医疗补偿比率。目前全国80%的试点地区，都是中央财政补贴每个参保农民20元，省市或县财政一起补贴20元，农民自付10~15元。

但按照目前对大病患者37%的报销比例，中央和省市县财政对每个农民补贴每增加10元，报销比例就可以提高7%，如果2008年中央财政的补贴增加20元，就可以达到51%，农民的自付比例下降到49%。

卫生部卫生经济研究所副所长、复旦大学公共卫生学院胡善联教授对此充满期待，“如果能实现这一目标，无疑对农民的大病救助起到更大的作用。”

期待之余，在冯秀成看来，对于少数特困家庭，“需要国家出台特殊政策”予以扶助。

胡善联则认为，如果由国家专门对这部分人免除费用，“可能有点难”，但可以进一步提高大病救助的金额。

胡善联说，国家医疗改革方案即将出台，应该包含最贫困人口的医疗救助制度，通过这些制度，应该让卫生、民政、社会保障、财政等部门合作，通力解决贫困人口的医疗救助问题。

而对于这对夫妻来说，所有的愿景都已失去意义。

对于他们的现实困境，村支书说，“唯一的办法是发动乡邻捐款。”

3月10日，陈正先夫妇的遗体被运回村子，所有的亲戚都已拿不出安葬的费用。村民们得知后，开始自发捐款。

江书义介绍,“再没钱的人家,也都出了50元”,总共获捐11000多元。

除去寻找遗体和安葬的花费后，还剩下5000来块捐款，就留给陈泽彪读书和治病。

但是，这些捐款仍然解决不了陈家接下来的现实难题。

目前，陈泽彪和78岁的奶奶相依为命。

4月2日傍晚，陈泽彪一脸茫然地站在已经空无一人的家门口。

这个12岁男孩的身后，是他们家菜园一片金黄的油菜花和雪白的萝卜，油菜用来换油，萝卜是家里唯一的蔬菜。

奶奶说，泽彪的病需要喝牛奶养着，但是妈妈走后，泽彪再也没有牛奶喝了。

（《长江商报》记者吴娟对本文亦有贡献）

阜阳“白宫”举报人之死

刊发日期：2008 年 6 月 23 日

记者：黄玉浩

▪ 背景介绍 ▪

2008 年 6 月 5 日，张治安被安徽省纪检部门带走，配合调查，至今未回。

三个月前，“白宫”举报者李国福在安徽省第一监狱内死亡后，使被举报人张治安再次成为社会关注焦点。

张治安，阜阳颍泉区委书记。李国福曾是张事业上的得力助手，原为伍明镇镇长，后被张调至身边，协助开发城区。

在两个人的利益立场出现分化后，李国福踏上举报之路。

近一年时间内，李国福试图让更多人知道，颍泉区那些为人褒扬的工程中存在诸多问题，违规将耕地改为建设用地，耗巨资建造白宫式的政府大楼，挪用水利、教育资金兴建生态园等。

李国福死后，被鉴定为自缢身亡，其家属认为多有疑点。目前，有关部门正在调查。

2008 年 5 月 14 日上午 9 点，一辆警车呼啸而至，停在阜阳市颍泉区法院第一审判庭外，20 多名法警分立两排。

一名法警手持“金属探测仪”站在法庭入口，旁听人员经过检测，顺序入庭。

此次参加审判的被告人叫张俊豪，系阜阳市颍泉区伍明镇原团委书记，以涉嫌“贪污、窝藏及毁灭证据”罪被起诉。

张俊豪的另一个身份是“白宫事件举报者”李国福的女婿。

这名法官说，该案是由区纪委转交，涉及举报颍泉区委书记张治安。“不是一般经济案件，要高度重视、尽快落实。”

当日，张俊豪被颍泉区法院以贪污罪、窝藏罪判处有期徒刑一年零六个月。

来自当地纪委和阜阳市检察院、阜阳市委宣传部有关负责人的消息，6月5日，颍泉区委书记张治安及检察院检察长汪成被省纪委带走，配合调查，至今未回。颍泉区法院院长杜魁和区检察院反贪局局长郑涛被省纪检部门问讯。

举报途中被抓

去往阜阳途中，李国福3人被区反贪局控制，车里发现大量举报颍泉区违规工程的材料。

李国福曾举报颍泉区委书记张治安耗巨资建造白宫式豪华政府办公楼。

2007年8月26日，李国福和妻子以及张俊豪三人在去阜阳途中，被颍泉区反贪局扣押。

那天清晨，张俊豪接到岳母袁爱平电话，说离家数月的岳父李国福要回阜阳，让其开车去车站接。

车上，李国福对袁爱平和张俊豪说，这次回来只是拿些材料，还要去北京，继续举报。张俊豪告诉岳父区检察院正在找他。

当天中午，李国福三人回到伍明镇老家。李拿上些材料，对妻子说不在家吃饭，要去市里。据李妻袁爱平回忆，李国福当时对他们说，“你们不要管我还去哪里，反正要告，我准备头顶举报信，进京举报。”

张俊豪又开车载着岳父母返回阜阳市区。三人行至阜南县，一辆黑色小车从后面赶上，拦住张俊豪的车。颍泉区反贪局的人下车把李国福3人控制，随车物品也被扣押。

李妻袁爱平对记者说，李国福近一年来的行踪从没告诉家人。

车上有一个李国福的密码箱。袁爱平说，很多李国福认为贵重的文件物品都放在里面，一直随身携带，在家都不让人碰。

据检察院提供的物品扣押清单显示，密码箱里有大量关于张治安的举报

2008年4月30日，安徽阜阳颍泉区政府办公楼外景

材料，包括数十张反映科技生态园、工业园、循环工业园大量占用耕地的照片；还有一本《农村农业农民》杂志，杂志上有颍泉区违规建豪华办公大楼的文章；大量邮件交寄清单。

“检察院的人说李国福犯了贪污罪，而我和张俊豪送他外逃是窝藏罪还有销毁证据罪，没有出示任何文件，就拘留了我们。”袁爱平说，他们三人分别被关在不同的地方。

张俊豪的家人说，当晚12点左右，检察院搜查了李国福和张俊豪的家。

被要求“退赃”

李国福家人多次接到电话暗示其退回赃款，其女婿张俊豪以贪污、窝藏与销毁证据罪被起诉。

2007年9月29日，是李国福、袁爱平和张俊豪被关押的第34天。

张俊源——张俊豪的哥哥，收到阜阳市公安局颍泉分局对张俊豪涉嫌贪污的刑事拘留通知单。他说,通知单上两个办案人的签名已被涂抹掉。

并且，张俊源还收到一张便条。便条是李国福长子李登辉写的，“见信后，帮我从任何地方想办法借款两万五千元，钱交给检察院。”

此后，张俊源接到颍泉区检察院反贪局局长郑涛电话。据张俊源回忆，郑涛在电话里说，“你弟弟现在看守所里，已经交代了贪污的问题，一共是25000元，你们把这个钱交到检察院，他就没事了。”

次日，李登辉也接到郑涛的电话。

李登辉于2008年5月14日，向记者回忆道，郑涛曾在电话对他说，“你母亲有个存折，户主是你女儿，里面有11万块钱，你把这个钱取出来交给我们，我保证你母亲很快就能出来”。

李登辉接到这个电话时，张俊源也在身边。

“李登辉对着电话问,要交的这笔钱算什么钱?”电话里传出,是“赃款”。

张俊源说，“这不是诱骗我们去认罪吗?”

对于上述说法，记者未能向郑涛本人核实到。

2007年10月2日，李登辉接到通知，让其接回母亲袁爱平，并被告知袁依然被公安机关监视居住，不能随意外出。

袁爱平在一个小宾馆里，共被关押37天。每天有四个人在房间里询问他，李国福贪污了多少钱?

由于每天吃不下东西，袁爱平被放出来后，体重轻了25斤。

张俊豪则被以贪污、窝藏与销毁证据罪起诉了。

2008年3月5日，一审开庭。去参加庭审的张俊源事后对记者回忆说，庭上张俊豪称，“被关押期间，成宿不让睡觉，一帮人轮番审问我，办案人员要我交代李国福的贪污问题，要我与区委区政府保持一致，要与李划清界线，只要我交出两万多元钱就不追究我的任何责任。我在承认贪污的笔录上签字是被迫的。”

张的辩护律师认为，张俊豪并不具贪污的主体资格。伍明镇社会事务办公室的25000多元，没有入账时，张俊豪只是帮怀孕的妻子打理会计工作。而且那25000元是属于该单位设立的小金库，张也记录了每一笔开支。李国福在2007年8月26日之前，仅仅是检察院立案侦查的对象，张俊豪的窝藏与销毁证据罪也就无从谈起。

当天并未宣判。颍泉法院一法官对记者称，这是政治性案件，宣判要慎重。

“开庭不久，伍明镇书记张筱林给我打电话，说你弟弟在镇上工作很好，很踏实，我很喜欢，只要你弟弟把这赃款退了，还能继续在镇上工作。”张俊源说。

同时，记者也未能向张筱林求证到上述说法。

见律师前狱中身亡

一封“看守所干警”来信称，李原不具关押条件，因区里打招呼才被收押，2008年3月13日，李在狱中死亡。

2008年3月13日，距离李国福被关押有197天。

那天凌晨4点55分，在安徽省第一监狱中，有人发现李国福死亡。

死亡鉴定为“自缢”。也就是在那天，辩护律师被获准于当日上午和李国福见面。

“我们聘请的律师，多次递交会见当事人的申请要求，都没被批准，也不让家人见。”袁爱平认为，丈夫不可能在会见律师前几个小时内选择自杀，她觉得“有些人怕他对律师说出什么来”。

李国福死后不久，一封署名“阜阳看守所干警”的信被塞进李家，信中称，李国福身患重病本不符合看守所羁押条件，但因颍泉检察院反贪局局长郑涛一再提此案是张治安书记一手安排的，并出示医院的“合格的体检证明”才收押。

从张俊源提供的那封信上，记者还看到，信中称李国福当时被体检了两次。第一次体检，查出问题很严重，医生甚至建议住院治疗。后来又找了一个认识的医生，做了第二次体检，然后出具的是“正常”的体检报告。

信中还写，每次颍泉检察院来提审李国福都长达十几个小时，期间不让喝水吃饭，李曾向办案人员要求吃饭，被拒。

于是，袁爱平、张俊源等李国福的家人去阜阳市看守所了解情况。

袁爱平说，看守所多名干警向他们证实，“由于李国福是区领导打过招呼的特殊犯人，才被收押的。”

2008 年 1 月 11 日，右眼失明的李国福因病危，被转移到安徽省第一监狱医院接受紧急治疗。两个月后，死亡。

长子李登辉、四女婿靳峰等家人去看了死者遗体和死亡现场。

“脖子两侧有很深的勒痕，正前方颜色很浅，双目紧闭，嘴巴紧闭，锁骨附近、后颈部和背部有大片青紫。”袁爱平说。

举报者与被举报者的往来

李国福从伍明镇调任到泉北贸易区经贸发展局，并任安曙公司董事长，协助区里开发房产。

李国福和张治安的关系并非从一开始就水火不和。袁爱平说，“曾经他们的关系很好。张治安调到区里那一年，我家 7 个孩子都被安排到镇里上班，成了公务员，都是张一手办的。”

袁爱平说，李国福最早和张书记的父亲张家顺关系不错。

李国福具有商人天赋，擅经营苹果、玉米等各种农作物，曾被颍上县县委副书记张家顺邀请去做万人报告，后来李成为伍明镇镇长。

“1997 年，张治安调到颍泉任区长时，伍明镇的小康村规划建设、镇里人事调整等事务，李国福完全听张书记的。”

2001 年，李国福和张治安的合作关系变得更为密切。

刚担任颍泉区委书记的张治安提出建皖西北地区最大的商贸城。李国福成为该工程指挥部成员。

颍泉区一位退休官员说，“商贸城一建成，就成为阜阳市的政绩招牌，上级领导来视察，一定会被带去参观，并多次受到表扬。”

2002 年 1 月，一个具有政府背景的房产公司——安曙房地产开发公司成立。李国福在该公司中担任董事长、总经理职务。

安曙公司的工商资料显示：公司是由泉北贸易发展局出资 800 万，阜阳市国安房地产开发公司出资 200 万，共同合办。公司股东为：赵德才、孙新虎、韩杰、韦士杰，公司监事为陈巍、鲁明广和李国福。除了李国福外，其他人名均被笔墨划去。

阜阳市工商局企业科科长陈振喜对记者说，“在李国福死亡事件被披露后，阜阳市纪委来调过该企业档案，说是查账。”

至于何时划去这些人名，陈振喜没透露。

记者调查发现，这些被划去的人名多为政府官员。

赵德才，颍泉区政协主席；孙新虎，颍泉区统计局局长；韩杰，颍泉区委宣传部副部长；陈巍，颍泉区劳动局局长；鲁明广，颍泉区市容局局长。

韦士杰则是国安房地产开发公司总经理。

安曙公司业务主要是销售商贸城的商品房。公司一内部人士说，那些计划外的房子没有土地证和房产证，区里要求以租代卖。

“家里这种租赁合同有几百份，都是由李国福提前盖章签字。我担心出事提醒他，他说没事。”袁爱平说，“李国福当时还任泉北贸易区经贸发展局局长，他有事情直接向区委书记汇报。”

“举报人”局长职务被免

李国福妻子说，李多次针对强制拆迁、违规占用耕地向区里提意见。

记者在安曙公司的工商资料上还发现，2002年底财务年检报告显示，该公司资产总额为“-6236.8万元”，营业额为“-5799万元”，负债总额为“-5428.3万元”。

阜阳市工商局企业科科长陈振喜说，“公司怎么报，我们就怎么写，具体情况我也不清楚。”

2003年，“安曙”资产总额为5597万，负债总额是4695万元。安曙从一个债权公司成为一个负债公司。

“这些钱都用来建两大工程。”李国福一位同事回忆说。

2002年，颍泉区两大项目上马：分别为占地1140亩的科技生态园与1万多平米的区政府办公大楼。

这名知情人透露，两大工程向公司借款，每笔多则数千万，少则百万，都是李国福签字，而对于借多少、借给谁、什么时候借、这笔钱做什么，李国福根本做不了主，他最后就是签个字，“因为是企业的法人代表，李国福曾找张治安，问能否归还一些钱款，据说张治安很不高兴。”

袁爱平说，李国福在商贸城指挥部时，关注到强制拆迁、违规占用耕地等，也向区里提过建议。

2003年，张治安的老乡王家山——曾是科技生态园的工程总监，进入商贸城做管委会的主任。

不久，李国福发现，不论商贸城还是安曙公司开会，都回避他，许多决策讨论，他根本不知情。

2006年，区委决定李国福不再任经贸局局长。李的红色轿车被收回，五间平房也被收回，并被要求归还拖欠房款。

家属被要求划清界线

李国福妻子说，李多次被找去谈话，问谁在举报，并被告诫他将被查账被判刑。

据2008年4月《中国青年报》报道，一封《数千农民在流泪，万亩良田被糟蹋》的帖子出现在阜阳网站，帖子直指颍泉区委书记张治安：无任何审批手续强征万余亩耕地作为建设用地；拆除一个小学建成美国白宫式的新大楼；滥用土地，用耕地建别墅群；挪用资金建设高尔夫球场、跑马场和别墅区。

随后，《农村农业农民》杂志发文揭开颍泉区建造白宫式政府大楼内幕，文中称“日本友人捐献10万美金援建小学，政府却花3000万元建大楼”。《南方都市报》等多家媒体紧随其后跟踪报道。

袁爱平说李国福多次被叫去谈话，叫其别再生事，否则将查其账，总能查出问题。

不久，李国福以看病为由，长期呆在北京的一个亲戚家“避难”。

张俊源对记者说，2007年8月中旬，李国福的长子李登辉接到颍泉区检察院检察长汪成的电话，要求限其父亲10日内回到阜阳，有问题要交代。

8月21日中央电视台《新闻调查》记者柴静来阜阳采访“白宫”事件。

张俊源说，8月23日，汪成给时任伍明镇团委书记的张俊豪打电话，电话中他说，“‘白宫’事件，张书记已经知道是你岳父告的，他已犯了诬告罪，你要同党委、政府保持一致，与你岳父划清界线，及时报告有关他的消息。”

袁爱平认为，张俊豪对李国福举报的事情知道得并不多。

“我不可能打击报复上访者”

面对李国福的举报，张治安称，“我一直很重视上访，有困难必须给人家解决困难。我不会恐吓群众。”

“3月14日，李国福死后的第二天，李登辉给我打来电话，说伍明镇书记张筱林约家属一起谈谈。”张俊源称，“李的家属当时要求重新进行死亡鉴定。”

当天下午5点,阜阳市汽运快捷宾馆918房间,张俊源、李登辉、靳峰、袁爱平与伍明镇书记张筱林、副书记李大伟、社会事务办公室主任刘登振见面。

“张筱林向我们传达区里的意思，只要我们不上访，张俊豪的案子就不再追究，并说李国福已经自杀，没有牵扯到其他人，这是明智的。还说我们家的人以后还要在镇上工作。”张俊源说，“区委还要求我们尽快将李国福火化。”

李家当时提出3个条件：一是查清李国福的真正死亡原因；二是扣押的车辆钱物全部归还；三是恢复死者名誉。张筱林称“这些都没有问题”。

3月17日下午,李登辉拿到安徽省第一监狱医院提供的死亡鉴定书,结论是“李国福于13日被人发现自缢,不治身亡”。并记录在死亡前,“身体无异样，情绪稳定”。

李国福家人认为,“自杀”很可疑,要求重新请法医鉴定,但被拒绝。

按规定，死亡鉴定书上必须要有两名法医共同签名。而在袁爱平他们看到的鉴定书上没有任何法医的签名。

而且在“医院或法医鉴定意见”的意见栏中，“自缢身亡”四个字为计算机打印。但在“送押单位”与“检察机关”的意见栏，这四个字均为手写。

3月19日，张筱林要求李家限期火化尸体，否则将强制火化，遭到李家的拒绝。4月8日,颍泉区法院作出刑事裁定,终止审理李国福“贪污、受贿”一案，并没提及袁爱平与张俊豪。

3天后,《中国青年报》发表《阜阳白宫举报人蹊跷死亡》报道,报道了白宫举报者李国福与颍泉区委书记张治安的十年恩怨，对李在监狱的蹊跷死亡提出质疑。文章发表第二天，伍明镇的领导找李国福女婿靳峰、李登辉等人谈话，称要想保住工作就不要乱说话，否则后果自负。

举报人李国福的妻子袁爱平证实了上述说法。

“我一直很重视上访的情况，有群众对你工作提出了不同的看法，是因为他们有困难，那必须给人家解决困难。”颍泉区委书记张治安称，“我不可能打击报复上访者，也不会恐吓威胁群众。”

定州血案：揭血腥征地的幕后推手

刊发日期：2011 年 11 月 10 日

记者：崔木杨

2005 年 6 月 13 日，《数百人持猎枪钩刀袭击定州村民夺 6 命》见报，全国哗然。

这是一起官黑勾结的血案。为了征地，国华电厂取得河北定州市委政府领导默许，找来黑社会对嫌征地补偿少的农民进行杀戮。杀戮中，前者使用火枪、镰刀、自制炸弹。混战当天，6 名村民死亡，48 人重伤。如今，血案的幕后策划者，定州原市委书记已被判处无期徒刑。

发稿那天，时任新京报副总编辑孙雪东感到有些愧疚。

“刘炳路采写的内容很详细，原本想刊发一个版，可最后只发了一千多字。”他说，因为当时规定媒体不许异地舆论监督。

而刘炳路觉得，只要报道刊发，就是给社会一个交代。他在新京报能切实感受到，“无论是谁，对新闻都保持着高度执著”。

戴自更，新京报社的社长。他一头长发，戴着眼镜。

22 年前，他独自骑着牦牛爬上 5700 米高的喀喇昆仑雪山，为了采访那里的哨兵；18 年前，他推开广东一位官员带来的十万元钞票，为了披露前者辖区里的集资事件；8 年前，他为了让公众知道更多真相，筹建了新京报。

8 年来，这位操着浓重江浙口音的男人，感觉身边朋友越来越少。在他看来，新闻工作者就是丛林里的啄木鸟，啄出蛀虫，守卫森林。

凌晨 3 点接线员报料

深度报道部主编李列接到线索担心题材敏感，社长戴自更立即打消其疑虑，要求“去做”。

定州血案发生于 2005 年 6 月 11 日凌晨。

接线员郑艳艳获得这一线索。她连夜用电话叫起深度报道部主编李列，当时是 12 日凌晨三点。

“一开始李列迷迷糊糊的，可一听我说有‘大事’，立马精神起来。”郑艳艳回忆说。

李列当时担心题材过于敏感，不知是否能刊发。戴自更很快打消了他的疑虑，交谈中，社长用浓重的江浙口音说，“去做”。

2005 年 6 月 12 日，一个酷热的上午，记者刘炳路接到任务。

刘炳路，一头卷发，成为记者前，他是河北大学的学生，也是一位忙碌的打工仔。放羊、出杂志、在校园里销售传呼机，成为一名农场主曾是他的人生目标。

“当时绝没想过会坐在这儿，成为一名记者。”刘炳路说。

刘的记者生涯始于大学毕业。他不希望过“一眼就能看到头的生活”。

6 月 12 日上午 11 点，刘炳路坐上了前往定州的火车。他知道，公众想要的是鲜活的故事和谁是这起血案的幕后策划者，而不是简单的复述。“就像剥洋葱一样，”他说，“我的任务是把事实的真相一层层拨开。”

而且，他还被要求当天发回报道。

装束简朴混过封锁线

记者以诚恳换取村民信任，获得案发时的录像带，突破警方封锁线。

到达定州绳油村，已是下午 2 点。路上，刘炳路一直担心，警察会把现场围成一个铁桶，不许任何人进入。幸运的是，尽管警察封锁了现场，但并没有人注意到他。

当跨过一条两米宽、村民自行挖掘的壕沟后，令人震惊的现场，出现在他面前。

土地上有死者留下的大块血迹、血衣，自制猎枪和锋利的钩刀。留守的村民守在自挖的地窖里。地窖顶扣着白色的塑料布，里面支起了铁锅。放眼望去，散布在 2 万平方米荒地之上的地窖群，好似一个印第安部落。

2005 年 6 月 12 日，河北定州绳油村村民向记者展示昨日凌晨来袭击他人的人所用的武器

这时，一个意想不

到的问题开始困扰刘炳路，劫后余生的村民拒绝讲话。

刘炳路说，此前大批的记者来了、走了，什么也没有做。

他站在土坷垃上，恳请围在自己身边的村民再“磨一次嘴皮子”，伤痕累累的村民们只是默默地在他身边围成了一个圈。

“当时很静。”刘炳路回忆说，“我看着村民，村民看着我。”

过了一会儿，诚恳的态度换来了理解，女人们抹着眼泪，复述杀戮当天的场面。她们抽泣着说，一位老乡如何被猎枪喷死。

接下来，一位村民把一本事发时录取的影碟交给了刘炳路。

这位村民说，袭击持续了约一个小时，他只在最后录了三分钟，便被对方发现，来人砍断了他的胳膊，并在他屁股上扎了几刀，两个年轻的村民架着他一口气跑了两公里，才保住了光盘和一条命。

录像带里，爆炸声和砍杀声不绝于耳。黑社会们用劈柴的姿势砍着面前的村民，村民攥着锄头反抗。

录像带和现场，让刘炳路恐惧、兴奋、愤怒。而多年的采访经验告诉他，必须要置身新闻事件之外。不能让同情心左右了自己的采访。

他开始求证村民复述的每一件事，“消息源互相印证是必须的。”

为了印证村民的话，刘走进了地牢。地牢里关押着一名年轻人，他叫小朱，在此前对村民的暴力袭击中被俘。小朱证实，雇佣打手的是一名叫强子的人，与小朱一同被雇佣的都是社会上的混混。

接下来的采访刘了解到，这块地已被国华电厂征用，村民认为补偿标准过低和征地操作程序不透明，多次上访未果，便搭建窝棚阻拦施工，因此也和施工方多次发生冲突。6月11日，约300多名不明身份的人向他们发动了袭击。

就在刘炳路采访时，几十名警察来到村上，搜寻陌生人。刘炳路确认光盘仍在身上后，戴上村民给的草帽，从小路离开。

如今刘炳路仍喜欢穿廉价的布鞋和超市买来的衣服。

“作为记者，采访时你的装束一定不要引人注目，越简单越好。”他说，这样一来你可以和任何人打交道，不管他来自何方、态度如何。

记者像游击队员

记者在医院采访遭到警方干扰，他趁村民围住警察，溜进病房获取案发时一手信息。

“记者的脑子必须转得快。”刘炳路说，很多情况下，瞬间反应很重要。

在定州医院采访伤者时，十几位警察冲到刘炳路面前。警察要他终止采访，回派出所接受询问。若是刘炳路听从了警察的安排，那么他的稿件刊发就会受到极大影响。

首先，他会因为匆忙结束采访，而失去很多关于血案的故事和细节。其次，警察要是对他展开长时间询问，会影响他把稿件发回报社的速度。更为关键的是，看不见伤者，无法确认村民对遭袭时的描述准确与否，这将对报道刊发后的客观程度影响很大。

警察要求记者离开，引发了村民的愤怒，双方发生了争执。刘炳路乘机钻进了病房，在那里他看到了伤者。他们说，有人被划开了肚子，有人肠子流到体外，还有的人看见对方的肺叶在胸腔里一张一合。这些细节的讲述与之前采访一一印证。

在定州，村民还告诉刘炳路和其他记者，当晚两台参与袭击的车辆的车牌号。

刘炳路去了车管所，官员拒绝提供任何信息。

当天，车管所门口聚集的黑车给了他灵感。他把钱塞到黑车司机手中，说，"请帮我查一下这两个车的信息，我知道你们和里面的人很熟。"

很快，那两台车的信息被调了出来，刘炳路顺藤摸瓜，找到了组织参与袭击人员的更多信息。

媒体是个建设者

报道刊发后，定州原市委书记被判无期，另20余人获刑，那块土地被停止征用。

2005年6月13日，"定州血案"经新京报首次披露，获得广泛影响。当日，河北省委免去定州时任市委书记和风、市长郭振光的职务。

此后，河北省公安厅成立专案组。那年7月，血案的组织策划者、骨干分子等主要案犯已全部抓获，共刑事拘留106人，其中包括定州市委书记和风、定州市开元镇党委书记杨进凯。

2006年2月9日，河北邯郸市中级人民法院对27名被告人做出一审判决：其中4人被判死刑，3人被判死缓，被告人和风（定州原市委书记）等6人被判无期徒刑，其他被告人分别被判处6年至15年有期徒刑。

另外，河北省政府和保定市政府决定，不再征用绳油村土地，电厂用地将另行选址。

对于这些后续影响，刘炳路说，当时他也没特别兴奋，也没觉得自己变得很牛，一切如常，"其实一篇好报道的背后需要一个优秀的平台。"

刘炳路所说的平台，就是新京报。

李列曾任深度报道部主编。在编稿时，他拒绝使用“万里无云”之类的词语。他认为，人的眼睛根本看不见一万里。而一份严肃的报纸应向公众呈现铁一样的事实，而不是似是而非的成语。

“记者的采访就像盲人摸象。”他说，摸到什么，说什么。

报道中被采信的每一个消息源都会得到至少三方以上的认证，很多时候一篇几百字、豆腐块大小的报道，要采访十五六个人。

严肃的采访作风，为新京报赢得了公信力和读者的认同。

汶川地震时，记者们数次先于救援部队到达飞石四射的灾区采访。日本地震时，自卫队在撤退，新京报的记者们则逼进核辐射污染区。只要报道需要，新京报就会出现在任何地方。

对于舆论监督，新京报认为媒体不是一个批评家，而是一个建设者。为什么做舆论监督报道？不是为了让某些人受到惩罚，而是推动问题的解决和社会的前进。

拿定州血案来说，李列认为，这起血案之所以发生，根本原因是地方政府为了发展经济而采取了极端手段，而发展经济的原动力则来自中央政府对地方政绩的考核机制。

“我们把最真实的情况汇报给公众，”他说，“这样就会在中央完善一些政策修订时，提供最真实的素材，因此我们是一名建设者。”

杨新海连环杀人案调查

刊发日期：2003 年 11 月 21 日

记者：刘炳路

■ **背景介绍** ■

公安部 2003 年 1 号挂牌督办案件案犯杨新海 11 月 3 日落网，近日记者走访了河北、河南 4 户受害者家属及杨新海父母。

杨新海，又名杨柳、杨枝牙，男，1968 年 7 月 17 日出生，身高 1.58 米，初中文化，河南省驻马店市正阳县汝南埠乡张家村杨陶庄东队人。

2003 年 11 月 3 日，他在河北沧州落网。5 日晚，他初步交代了自己的犯罪情况。据杨自述，这两年，他在皖、鲁、豫、冀四省杀人作案 22 起，杀死 65 人，重伤 5 人，强奸 23 人。其中，河北作案 2 起，山东作案 1 起，河南作案 17 起，安徽作案 2 起。在这 22 起案件中，不少是灭门案。

圆圆走了

孙圆圆，河北邢台县祝村镇李道村人。2003 年 8 月 5 日，圆圆与父亲孙胜军、母亲李树枝被杀，哥哥孙红波幸存。

杨新海的父母告诉记者，杨新海早在高三那年就已离家出走，已多年没有联系

孙胜军一家三口被杀是杨被抓获前所犯的倒数第二桩案件，他们的尸体是 2003 年 8 月 5 日被发现的。

当天早上 8 点来钟，

孙胜军的母亲做好了饭，来到儿子家门前，看到栅栏门还锁着。老人隔着院墙喊了几声孙女的名字“圆圆”，但不见答应，于是，老人来到屋后的楼房，喊孙子孙红波和外孙张斌（化名）。据老人回忆，孙子走得快，先进了自己家门，然后立刻跑了出来，哭着喊道：“打死人了！我妈死了！”老人赶忙往院内跑，“刚跑到院子中央，我就晕倒了。”老人说，没过多久隐约有了感觉，又爬起来，刚想往屋里走，又摔倒在地上。“我几乎是爬着进屋的，看到屋里被翻得乱七八糟，地上满是衣服。”

老人来到儿子儿媳的床前，掀开被子，看到儿媳的头朝里侧着，满头都是血，血已经凝在头发上，干了。老人也哭起来，跑到院内喊“救人”。

邢台警方材料显示，案发后的尸检情况是：孙胜军头部多处被犯罪分子用钝性物体击打，致开放性颅脑损伤死亡；李树枝被犯罪分子用钝性物体击打头部，用锐器割断颈动脉，系颅脑损伤死亡；孙圆圆被犯罪分子用钝性物体击打头部致使颅脑损伤，用剪刀割颈、勒颈死亡，同时孙圆圆被杀后有被奸尸现象。

11月18日，记者在李道村看到，很多村民家的院墙呈现两截，下面一截大约2米左右，砖明显很旧，上面一层都是齐刷刷的新砖，大约高1米左右。村民说，上面的院墙都是新垒的。孙家出事后，“一两天内，全村人都垒高了院墙，村里人晚上都不敢出门”，一村民告诉记者。除了垒高院墙，李道村现在几乎家家都安上了防盗门和防盗窗，天再热，谁家也不敢不关门就睡觉了。

幸存的孕妇

吴清华，河南驻马店西平县宋集乡毛庄行政村翟和村人。2002年10月22日，丈夫范春和与6岁女儿被害，吴清华头部遭重击但奇迹般幸存，不过，肚中的孩子却流产了。

在杨新海供述的22起案件中，有17起是在河南犯下的。驻马店西平县宋集乡翟和村，是杨新海2002年10月22日来过的地方。

范春和是翟和村的农户。“他们一家出事是在去年农历九月十六日晚上。”范春和的大嫂说。但是，直到次日傍晚，范家的惨剧才被发现。

刘文珍是范春和的西邻。2002年农历九月十七日早上7点多，她从范春和家院子前面走过，发现院门还没开，从里面传来一群猪的叫声。

“农村里开门都不会这么晚的，当时我还想范春和是不是陪媳妇上医院去了，因为他媳妇吴清华怀的第二胎已经有八九个月，就快生了。”刘文珍回忆说。

晚上8点多，刘文珍在一个同乡家看过电视回家，范春和家依然是一团漆黑，院里的猪叫声更响了。刘文珍扭头去了范的父母家，告诉他们："春和家一天都没人在家，你们是不是去给他家喂一下猪。"随后，范春和的四哥范春华成为案件现场的第一个目击者。在范春华眼前，范春和6岁的女儿仰躺地面，头上有血，范春和趴在床上，妻子吴清华身上还盖着被子，"我用手一摸，春和的身体已经冰凉、发硬。"

宋集派出所民警接到报警后，西平县刑警也来了。"警察在搬的过程中，我听见清华哼了一声，当时在场的人都听到了。"刘文珍回忆，就在警察将3人往车上搬的时候，围观者发现了这个意外。事后，吴清华住院45天，终于被抢救过来，但肚子里的孩子流产了。目前，吴清华住在西平县权寨乡的姐姐家里，她的额头上深深地凹下去一块，左眼残疾失明。对于案发当夜发生的一切，吴清华浑然不知。姐姐说，她现在精神不大好，经常是一个人说笑就笑。

刘文珍说，发生凶杀案后，毛庄村几乎家家都装了铁门，村里、乡里也组织了夜间巡逻，每10人一组，一直到今年春节后。

一家三代遇害

刘占伟，河南西平县人和乡三和村刘庄自然村人。2002年12月6日，刘与母亲、妻子及一对儿女同时遇害。

同是西平县，在杀害范春和之后，杨新海于2002年12月6日又来了一次。那一次，受害者是人和乡三和村刘庄自然村的刘占伟一家5口。

"新楼他们一天都没睡过，我一个人住了两层楼啊，本准备去年十一月初六（农历）就搬进来，没想到初三遇到了灾祸。"刘占伟68岁的父亲刘中原蹲下身去，双手在脸上搓擦，眼泪顺着古铜色的脸颊滑落。

农历十一月初三早上7点多，刘中原觉得跟往常有点不一样："每天这时候，不是孙子就是孙女过来喊我去吃早饭，怎么今天到现在还没来喊呢？"他决定自己过去看一下，他先到老伴和孙女住的东屋叫老伴，没人应声，进房看到老伴眼睛在眨却说不出话，孙女的头上有个血窟窿。说到这里，刘中原又抹了一把眼泪："我赶紧叫人，说一家人被害了。"

警察到场后，刘母被送去医院抢救，10天后死亡。其他4人当时就已身亡。

现在，刘占伟用积蓄和借债建起的两层楼房由刘中原老人一人住着，屋内没有什么家具，底楼西屋里一张单人床就是老人的卧榻。

菜农灭门案

魏现增，遇难前居住在石家庄桥西区东良厢村。2003年8月8日，魏和妻子范玉华、女儿魏玉芝、魏玉惠、儿子魏玉斌一家5口被杀死在菜地旁自搭的小屋里。

2003年8月8日，也就是杀害孙圆圆一家三口后的第三天，杨新海又来到了石家庄桥西区东良厢村。在杨新海涉嫌所犯系列杀人案件中，“8·8”血案是被有关部门认定的杨新海涉嫌杀人案中的最后一起，那一天，杨新海一共杀害了5人。

被杨新海杀害的是魏现增一家。魏现增一家本是河北邢台内丘县金店镇魏家屯村人，他们2003年春节后才搬来东良厢村，租了4亩多地种蔬菜。和附近其他十多家菜农一样，为了省钱和种菜方便，魏氏夫妇从附近的垃圾堆里捡来砖头搭起三间小屋。

来自邢台隆尧的张民（化名）是魏的邻居，每天凌晨两点来钟，张魏两人会一起骑着三轮车去石家庄市卖菜。

“他平常睡觉没有那么死。”张民说，8月8日早晨，当他像往常一样呼唤魏现增时，魏没有回应。张民跑到东头的魏慎林家，敲开门说：“我叫不醒魏现增，也看不清屋里，你家有手电，咱们一起去看看。”

魏慎林跟着张民来到魏现增家窗前，两人用手电朝屋里一照，“出事了，出事了……”两人开始叫喊。

“太让人难受了，我3天都没睡着觉。”一位菜农回忆了当时的案发场景：“大床上，魏现增和他的妻子以及儿子魏玉斌3人头朝西，朝里侧卧着身子，仅穿着短裤，身上和头上全是血，搭在他们腿上的被子也都是黑红一片；在西边一间小房里，魏现增的两个女儿仰在床上，身上没穿衣服，头部全是血，两人的腿朝床下垂着。”事后，据有关人士透露，石家庄警方勘验现场的分析显示，魏现增一家5口系被锤子猛烈击中脑部致死，魏玉芝和魏玉惠有被奸尸的痕迹。

哈尔滨“宝马车撞人案”真相

刊发日期：2004 年 1 月 5 日

记者：高　爽

■ **背景介绍** ■

2003 年 12 月 20 日，哈尔滨“宝马车撞人案”事件以肇事者苏秀文被认定“驾车时精力不集中、操作失误”而并非“故意撞人”为结果告一段落。苏本人被判有期徒刑 2 年，缓刑 3 年。

按照交警部门的鉴定结果，苏秀文在事发当时有两个错误的操作。一是挂错了挡;第二，她的右脚从刹车踏板上抬起，踩向了油门，而这一切都是因为“慌乱”。

黑龙江省政协主席韩桂芝的秘书证实，苏秀文及其夫关明波与韩桂芝没有任何亲戚关系。

消息显示，有关部门要求对肇事宝马车由更高层专家重新检验，并将调查结果于 2004 年 1 月 10 日之前上报。

2003 年 10 月 16 日 10 时 20 分左右，哈尔滨市道里区抚顺街路边，代义权爬上自己满载大葱的农用拖拉机，他要做的是，将盖住身边一辆银灰色宝马吉普车左侧倒镜的大葱挪开。

苏秀文驾驶宝马车撞死 1 人撞伤 12 人的事发现场

“倒镜没有损坏。”代义权事后回忆说。当时，为避让迎面驶来的一辆面包车，他的农用拖拉机与这辆车牌号为黑 AL6666 宝马车发生刮蹭——固定大葱用的绳子套在宝马车的倒车镜上，并且将宝马车向前拖动了1米多。在代义权挪动大葱之前，宝马车上的苏秀文、苏秀琴（苏秀文四姐）已经下了车。

现场的一位目击者说，当时，苏秀文对代义权进行了打骂。

代义权说，他被打时没还手，也没吭声。他回忆说，苏秀文当时边打边说："你把我这车刮了你能赔得起吗？"

此时，坐在拖拉机后面的代妻刘忠霞跳下来拉架。代义权说："两个女人（苏秀文、苏秀琴）就分开了，一个打他，一个打他的妻子。"

对于这个场景，苏秀文事后向警方陈述说：她下车后骂了代义权，被代妻刘拉开，之后刘向苏道歉。

苏君辉当时站在宝马车后，根据警方记录，苏当时在现场拨打了122报警电话。2004年1月1日，苏君辉对记者说："当时这个女人很不冷静，都以为她要倒车。"

车一下子冲了出去

事故发生的地点位于哈尔滨市人才市场门前，周围还有几十家职业介绍所。事发时，许多行人围了上来。当发现宝马车的倒车镜没有损坏，一些围观者建议苏秀文倒车。

苏秀文上车的时候，代义权就猫着腰站在拖拉机车头和车斗之间。"当时我心里明白，第一次刮上没咋的（怎么样），但宝马车要是轮打大了可就真要刮上了。"代义权回忆说，当时，他看到宝马车向前动了一下，"砰"一声响，宝马车的倒车镜擦到拖拉机掉在地上，车一下子冲了出去。"

一位现场目击者说，苏秀文上车时，围观的人都以为她要倒车，因此，宝马车后边站着的人全都让开了，而站在车前的人都没有动。

刘忠霞当时就站在宝马车前一尺左右。目击者说，站在拖拉机头右轮旁的人是第一个被撞的，然后是刘忠霞。宝马车开出十几米后撞到路边的一棵树停住，最后一个被撞的人被夹在车和树中间。

现场被撞伤的王学斌说，宝马车先是向前微微动了一下，然后听到很大的油门声，他下意识地往后退了一步，车就冲了出来，宝马车的保险杠撞到了他的右腿。宝马车从另一位伤者张岩的腹部轧了过去，张腹部软组织挫伤，左膝关节骨折。刘忠霞当场死亡。

10月20日，黑龙江省公安厅法医鉴定中心尸检结果为：与机动车相互作用致严重颅脑损伤、脑干挫碎而死亡。

宝马车还撞伤了12人。10月22日，经哈尔滨市道路交通事故伤残评定委员会鉴定，5人轻伤，7人轻微伤。

苏秀文为什么没有倒车?

显然，苏秀文在事发时的行车方向成为关键。她为什么没有倒车?宝马车的前冲事实与苏秀文这个驾驶者的主观动机之间是什么关系?这是此案在判决后仍然备受关注的问题。

2004年1月2日下午，记者在宝马公司技术人员的陪同指导下试驾了宝马X54.4，苏秀文的肇事宝马车型号为X53.0，技术人员介绍，两款车除发动机功率不同，其他基本无差别。

一个必须交代的事实是，宝马车的自动挡挡位有4个，X5从前到后依次是P、R、N、D，P挡为停车挡，R挡为倒车挡，N挡为空挡，D挡为前进挡。

在事发时，停在路边的宝马车有两种可能的挡位——停车挡或者空挡。

10月28日，哈尔滨市公安交警支队在道里区交警大队召开新闻发布会时通报了“10·16重大交通事故”调查处理情况。

警方的分析是，“从第一阶段农用拖拉机与宝马车相刮后，将吉普车向前带动了几米的情节来看，说明当时苏秀文停车时将吉普车的挡位放在了空挡而不是停车挡的位置。”

技术人员介绍，挡位在停车挡时，相当于车辆拉了刹车，宝马车应该不能被拖拉机向前拉动。

如果当时的宝马车挂在空挡（N）的位置上，那么，苏秀文向前推，则进倒车挡（R），车辆后退；向后拉，则是前进挡（D），车辆前行。

当时，苏秀文为什么没有向前推而是向后拉了呢?

警方的调查结果是:“当苏秀文再次上车时，苏认为挡位是在锁(停)车挡（P）上，按照惯例苏秀文往下一拉，以为是倒车挡，实际上是拉到了前进挡。”

12月20日，庭审中，公诉人要求苏秀文从前到后陈述宝马车的挡位，苏称“记不清了”。

随后的问题是，如果苏秀文如警方分析的那样挂错了挡，那么随后，还必须有另一个动作才能引发10月16日那场惨剧——她必须踩油门。

这是一个外界怀疑的焦点。

“从感觉上讲，短时间内撞伤12个人、撞死1人是要有一定距离和一定速度的。就常识而言，如果是一个正常的驾驶员，应该是可以反应过来的。”哈尔滨孟繁旭律师事务所律师回宝刚表示，“即使真的挂错挡，发现后也是可以反应过来的，因为挂挡后不是瞬间加速，不至于连撞13人。”

技术人员介绍，一辆自动挡位的宝马车启动的操作程序是：踩下刹车踏板的同时才能换挡，然后松一下刹车踏板，车就动了。此时，车辆虽然启动，车速却很低。必须踩油门才能令车辆加速。

警方对此的调查分析是：“车往前一动，由于其（苏）当时情绪激动，想踩刹车，慌乱中踩到油门上，导致宝马车失控。”

但一个无可回避的事实是，“车往前一动”的时候，苏秀文的脚应该正踩在刹车踏板上，如前所述，不踩刹车踏板，车辆不能换挡。按照目前的这个调查结果，苏秀文在“慌乱中”，不仅是踩了油门，而且是把脚从刹车踏板上移开，然后踩到了油门上。

误挂挡位的可能性

1月2日，记者仔细观察了宝马X5的刹车和油门踏板，油门踏板较细长，紧靠右侧，刹车踏板位置居中，从宽度上来看，刹车踏板的宽度是油门踏板的2.5倍。

宝马公司的技术人员认为，一般情况下，车辆启动时，大部分驾驶员的右脚会在挂挡之后继续留在刹车踏板上，而不会移动到油门位置。这位技术人员解释说，驾驶员一般都会低速启动，倒车时更少有提高车速的必要，因此，驾驶员一般会要通过踩刹车来降低倒车车速，以控制车辆按照预想倒车。

“只有极少数情况下，需要把车辆倒行较长距离时，在确认车后无障碍物之后，驾驶员才会在车辆开始移动之后继续加油以提高车速。”这位技术人员说。

记者试车所见，宝马X5的变速箱各挡位旁有明显的提示灯，用来标明目前的挡位状态；在驾驶座正前方的仪表板上也有明显的挡位标志；同时，如果车前后一定距离有障碍物时，挡位挂入倒车挡R挡时，该车配置的倒车雷达会有明显的障碍物提示声音。

宝马公司技术人员认为，发生误挂挡位，车辆突然提速冲出的情况还是有可能发生的，但发生的机率微乎其微，并且一定是驾驶员驾驶经验和驾驶水平很低，如果是发生在一个老司机身上，那只能用“不可思议”来形容。

与此同时,另一位汽车技术专家则介绍说,4.4L 的宝马汽车 0 ~ 100 公里的加速时间为 7 ~ 8 秒,0 ~ 30 公里的加速时间 2~3 秒,所以这个排量的汽车在起步时如果油门给得稍大,汽车就会瞬间蹿出。

这位汽车技术专家说,宝马车以大油门起步后,驾车经验不很丰富的人往往做不到很快抬起踩油门的脚。因为脚猛踩油门后,油门踏板会给脚部很大的负压,使腿部肌肉处于紧张状态,在准备收油门或紧急踩刹车时,负压会不断作用在脚上,肌肉因此要有 2~3 秒的时间才能松弛下来,但受过训练或经验丰富的驾驶员会缩短这个时间过程。

这个说法所能提供的判断是:苏秀文的右脚一旦踩上油门,那么失控的可能性确实存在,但她驾驶的宝马车排量为 3.0L,比 4.4L 小一些。苏秀文的驾驶技术目前还是一个谜。苏所持的驾驶证是 1997 年核发的,发证机关是黑龙江省农垦公安局交警大队。

哈尔滨当地媒体此前的报道中提到:“在交警部门的最初询问中,她的回答是经常开车。法庭上,苏秀文说她不会开车,是 2003 年 8 月她女儿回国后,才教她学的开车。也就是说,她拿了 6 年驾照却没开过车。”

庭审中,苏秀文说,拿驾照的时候没有参加驾驶员资格培训和理论考核。

哈尔滨交警部门在事发后核实,苏秀文确有驾照,然而对于苏秀文有没有参加培训考核这一疑问,交警部门没有回答。

“综合以上两点,在第二阶段事故中,苏秀文是由于驾驶车辆精力不集中、操作失误,发生事故时采取措施不当,才导致事故发生。其行为违反了《中华人民共和国道路交通管理条例》第 7 条第 2 项,应当负事故的全部责任。

苏秀文上车前说了什么

第二个问题是,苏秀文有没有主观撞人的动机。

哈尔滨警方的分析是,“当时群众比较同情苏,认为是农用车超宽将宝马车剐伤,现场群众并没有对苏进行起哄辱骂。苏当时确实比较生气,但没有达到对周围群众恼羞成怒的程度。如果说苏对刘忠霞的行为比较气愤可以理解,但她对周围的 12 名群众没有任何利害冲突,所以从这一点看,苏没有故意撞人的动机。”

支撑这个观点的还包括交警部门的证言和 26 份询问笔录。

与此相对的是,外界对肇事者撞人动机的怀疑源于一个有待澄清的事实：苏秀文在上车前说了什么?

当地一家报纸在2003年10月18日的报道中有这样的描述：一“摩的”司机讲述当时的情景，开宝马的女的嘴里低声嘟囔着什么转身上了车，“突然，车就蹿了出去，围观的人因躲闪不及被撞倒了一大片。”

代义权说，他是听到苏秀文上车之前说了两句话，但是没听清内容。

代义权的侄子代青江说，事发后数日，他到现场寻找证人，有人告诉他，苏秀文嘴里“嘟囔”的是：信不信我敢撞死你。

哈尔滨市道里区交警大队副大队长王利对此的说法是：那天看了报纸报道后，有人找到代青江说有4个人听到苏秀文说过这话，可以作证，但要给5000元钱，如果给钱还能找到其他的证人。王利说：代青江当时没给，“原因是如果给钱就是买证据了。”

一个事实是，在交警部门的证言和26份询问笔录中。没有一份证言材料证实苏秀文说过要撞人。王利介绍，一家中央级电视媒体事发后在哈尔滨暗访了3天，同样没有找到任何证明材料。

哈尔滨市道里区交警大队大队长王俊岭说，在新闻发布会上，交警部门曾恳请新闻单位，如果在调查中有不同证言可以提供，如果不相信公安，也可以向检察机关提供。

另一个细节是，法庭上，苏秀文很肯定地回答说：没看到死者曾经向她赔礼道歉，不知道死者和农用车司机是夫妻关系。

言下之意，她不可能为了报复代义权而撞死刘忠霞。

2003年10月28日，哈尔滨市公安交警支队在道里区交警大队召开新闻发布会时公布了事故的结论：“在第二阶段事故中（第一阶段指拖拉机剐蹭宝马车的阶段），苏秀文是由于驾驶车辆精力不集中、操作失误，发生事故时采取措施不当，才导致事故发生。其行为违反了《中华人民共和国道路交通管理条例》第7条第2项，应当负事故的全部责任。

判二缓三的依据

2003年12月20日，苏秀文以交通肇事罪被判有期徒刑2年，缓刑3年。

黑龙江电视台法制频道当日上午对庭审进行了现场直播，据后来的统计，收视率创下了这一时段该频道的纪录。

黑龙江省天乐平律师事务所主任律师丁宁认为：庭审程序没问题，根据事实和举证，量刑算是公正，这个量刑是基于责任认定为基础的。

公诉人于跃洋说，庭审中没有公众所关心的问题，所以就有人说公诉人和被告是在“一唱一和”。于跃洋告诉记者，检察院受理该案后，曾经在故意杀人罪、危害公共安全罪和交通肇事罪之间凑集证据，做了大量的调查，最后以交通肇事罪起诉苏秀文。于跃洋还说，检察院所做的调查主要是依靠公安机关提供的证据，非特殊情况，检察机关没有独立调查权。

道里区法院副院长、刑法学博士董玉庭介绍，检察机关将案件起诉到法院后，该院刑庭受理并依法组成合议庭，合议庭经过合议认为，苏秀文涉嫌故意杀人只是一些人的猜测和推测，没有任何证据证实苏秀文有故意的行为。

董玉庭认为，根据我国《刑法》规定的量刑标准，交通肇事罪应判处三年或三年以下有期徒刑或者拘役。刑法第七十二条规定，对判处拘役、三年以下有期徒刑的犯罪分子，根据犯罪分子的犯罪情节和悔罪表现，适用缓刑确实不再危害社会的，可以宣告缓刑。案发后被告人苏秀文的家属积极与死者家属、伤者达成和解，被告人在法庭上认罪，并有悔罪表现。

另一位不愿意透露姓名的律师说，我国目前法律讲疑罪从无，做个假设，即使苏秀文有罪，代义权也要提供出她有罪的证据，现在的问题是代义权根本没有证据。

在记者接触到的法学界人士中，也有人认为对苏秀文的判决偏轻。

根据《最高人民法院关于审理交通肇事刑事案件具体应用法律若干问题的解释》第二条：交通肇事具有下列情形之一的，处三年以下有期徒刑或者拘役——死亡一人或者重伤三人以上，负事故全部或者主要责任的……

丁宁认为，该解释主要处罚依据是致死亡和重伤的数字，而苏秀文案中12名轻伤和轻微伤者并不介入判决标准。而且涉及到死者刘忠霞的赔偿也是偏低的，一是因为交通肇事赔偿标准是所有的赔偿中最低的；二是刘忠霞是农村人，依照城市赔偿标准又要打折扣。

苏秀文一案的审判长、哈尔滨市道里区人民法院刑事审判庭副庭长高瑞强告诉记者，关于量刑标准很多朋友都在和他探讨，还有市民打电话给他，问他为什么这么判。

高瑞强说：“我是一个法官，我面对的是正义的天平。一句话，我们认为是客观公正地审理（这个案件），至于别的什么非议，谁愿意说什么就说吧。”

苏秀文夫妇的亲戚关系

2004年1月2日晨，黑龙江交通广播电台在新闻节目中播发的一条消息显示，东北网记者求证哈尔滨市道里交警大队有关负责人，据该负责人证实，苏秀文与其夫关明波不是黑龙江省或哈尔滨市曾任和现任领导的亲属。

1月2日中午，在黑龙江省政协，省政协主席韩桂芝的秘书陈文利对记者说，韩桂芝的儿媳只有30岁，而且不会开车。对于记者的进一步求证，陈文利说，“苏秀文与关明波和韩副书记没有任何亲属关系，韩副书记的所有亲属也不认识苏秀文与关明波这两个人。”

关明波本人对记者说，他非但和韩桂芝没有亲属关系，而且根本不认识。关明波说：“我家的亲戚，连在区里当官的都没有。”

当日下午，王利向记者再次证实说，道里区交警大队通过三个渠道核实了有关传闻：第一，到当事人户籍所在派出所了解其社会关系；第二，2003年12月31日，要求关明波写一份亲属关系交到交警队，证实和省、市领导没有亲属关系；第三，该大队在办案过程中，没有一个省、市领导说情干扰办案。

王利说，交警队目前只能从这一层面对苏秀文的亲属关系进行证实。

关明波则告诉记者，他现在是哈尔滨市海龙市场开发投资有限公司董事长。早年他曾经卖过菜、卖过鱼，1988年以前在哈尔滨市道外区建筑工程公司工作，后来自己在外面承包小工程，就是个小包工头。

关明波同时否认自己是黑龙江冠洋集团的总裁：“冠洋的董事长是我三哥，我确实在冠洋搞过工程，但是没有什么职务，也不是冠洋集团的总裁。”

根据警方消息，肇事的宝马车属于哈尔滨市海龙市场投资开发有限公司。

记者在哈尔滨市工商局查到资料显示，哈尔滨市海龙市场投资开发有限公司2001年5月28日成立，经营范围是“从事市场开发方面投资；购销建筑材料、装饰材料、五金交电、化工产品（不含危险品、剧毒品）”，注册资本1500万元。

该公司股东有关明波、黄某和苏秀琴（苏秀文四姐），出资额分别为900万元、300万元、300万元。

关明波告诉记者，他不是什么大老板，1500 万元资本不是大生意，都是亲戚朋友凑的。因为他喜欢车，现在开的奔驰又是几年前买的二手车，就买了这辆宝马，然后准备把奔驰卖掉。车价实际是 80 多万元，加上其他的落户牌照等总额是 100 万元出头，其中包括黑 AL6666 车牌的拍卖价 5.5 万元。

而关明波工作过的冠洋集团，工商局资料显示其全称为“黑龙江冠洋路桥工程（集团）有限公司”，黑龙江省建委合法的资质证书核定其经营范围为“公路工程施工总承包二级、房屋建筑工程施工总承包三级”。

工商资料显示，冠洋集团目前有子公司 6 家：黑龙江冠洋广告有限公司、黑龙江冠洋运输有限公司、黑龙江冠洋机械租赁有限公司、黑龙江冠洋物资经贸有限公司、黑龙江东昌高等级公路有限责任公司和黑龙江哈西高等级公路有限责任公司。冠洋集团成立于 1997 年 11 月 12 日，现注册资本为 10030 万元，董事长为关学平，即关明波的三哥。

据当地媒体报道，冠洋集团已建和在建的项目有肇东到肇州高等级公路和松花江滨北桥扩孔桥至兰西县的高等级公路。

据最新消息，冠洋集团将自筹资金 8 亿元，建设哈尔滨市道外二十道街跨松花江公路大桥。当地媒体报道称“道外二十道街跨江大桥”项目已在哈尔滨城市建设重大项目储备库中沉睡多年。这个项目中，政府将在有关政策上给予企业优惠待遇，大桥建成后 20 年或 25 年的经营期将归企业所有，期满后政府将把大桥收归国有。

两个相关细节

关于 10 月 16 日的事故，还有两个细节需要澄清。

现场图片显示，一个女子抱着三条中华烟站着。对此关明波告诉记者，宝马车一直是他开，车后面放有 2 万元现金和 3 条中华烟。后交警要将肇事宝马车拖走，关明波从车里清理出了这些物品。

交警部门介绍，当时因为不认识关明波，而那时苏秀文和苏秀琴已经被带回了交警队，无法证实两人的关系，所以就先把中华烟给了关明波，在交警队证明了关和苏两人的身份后将钱还给了关明波。但是关明波在现场又将中华烟交给了事发时不在现场的苏秋霞。

另一个疑问是，苏秀文被批捕后是否被关押在医院。

王利介绍，苏秀文于事发当天即被行政拘留，因被行政拘留者可依法复议，苏秀文提出她患有脑血管痉挛，申请了复议。

据记者了解，事发后第二天，苏秀文即到了哈尔滨市第一医院神经内科看病，关明波也证实确有其事。

2003 年 10 月 18 日，交警部门核实以涉嫌交通肇事罪对苏秀文实行刑事拘留，之后将其送到哈尔滨市公安局监所管理支队（原哈尔滨市公安局七处），因为她是女犯，又有医院的诊断必须输液治疗，于是将其关押在万家劳教所医院。

苏秀文夫妇的说法

“我给别人带来了痛苦，我自己也是受害者。我现在是无处容身，网上说我像一个恶魔。”1 月 2 日晚，关明波带记者来到苏秀文的父母家。苏秀文和她的父母都在，两位老人身体都不好，苏母是糖尿病综合征，苏父患有小脑萎缩。苏秀文说，母亲在她出事后就进医院了，在医院里住了一个多月，差点送了命。

苏秀文 44 岁，见到记者以后一直在流泪：“事情过去两个多月了，没有一个人知道我的感受。我给别人带来了痛苦，我自己也是受害者。我现在是无处容身，网上说我像一个恶魔。”

庭审后回到家里，苏秀文一直不敢出门。关明波说，这么多年，苏秀文没有和别人吵过一次嘴，她是一个好妻子、好母亲。“有她在我身边是我的幸运，我希望你们各大媒体都来，看看这到底是一个什么样的女人。”

关明波告诉记者，事发后，他主动和受害人和解，赔付刘忠霞的丈夫代义权 9 万余元，支付其他 12 名伤者医疗费和赔偿金 18 万余元，全部都超出了国家规定的赔偿标准。“我这么做有两层意思，第一是由于苏秀文驾驶技术不过关给别人造成了生命和健康的损失，多少钱都换不回，我只能在赔偿上尽点义务；第二就是我考虑积极赔付受害人，能让苏秀文减轻点罪责。”

重新调查的消息

1 月 4 日下午，法律专业毕业、现在政府部门工作的代青江在电话中告诉记者，代苏两家和解的协议签订于 2003 年 10 月 30 日，协议当中有一条款规定，代家此后不再追究此事。

此前的 1 月 2 日，记者从有关渠道获悉，2003 年 12 月 31 日东北网发布澄清消息事出有因。当天上午，黑龙江省委有关部门召集相关部门开协调会，正式调查互联网上的谣言，首先要做的事情就是彻底查清苏秀文和关明波有无背景。

代青江也在电话中证实：1月2日晨他接到电话，被要求迅速赶到哈尔滨市公安交警支队，宝马撞人案将重新调查。

记者从消息渠道获得的最新消息是，有关上级部门要求，对肇事宝马车由更高层专家重新检验，并将有关调查结果于1月10日之前上报。

湖南嘉禾拆迁引发姐妹同日离婚

刊发日期：2004 年 5 月 8 日

记者：罗昌平

李小春原本在湖南省郴州市嘉禾县车头中学教英语。2004 年 4 月 19 日，根据县教育局下发的通知，她被调往远离县城的普满中学。

“我在车头中学担任两个班的英语教学任务，而普满中学到目前还没有班级开英语课。”李小春说。

2003 年 9 月 26 日，28 岁的李小春与在县公安局当民警的丈夫离婚。同日，她的姐姐李红梅与姐夫——嘉禾县委办公室的一位秘书离婚。

2004 年 4 月，同为教师的李红梅也接到一纸调令，从县城的珠泉小学下调石桥乡。

事情并非巧合，2003 年 7 月以来，发生在李氏姐妹身上的一切，都与拆迁有关。

“四包、两停”

2003 年 7 月，嘉禾启动占地 189 亩的珠泉商贸城项目。该县县委宣传部的一份材料显示，项目涉及拆迁居民 1100 多户，动迁人员达 7000 余人；拆迁机关、企事业单位及团体 20 余家。

8 月 7 日，嘉禾县委、县政府办联合下发“嘉办字 [2003]136 号文”（下称“136 号文”），要求全县党政机关和企事业单位工作人员，做好珠泉商贸城拆迁对象中自己亲属的“四包”工作。所谓“四包”是指，包在规定期限内完成拆迁补偿评估工作、签订好补偿协议、腾房并交付各种证件，包协助做好妥善安置工作，不无理取闹、寻衅滋事，不参与集体上访和联名告状。

136 号文规定，不能认真落实“四包”责任者，将实行“两停”处理——暂停原单位工作、停发工资。并“继续做好所包被拆迁户的所有工作，确保拆迁工作顺利进行”。

“对纵容、默许亲属拒不拆迁、寻衅滋事、阻挠工作的，将开除或下放到边远地区工作。”

2004 年 4 月 27 日，嘉禾县政府某部门负责人李滔（化名）在一份拆迁协议上签字，虽然那栋老房子的产权属于他 67 岁的老父。

据知情人士透露，嘉禾县各级部门单位中，共有 100 多名公职人员面临李滔这样的选择：要么做通拆迁工作，要么被下放边远地区工作。

李滔的父亲对有关政策十分愤怒：“搞这样株连九族的拆迁，嘉禾现在是父子关系紧张、夫妻离婚、兄弟反目。”

姐妹离婚事件

李小春姐妹的父亲李刚皇则是一个不合作者。

在嘉禾县繁华的中华东路，李刚皇的私宅是一栋四层的临街楼房，建筑面积超过 400 平方米，其中一楼临街设有两个大店面。

2003 年 7 月，这栋房子列为被拆迁对象。但李刚皇认为“政府给的拆迁补偿太不合理”，一直拒绝签订拆迁协议。

2004 年 4 月 29 日下午，李刚皇躺在医院打点滴。“他的病闹了很长一段时间了，都是拆迁惹出来的。”一位家属说。

2003 年 12 月 20 日，嘉禾县政府派工作组准备强行拆迁李刚皇的房子。争执中，李刚皇突发心脏病，被送往医院抢救。至今，房子未被拆，李也一直没有出院。

但压力却集中到了李小春姐妹身上，如前所述，两姐妹是县城的中小学教师，她们的丈夫都是政府工作人员。根据“136 号文件”，两对夫妇都是“四包”责任的承担者。“136 号文件”还有一条规定：凡本单位有被拆迁户亲属的，必须督促其按规定的期限和要求做好“四包”工作。各单位被拆迁户亲属拆迁工作落实情况，将列入单位年终目标管理考核内容。对本单位被拆迁户亲属完不成“四包”工作的，将按有关规定追究该单位党政一把手的责任。

家中老父不肯签拆迁合同，女儿两对夫妇在单位的压力可想而知。

2003 年 9 月 28 日，嘉禾县人事局向教育系统党委下发通知，要求对李小春、李红梅“暂停在本单位的现有工作一个月（9 月 30 日 ~10 月 30 日）”，转做父亲李刚皇的工作，完成“四包”任务。

两天前，李小春、李红梅分别与自己的丈夫办理了离婚手续。

“这是没有办法的办法，总不能因为父亲的事连累他们的前途吧。”李小春说。

这种“不是办法的办法”，目前已成为嘉禾县一些家庭的选择。据记者了解，同样的情况发生在钟水乡派出所的李勇身上，他与妻子李运红离婚，原因也是岳父李中正的房屋拆迁问题。

一个未经证实的说法是，嘉禾县有关部门注意到了这一独特的离婚现象，离婚手续在县城范围内被暂缓办理。知情人士介绍，年近50岁的嘉禾县水电局财务股股长李良柏，因妻兄李天赐的房屋拆迁问题未解决，与妻子李土姣离婚，手续是到郴州市办理的。

“下放”的女教师们

事实上，对李小春、李红梅姐妹而言，离婚只是她们为拆迁问题付出的第一个代价。离婚后，两姐妹并不能回避她们自己的“四包”责任。

2003年12月18日和2004年1月9日，两姐妹先后接到嘉禾县人事局《急、难、重工作任务通知书》和《再次通知书》，要求在当月底做通父亲李刚皇的房屋拆迁工作。

2月9日，两姐妹收到盖有嘉禾县委书记周余武、县长李世栋印章的一份督办卡，最后期限下达：2月25日前签订拆迁协议，3月5日前腾“空房子”。

面对最后通牒，李小春反而认为：“上面这样不讲理，我们已经付出了沉重代价，还不如支持了父亲的决定。”

后果随即产生，4月，两姐妹双双被嘉禾县教育局从县城调往偏远的乡镇。

“谁影响嘉禾发展一阵子，我影响他一辈子”，县政府挂出的横幅措辞严厉

在嘉禾，最终受到处理的教师并非仅李小春姐妹。

2004年3月3日上午，一次关于教育系统家属拆迁问题的专题会议，在嘉禾县人事局二楼会议室召开。据其会议纪要，“珠泉小学的李静、李红梅等三位教师的家属，必须在3月10日前签好拆迁协议并搬迁，否则不仅房子按时拆除，而且这些老师会调离。”

此后不久，李静调往泮头中学，李红梅和另一位教师从县城调到石桥乡。

54岁的李翠凤曾任职于县城尊崇完小，这位已有34年教龄的老教师，同样因为未按时完成“四包”任务，4月19日被调往广发乡。丈夫李涌泉随后两次在拆迁协议上签字，拆迁自己的两栋房子。

补偿不合理还是漫天要价？

对李刚皇“拆迁补偿不合理”的说法，嘉禾县政法委书记、珠泉商贸城协调建设指挥部指挥长周贤勇表示：“拆迁最大的阻力就是某些居民漫天要价。”

由于李刚皇住宅的拆迁中途停滞，尚未进入评估程序，因此无从得到有关补偿价格数据，但一些同类房屋的拆迁价格可以作为参考。

在嘉禾县城珠泉小区北市街61号，拆迁户李会明的五层楼房系2002年竣工的框架混凝土承重结构的建筑物。记者在现场看到，住宅一楼为44.5平方米的门面，紧邻原珠泉农贸市场；二至五层均为68.4平方米的楼房。

经评估，李会明这栋房屋的拆迁补偿金及临时安置费合计23万元。但据李会明的委托人郭廷安介绍，李家仅一层铺面每年租金即可收入一万多元。李不愿接受五层楼房23万的补偿价格。

拆迁户李涌泉的一套独门独院三层楼房，实际使用面积为200多平方米。拆迁补偿金及临时安置费为10万元。

“县城同类地段买套100平米的商品房，也差不多要10万元。”李涌泉说，他所获得的每平方米四五百元补偿，仅相当于嘉禾县周边的房产价格。

知情人士称，珠泉商贸城拆迁范围，是嘉禾县最繁华的地方。“凡是在这里有房子的人家，没有人愿意出让的。”

一个可资比较的数字是，珠泉商贸城开发商打出的销售广告显示，该商贸城铺位价格为每平方米1.6万元。

据周贤勇介绍，此次拆迁由长沙万源评估公司评估地产，郴州远航评估公司评估房产。

但李涌泉、陆水德、李盛德等户主反映，在房屋评估期间，他们认得一些评估者是县房管局的工作人员，他们要求评估人员出示评估资质证书，对方并未依章办理。县政府干部李滔说：“确实有部分居民要高价，但我看到的情况是，给拆迁户搞评估的不是评估公司，而是县政府的干部，是开发商。”

“一阵子”和“一辈子”

2003年7月，珠泉商贸城开工仪式在县城新建的体育馆举行。当地居民所提供的照片显示，当天在体育馆旁，几条醒目的横幅上有如下字样：

“坚持服从和服务于县委、县政府重大决策不动摇。”

“谁不顾嘉禾的面子，谁就被摘帽子，谁工作通不开面子，谁就要换位子。”

“谁影响嘉禾发展一阵子，我影响他一辈子。”

嘉禾县对珠泉商贸城的态度显然可以从中窥得一斑。

“嘉禾一直想把经济搞起来，但高考舞弊案发生后，我们的事业都做不起来。”4月29日，嘉禾县委宣传部副部长黄志平对记者说。

黄所说的高考舞弊案发生于2000年，事件当时引起全国关注，嘉禾的名声受到影响。

黄志平介绍，2002年9月13日，原国内贸易局商业网点建设开发中心向嘉禾县政府下发“商网字[2002]05号”公函，将珠泉商贸城列为全国50个商业网点示范项目之一。该项目选址县城核心地段人民路、中华路，将占4000多平方米的原珠泉农贸市场扩大一倍，新增步行街、以珠泉亭为中心的广场、中华日用百货市场等，累计投资1.5亿元。

2003年元月，此项目在嘉禾县第十四届人大第一次会议通过，此后获郴州市政府批准成为全市重点工程。

据黄志平证实，珠泉商贸城所涉拆迁房屋，其中20世纪80～90年代建的占49.1%，90年代后建的占21.3%，而70年代前建的只有26.6%，70～80年代建的仅2.96%。受拆迁牵涉的县政府干部李滔说：“许多建成不久的房子都成片成片地拆掉，太可惜了。”

这一观点在当地居民中颇具代表性。

“在仅有3万余人的小县城搞珠泉商贸城，搞房地产开发，范围内尽占县城商贸黄金地段，县领导是想突出政绩。”另一位拆迁户主说。

对此，县政法委书记、珠泉商贸城协调建设指挥部指挥长周贤勇说：“项目由国家商业网点中心组织投资，开发商珠泉商贸城置业有限公司也是从北京过来的，县里只是协调。”

5月7日，记者在北京向原国内贸易局商业网点建设开发中心主任、法人代表易传保求证得知，2002年9月13日中心向嘉禾县政府发函的原因，是此前嘉禾县向该中心发函，要求珠泉商贸城列入全国50个商业网点示范项目，中心只是回函同意。

易传保说，对于嘉禾的珠泉商贸城，原国内贸易局商业网点建设开发中心既无投资，也不存在组织投资的问题。

此前，记者曾多次对珠泉商贸城置业有限公司总经理张普军提出采访请求，均未能如愿。

政府有无越权

“我们调动有血缘关系的党员干部去做拆迁户的思想工作，一来这些干部了解县里的政策，二来他们更容易取得拆迁家属的信任。他们已经成为县里拆迁工作的一支有生力量。”4月29日，周贤勇如此解释嘉禾的“四包”政策。

但李滔等公职人员质疑，政府凭什么对未完成“四包”任务者停职停薪甚至调动？

“在需要你的时候，组织当然有权力临时调动你的工作。比如哪里遇到突发事件、水灾等，我们当然有权力调动干部去做工作。谁要玩忽职守，谁就会被因此免职。”县委宣传部副部长黄志平说。

“拆迁也是突发事件？”记者问。

黄志平解释：“虽然算不得突发事件，但应该属于急、难、重工作的范畴。这个问题省纪委是有明确规定的。”

五一前夕，湖南省纪委一位不愿具名的官员接受记者咨询时明确表示：“拆迁不应该列为急、难、重工作范畴。像嘉禾‘四包’、‘两停’这种规定，完全不符合市场经济规律，拆迁可以由开发商与居民对话，不应该由政府强制干预。”

但周贤勇的说法是：“我们都是党的干部，流血牺牲的事都要做，拆迁这点小事又算得了什么呢？”

据周介绍，珠泉商贸城一期工程已启动80多亩，从2003年开始，目前第一批拆迁户374户已拆完323户，已接近90%。

“现在看来，我们这个方法是行之有效的。都搞了8个月了，局势比较稳定，也没有集体闹事，也没有集体上访。”周贤勇说。

2003年10月30日，湖南省建设厅向郴州市房产管理局下发的公函透露了另外一种信息：

“嘉禾县陆水德、李中林、李干德、李永德、李土亮等到北京、省会上访，反映嘉禾县在珠泉商贸城项目建设中存在违法拆迁、侵害被拆迁人权益的行为。请你局认真调查事实，依法采取有力措施，维护拆迁当事人的合法权益，并将有关情况函报我厅。”

2004年3月23日，湖南省人大常委会办公厅以公函的形式，要求嘉禾县政府“应纠正错误行政行为，切实维护群众的合法权益”。

但记者五一前离开嘉禾之时，县政府已向余下的拆迁户下发强行拆迁通知——5 月 10 日将对拆迁户停水停电；5 月 15 日如有任何个人不在协议上签字，将实施强行拆迁方案。

此前的 4 月 21 日，嘉禾县政府对李会明房屋实施强制拆迁，县人民法院出动 200 多人参与强拆行动。当天，李会明、李爱珍夫妇和陆水德三人站在房顶上抵制拆迁，被警方带走。数天后，三人均被处以拘留，罪名分别为“暴力抗法”和“妨碍公务”。

李会明之子李湘柱，原广发乡政府公安特派员，因未完成“四包”任务已被免职。

女记者被诊不孕，新兴医院再遭质疑

刊发日期：2004 年 8 月 19 日

记者：陈　峰　魏铭言　汪　城　张太凌　佟嘉熹　赵　亢等

2004 年 8 月初，隶属新华社的某杂志刊出“北京新兴医院巨额广告打造‘包治百病’神话”的长篇报道。

该报道经报刊、网站广泛转载后，公众及相关监管部门纷纷质疑该院“铺天盖地的广告有夸大成分”。

在此前后，本报也曾不断接到来自各地的患者投诉，投诉的范围已不仅限于该院涉嫌“夸大宣传”，刊出不实广告打造“送子”神话。更多的患者、同业专家、医师、药师对北京新兴医院的高额收费、医生资质、检查过程、用药过程、治疗效果等提出全面质疑。

在本报历时近两周的调查中，记者发现，在北京新兴医院行医的所谓“专家、名医”其行医资质仍有诸多疑点；患者不仅要掏出比其他医院多出一倍以上的挂号费和检查费，就连医学上现今根本无法攻克的先天性功能不全或后天结构萎缩所致的不孕不育，该院均称“能治”；甚至无论患者是男是女，无论病情轻重多数都开出大剂量、价格高昂的“补肾养血颗粒”。

在本次调查中，一些业内人士和专家主动站出，根据中医“审症求因”的原则和中药炮制的科学原理对新兴医院的诊断流程和用药发出针对性质疑，但也有一些专家选择回避或不愿针对具体医院发表更多言论；在政府监管部门，记者听到更多的表述是：医疗药品问题是多部门都在监管，但又都管不彻底的问题，面对患者对医疗机构只给开高价药却无疗效的投诉，目前的执法监管面临尴尬。

患者报料：先天无精患者一年花去一万二

8 月 16 日，北京通州区的木先生（化名）向本报报料，他和妻子结婚 5 年，一直不能生育。2001 年，木先生第一次到医院去检查，通州区新华医院的结论是：睾丸小致无精造成没有生育能力。

然而，2003年11月3日，木先生夫妇还是抱着一线希望走进了新兴医院的大门。

在这里，木先生经过精子分析和身体表面检查，结果仍显示是无精。木回忆说，看了检查报告，申臣英当时就肯定地说，这个毛病能治好，不过治疗需要很长时间。很快，申开出了药方，经过划价，木先生说，其中大部分是“补肾养血颗粒”，总价为2595元。

第一次服用新兴医院的药前，木先生又到北大医院诊治，结果仍是：他的病是先天的，已无法医治。“但后来我还是抱着一丝希望坚持服用了四个疗程的补肾养血颗粒。”木先生介绍，经过了11月3日第一疗程治疗后，他们于12月6日再到新兴医院复诊，诊断结果仍是无精，医生又开了2991元的“补肾养血颗粒”。2004年1月9日第三次花2801.50元开出数盒“补肾养血颗粒”。2004年2月13日再到医院复诊仍为无精，但医生说要继续服药，于是又购买了3022.50元的“补肾养血颗粒”。2004年3月24日，木先生第5次到新兴医院复诊，诊断结果仍为无精。这时，申臣英告诉木先生说是医院已经尽力了，如果想继续治疗的话，可再去做检查，并提出要更换病历本，但遭到木的拒绝。

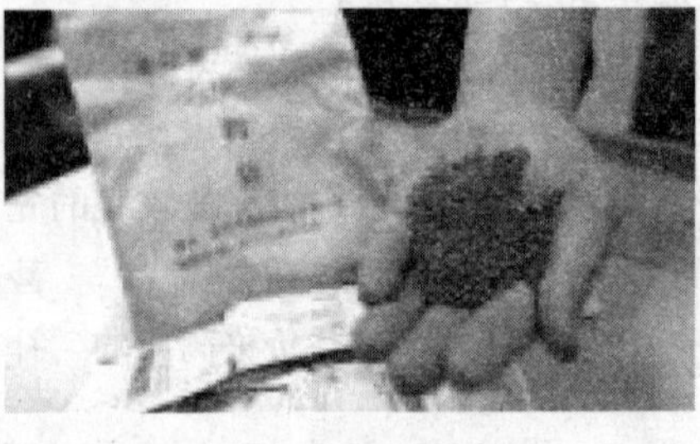

北京新兴医院对于患者都开出了大剂量、价格高昂的“补肾养血颗粒”

8月17日，广安门医院秘尿科主任贾金铭告诉记者，一个正规医院不育科室对男性患者的检查诊断起码应该包括几个方面，首先是对通过显微分析精子的密度和运动是否正常，如果发现少精或无精，起码应该进行染色体检查，看患者的无精或少精现象究竟是因为后天的外界原因造成，还是在母体孕育时染色体结合异常造成的先天疾病。如果是先天染色体异常造成睾丸小或不排精，排精异常，目前的任何药物治疗都是没有用的。贾金铭指出，据我所知新兴医院只对患者做精液分析和生殖器表面检查（男检），不具备基本的染色体检查，不知如何体现中医“审证求因”的原则。

此间，以西医治疗不孕不育闻名的北医三院，其泌尿科主任医师陈忠新看过木先生的病历后说：“像这样的患者，本身睾丸就不生产精子了，任何药物都是无济于事的；如果真的想要生孩子的话，那只有让妻子通过精子库做人工受精受孕，但这项手术的成功率也只有 40%。”

记者了解到，新兴医院无论男女患者，无论病情轻重，一律给开出两盒（100×10g）到数十盒大剂量的“补肾养血颗粒”；而在几家三级甲等中医医院，医生判断，正常妇科炎症只需要洗液外用治疗，而对于先天无精、死精患者，“补肾养血颗粒”根本没有作用。

部门说法：一天最多接到 10 余投诉

在海淀区卫生监督所，一位工作人员称，最多的时候，他们曾一天接到 10 余件针对新兴医院的患者投诉。

这些投诉，多集中于挂号费、检查费、药价高和药品没有疗效。

一位两年前就开始到新兴医院就诊的安徽患者耿昌春说，“两年前，挂现在被称为‘送子观音’高雅儒的号只要 5 元钱，三个月前最多时竟涨到 500 元，还需要等一个月；不久后，高的挂号费又骤降，现在只有 50 元了。”

此外，一位业内专家还指出，医院为患者开出的其他中药，不是常见的饮片，而是一包包密封包装的中药配方颗粒。中药配方颗粒曾被炒做为“免煎饮片”，其实是一种改变原先合煎中药的新剂型，一直在中药界存在争论，此后也并没有经过专家鉴定和审批，只是后来被暂定名为“中药配方颗粒”。这种配方颗粒，一是无法印证中药炮制讲究的减毒和增效作用，二是比正规中药饮片同剂量价格高出 2 ~ 6 倍，三是药师很难逐一对照处方对每一味药的质量和品色进行审核。这位专家质疑，目前正规医院的中医因为价格高、安全性和功效尚存在争论，仍然为患者用中药饮片，为何新兴医院将全部中药都用“中药配方颗粒”代替？

新兴家史：“院长朱明斥资 120 万买断新兴医院”

饱受质疑的北京新兴医院究竟经历了怎样的变迁？

8 月 7 日，新兴医院院长朱明面对记者称，自己 1999 年进入这家医院，当时新兴医院（当时名称为海淀新兴医院，记者注）下属中国新兴集团的新兴医药总公司（实际名称为新兴医药科技发展总公司，记者注），2002 年该院在海淀区工商局依法注册为营利性医院。

“新兴医院是承包。”8 月 18 日，新兴医院党委书记称，新兴医院党委的上级领导是新兴集团党委。该负责人最后称，新兴医院的党关系还在新兴集团。

“我们与医院已经没关系了。”8 月 11 日下午，曾任新兴医院第三任院长李春才在电话中说，他是1999年根据新兴集团医药公司的安排，代理新兴医院院长。1999年新兴医院被朱明买断。李春才还透露，他于1998年就离职了，在他之后接手的是当时还是医院医生的刘凤羽，后来医院就是从刘凤羽手中转给朱明的。但记者经过努力未能与刘凤羽取得联系。

“李春才接手后不到2年，我就听说医院被朱明买断的消息。”新兴医院第二任院长李福说，新兴医院被买断后他再也没有去过，听说原来医院的人也都走完了，新兴医药公司派来的20多个人，也只剩下了4个。“如果他是公立医院，也许还会请我去指导业务。”

8月10日下午3时，海淀区太平路乙23号写字楼的门口，依然有“北京新兴医药科技发展总公司”字样。几位工作人员称，“那家医院与我们没有什么关系。”

据一位工作人员透露，新兴医院是1999年被朱明“买断”的，当时朱明的出价是120万元。

“其实抛去医院当时的设备、药材，还是这块牌子，医院也就卖了20万。”这位工作人员还透露，当时朱明买断新兴医院的事，在医药公司内部做了通报。

新兴医药科技发展总公司已改为“中国永裕新兴医药有限公司”，该公司窦书记回忆，这家医院在她1999年底回到医药公司工作之前，就已经与医药公司脱离，但具体情况她并不清楚。

“名医”从业经历被模糊删改

“名医”一直是新兴医院吸引患者的招牌，“新兴事件”被抛出后，8月16日，记者发现新兴医院网站“名医风采”栏目中，许多医生资料都被改动。“成功治愈患者数以万计”、“在治疗手段上居国内领先水平”等语句被删去，一些医生的毕业院校和从业时间也被做模糊处理。

针对这些简历，记者在进行医生资质调查时，仍发现诸多疑点。

质疑1：医生高雅儒

在新兴医院网站称，主治医师高雅儒在“不孕不育综合科”一栏里，名列第六位。

该网站称，高雅儒毕业于“中国中医研究院”，但有关部门称她只是在该院进修过一段时间，此前只学过西医。

在新兴医院所有的医生中，高雅儒是争议较多的一位。

而据2001年2月26日新华社“新华视点”专栏《“神医”揭秘》

一文称，2000年下半年，北京市卫生局在现场检查时，曾勒令北京新兴医院停业整顿。据群众举报，当时，这里就有声称专治不孕症而且“有效率极高”的“送子观音”高雅儒。

该报道称，当时号称高级主任医师的“送子观音”高雅儒对“底方的基础是哪几味药”都说不出来。卫生部门检查为她配药的药房，发现这个药房用大秤像称粮食一样称药，连中药房最必需的戥子都没有。最后才知道，这位“送子观音”曾是北京一家企业医院的主治医生，只学过西医。

8月13日，记者在海淀卫生局医政科看到了新兴医院的医生资格登记，其中显示，今年62岁的高雅儒是一位退休的中医医生，她的毕业院校为“中国中医研究院”，职称是“副主任医师”。

但记者在医生资格登记表格的首页却发现，上面用铅笔标注的登记日期是“2004年7月”。

对此，医政科科长刘希利解释说，“这个医生资质的备案是我们在近期对新兴医院进行监督检查时由院方最新提供的，据他们说，这个高雅儒后来曾经在中国中医研究院进修了一段时间，所以后来就填了这个……”

那么进修院校是否等同于毕业院校，刘希利停顿了一下，说，“我们在最近的检查中已经对新兴医院提出来说这样写不合规定，请他们立即改正，是什么学校毕业就填什么学校，不能有夸大的因素……”

刘科长后来说，在此之前，高雅儒只从事过西医的学习，而且学历也比较低。但对于高雅儒的学历和毕业院校，刘主任称最初的档案很难查询，需要等到下一周。

目前，在新兴医院网站上，高雅儒被称为“从事中医内、外、妇、儿科等疑难杂症的治疗近四十年……尤其擅长运用中医辨证施治的方法治疗男女不孕不育症，有着一套非常行之有效的独到医学理论。”

质疑2：医生高成禄

在新兴医院网站上，高成禄主任医师在“男性不育科”一栏里，名列第四位。

该网站称，高成禄曾是某医学院内科教授，但该医学院称从来没有“内科”专业。

据8月5日新兴医院的网站上称，高成禄“临床主要从事由于各种原因引起的男女不孕不育症的研究和治疗工作，由于工作成绩斐然，于1987年被公派出国进修，学习当今世界上最先进的治疗男女不孕不育症的最新方法。尤其近年来在吸取国内外先进技术的基础上，在男性不育症诊断和治疗上都有了很高的造诣，深受广大患者好评。”

据新兴医院网站介绍，高成禄“擅长诊治男性不育症：少精症、无精症、弱精症、死精症、精子成活率低、精索静脉曲张、精液不液化等。现任北京新兴医院不孕不育诊疗中心专家组成员。”

而据“《世界优秀专家人才名典》网络版”对高成禄的介绍是：“……现任职于哈尔滨医科大学第四临床教学医院。哈尔滨市职工医学院内科教授。……主要贡献：早年搞内科临床工作，从医20余年，临床经验丰富，技术精湛。多年从事临床与教学工作，在基础理论、专业知识、业务能力、工作成就方面，均有很大进步和提高。先后发表国家级论文20余篇，参加国际、国家学术会议多次。”

其中并未提及高从事过不孕不育的治疗。

8月13日下午，哈尔滨职工医学院工作人员在电话中说，他们从来没有设“内科”这个专业，他们尚无法证实高成禄是否在该学院工作过。

质疑3：医生陈德货

在新兴医院的网站上，陈德货主任医师在“男性不育科”一栏里，名列第二位。

该网站称，陈德货主要从事男女不孕不育症，而在其他网站上介绍其擅长肿瘤治疗。

在8月5日的新兴医院网站上介绍，陈德货“毕业后主要从事男女不孕不育症及男科、妇科疑难杂症的中西医结合临床研究及治疗工作，曾师从全国名老中医、上海中医药大学校长黄文东教授、张伯萸教授、张天教授。”“临床采用中医辨证与西医辨病相结合的方法，疗效显著，曾治愈众多在很多地方都求治无效的不孕不育症患者。”

该网站还称陈德货“擅长诊治男性不育症：无精症、少精症、死精症、弱精症、精液量不足及液化不良、性功能障碍、阳痿、早泄、输卵管不通、睾丸发育不良、前列腺炎、附睾炎、睾丸炎、精囊炎、尿道炎等。”

然而，在网上搜索到有关陈德货本人的介绍，却多称他擅长肿瘤的治疗，而不是从事过不孕不育的治疗。

在“中华名医网”和《中华名医杂志》网站上介绍，陈德货是中国一冶医院（武汉科大医学院附属博爱医院）肿瘤科主任、副主任中医师。“从事中医、中西医结合临床及科研工作10余年，擅长中医各科疑难病症的诊治，尤其在胃肠道疾患、乙型肝炎、风湿及类风湿性疾病、咳喘症、男女性疾病及肿瘤等方面有独到之处。另对消化性溃疡、慢性胃炎、肠炎、胃癌、肺癌、乙型肝炎等病的专病专药研制工作具有较深的造诣。研制‘通痹膏’‘风湿药膏’及‘乙肝灵散’等应用于临床，取得较好疗效……”

在“《世界优秀专家人才名典》网络版”上也有他的相关介绍。

8月13日下午，记者向武汉科大医学院附属博爱医院求证时，该院院办一位不愿透露姓名的工作人员在电话中称，医院是2003年才成立的，但她本人并不知道陈德货。

据一位不愿透露姓名的业内专家解释说，中医讲究将各种疾病归因求治，一些精通医理和药理的专家的确既可以治疗肿瘤，又可以治疗不孕不育，但从没有听说过一个人在同一段时间内在多个诊疗领域都很有造诣和成果，即使是专家也不可能。

该专家表示，新兴医院宣传某医生毕业后一直从事不孕不育诊疗，而另一些宣传上又称该医生毕业后多年从事肿瘤治疗，“怎么可能，明显是自相矛盾。”

质疑4：医生沈明秀

在新兴医院网站上，沈明秀主任医师在“不孕不育综合科”一栏，名列第一位。

该网站称，沈明秀成功治愈患者数以万计。前同事表示这种说法没有根据。

8月16日，西苑医院妇科主任蔡连香在看到新兴医院2004年一本宣传手册上对沈明秀的介绍时，当即指出：“沈明秀比我晚一年毕业，她好多年前就不是高级职称评审委员会专家了，也不是中国中医研究院研究生部客座教授，并不是长期担任研究生部、西学中班教学工作，只是办过几期。”

自称和沈明秀一起在西苑医院工作的蔡连香说，沈明秀1983年以前是妇科医生。但蔡连香说，1983年以后沈明秀就调离门诊部去做行政工作，只是偶尔出诊，宣传手册上称沈“一直从事男女不孕不育临床研究教学工作，三十余年来，成功治愈患者数以万计”没有根据。

新兴医院网站删改部分内容

8月16日记者发现，“最新版”的新兴医院网站，对比8月5日之前网站上的资料，记者发现诸多的地方被删改。

首页上原为男女综合科的主任医师、教授李俊芳，主任医师岳湘萍被“调”到了女性不孕科。内文中，李俊芳“擅长治疗男女不孕不育症”改为“擅长诊治女性不孕症”有关她诊治男性不育症的种种症状也被删去。

网站上副主任医师窦占江简历中，担任三甲医院中医男科主任，及公派出国的时间也被删去。此外，一些“名医”的资料也被删改。

8月5日，新兴医院网站上称，主任医师、教授、博士生导师沈明秀，“成功治愈患者数以万计”等。现这些文字已被删除。

8月5日，新兴医院网站上称，主任医师陈德货“2002年由于医术高超，德才兼备，荣获美国世界博览会金奖，被评为世界名人科学院院士。”目前，这些文字被删除。

8月5日，新兴医院网站上称，主任医师高成禄“由于成绩斐然，于1987年被公派出国进修，学习当今世界上最先进的治疗男女不孕不育症的最新方法”，现这些文字变成“曾在全国大型中医学院深造、进修。”

记者假扮夫妻到新兴医院“求医”

“副主任”级挂号费80元

8月11日上午，本报记者扮成夫妻到新兴医院“求医”，发现该院挂号费昂贵：普通医师挂号50元，副主任医师以上是80元到300元不等。

当天，到挂号柜台处排队的人并不多。记者分别挂了男科和妇科两个副主任医师门诊。医护小姐收取现金160元（两个记者每人80元）。

根据排号顺序，记者来到23号诊室等候。为女记者诊治的医生叫游尔斌，40多岁样子，自称是个老中医。

在对女记者“结婚一年余，未孕”等情况做简单的询问后，便让做B超、妇检等检查。

记者在其开出的检查收费计价单上看到：超检查是180元，常规检B查20元，白带化验110元。也就是说，仅检查费用就310元。

女记者被诊“原发性不孕”

当天下午3时许，记者拿到该院检查结果：“……的子宫附件未见明显异常，诊断医生何凤民，记录员崔丽丽。”妇检结果也是“正常”，只有白带化验结果显示为“BV阳性”，而检验报告单上的“临床诊断”一项被写上“原发性不孕”，填写报告者为“刘斌”。

接过女记者检查出来的结果，游尔斌说，记者患的是“细菌性阴道病”，可以先吃半个月的药，吃药后应该有效果，两周后再到医院做输卵管检查。

期间，游尔斌不断向记者介绍检查结果带来的影响，并拿出一本该院内部复印的参考资料，指着上面的文字说，“你看，这病能致不孕，不过，你吃了我开的药就没问题了”，接着便问记者“要吃多长时间的药”。

记者说，“先吃半个月看看吧”。游尔斌随即在处方笺上开出补肾养血颗粒以及医院研制的颗粒剂中药，填写过程中还让导医小姐查询各种中药的剂量。

最后，游尔斌给记者开出了价值1621.5元的药，其中包括1535.5元的中草药（包括补肾养血颗粒、配方颗粒和复方苦参洗剂），西药是替硝唑片。

导医小姐服务“全程式”

游尔斌开出处方后，旁边的导医小姐随即拿着处方带记者到2楼划价买药。记者当时就提出自己去划价买药，但导医小姐不答应，并问记者是现金还是刷卡付账。

到了2楼的中药划价处，记者看到都是导医小姐陪病人划价，然后再陪病人到交费处交费，导医小姐亲自把划价后的处方交给收费员。从诊室出来后，处方就一直由导医小姐拿着，直到交费后才让患者拿处方取药。

由于开的半个月药费就达1600多元，记者表示所带现金不够，就向导医小姐提出能否把处方带回家，但遭到拒绝。导医小姐说，“不付账买药，医院是不能让患者带走处方的”。

花了1633元买药才拿走处方

与导医小姐交涉未果后，记者找到了游尔斌，表明患者看病后有权拿走医生开出的处方。游说，医院的药在别处买不到，他们可以等到记者的亲友送钱过来购买。

在记者的一再央求下，游尔斌还是坚持说，这是医院的规定，他要是把处方给了记者，那会被领导责怪的。

最后，记者只好掏1633元把药买下，这才拿到了处方。从挂号到拿药，记者共花了2103元。

“这种症状勿需中药治疗”

8月13日下午，记者到北京中医医院挂专家门诊就诊。该院一位姓石的副主任医师听到记者陈述（所述“症状”与在新兴医院相同）后，便让记者做一次妇检以及白带检查。

在收费上，北京中医医院白带化验检查只收40元，而新兴医院收了110元。

医生在为记者检查后，得出了和新兴医院相同的结论：细菌性阴道病。

石医生说，“细菌性阴道病只能说可以影响怀孕。这种症状并不需要中药治疗”。

针对新兴医院开的处方，石医生说，新兴医院开出的药方中，只有替硝唑是可治细菌性阴道病的，其他的药基本和细菌性阴道病没有关系。

对话新兴医院

8月18日上午，就患者反映的有关问题，记者采访了新兴医院党委书记黄书屏。采访过程中，该院副院长孙映和、医务处主任荣光等人也在场。

新京报：有患者投诉说新兴医院挂号费、检查费很贵，是否属实？

黄书屏：新兴医院是营利性医院，挂号、检查费用医院是可以自己定价的。

新京报：患者反映说，新兴医院开出的中药，一开就是3个月甚至半年的药，而且划价买药时还问病人带了多少钱就开多少药？

黄书屏：给患者开3个月以上是他们自己（指患者）要求的，因为这些患者路途比较远，所以都要开足够的药回家。

孙映和：医院根据病情给病人开药，患者带多少钱就开多少钱的药，这是医院为患者做的考虑。

新京报：有患者说，导医小姐强行“全程式”服务。若是患者不交钱买药，导医小姐就扣留处方？

黄书屏：导医（小姐）并没有强行为患者服务，如果患者不需要，可自己去办理交费拿药手续。

荣　光：没有这么回事，护士要是强行服务，那还不引起打闹事件？

新京报：“补肾养血颗粒”对不孕患者有治疗作用吗？许多患者反映说，他们服用了这个药并没有作用。

黄书屏：医生是根据病人病情来下药的。关于“补肾养血颗粒”对无精等症状的治疗效果，这是专业问题，得问有关专家。

新京报：有一个叫游尔斌的副主任医师，自称是出身中医世家，有患者表示怀疑。

黄书屏：（刚开始，黄并不知道这个叫游尔斌的副主任医师，翻阅医院花名册后才确定。）“是有这个医生……”

荣　光（插话）：我们医院的医生都有备案的，可到卫生局查询。

专家说法

多家医院相关科室医生

补肾养血颗粒存在用药不对症现象。

为何新兴医院几乎所有前来就诊的患者都要开出大剂量的院内自制剂——补肾养血颗粒？

中国中医研究院的老教授周超凡说，现在很多自称是中医的医生，诊断过程很简单，也不讲什么辨证施治，就是给患者开药。不仅仅是新兴医院，现在很多专科门诊都存在“多病一方”或“多人一方”现象，完全是靠药品在赚钱。

8月5日，从东北来新兴医院就诊的左先生夫妇就发出质疑，他们来京之前在沈阳医大二院等数家医院检查，结果均是丈夫排精有问题，妻子身体正常，丈夫在家每月以几百元汤药治疗；但在新兴医院，医生却给夫妻两人各开出一个疗程分别价值两三千元的“中药配方颗粒”和“补肾养血颗粒”。而医师李俊芳给左先生妻子开药仅仅根据一项——妇科炎症。

8月13日、14日和17日，记者分别拿着一些患者的病例和检查结果到北京市中医医院、北医三院、西苑医院和广安门医院找相关妇科和泌尿科专家咨询，得到的答案是，妇科炎症和细菌性阴道疾病的确可能影响女性怀孕，但并不需要中药治疗；对于男性的先天性无精、死精或少精症状，药物治疗也是徒劳。

而以上疾病在记者掌握的患者病历中，新兴医院专家和医师均将女性阴道炎症诊断为“原发性不孕”，需服药治疗；男性患者即使告知在其他医院检查为先天性无精，专家也称服用医院内制剂补肾养血颗粒和其他中药后可以“治好”。

北京中医医院专家

男性不育症不能连续多疗程用药。

对于治疗男性不育的用药，北京中医医院男科副主任医师王和天分析说，要科学规范服药，可长期服用中药，但需要注意及时检查，不能连续服用多个疗程。

据他分析，男性不育主要体现在少精、弱精、无精等方面，当然还有是天生不育的，就是男女双方产生一种抗体，卵子不接受精子。

另外，男性炎症也对生育有影响，例如前内腺炎，该病会造成PH值改变。不育症就诊的流程是：首先做精液常规检查，检查精子的种数、PH 值（含酸碱度）、密度、活率（A 良好、B 稍差、C 较差、D 不动，可能死）、还有畸形率、液化时间。检查的操作可用计算机系统分析，也可用显微镜观测分析，但目前最先进的检查手段是荧光检测，该方法可显示精子的死活情况或是畸形、短尾等。

他说，如果是少精，要先做男性性激素水平检查，精子的生成跟睾丸有关，如果睾丸有异常，比常人要小，可用中药去调整，起到补肾生精的作用。服用中药应是在医生指导下服用，在服用中药第一个月后，患者应及时再到医院复查。

西苑医院专家

补肾养血颗粒并非适用所有病症。

8 月 17 日，记者电话联系了西苑医院院长王书臣，他告诉记者，补肾养血颗粒的成分就跟西苑医院院内制剂“养血补肾片”差不多。

该院妇科主任蔡连香接受记者采访时说，她于 1963 年在上海中医学院医疗系毕业后，在西苑医院妇科工作至今，一直都从事妇科临床门诊工作。在参与 1997 年医院研制“养血补肾片”的研制人当中有她和沈明秀等 5 人，2003 年沈明秀从西苑医院退休后到了新兴医院。

蔡连香向记者介绍，一般来说，造成不孕的原因主要体现在两方面：一是器质性症状，一是功能性症状，还有免疫方面的原因（小子宫、抗精子抗体、抗子宫内膜抗体）。器质性症状表现为炎症造成的输卵管不通等，如阴道炎可导致宫颈上行性感染引发生殖系统炎症，可导致输卵管不通。输卵管不通的程度如果严重，堵死了，那中医治疗也就没什么效果，如果只是闪端粘连，那即可服用中药治疗，一般采用外敷内服，在中医辨证基础上加入一些活血化淤的中药。

而西医采用药物宫腔注射或手术把粘连分离。

卵巢早衰，自然怀孕的可能性很小，通过中医的补肾养血也不容易治好，在治疗上主要是中西医结合。

习惯性流产需要中药补肾安胎丸，其基本药是菟丝子、黄芩、白术、太子参、何首乌、莲肉等，如果食欲不好，还可加砂仁，根据病情的辨证来加减。

关于男性的补肾药，蔡连香告诉记者，男性的补肾药基本入药有菟丝子、车前子、火盆子、枸杞子、覆盆子、五味子等。

蔡连香说，“养血补肾片”主要用于妇女的月经不调，里面含有 14 味药，包含了新兴医院制剂“补肾养血颗粒”包装袋上付印的主要成分有熟地黄、山药、续断、菟丝子、制何首乌等 5 味药，但没法证明该药就是完全复制西苑医院的处方，因为中药多一味少一味都很难判断。

“新兴医院这个补肾养血颗粒对补肾有一定作用，但不是对所有的病症都有作用，比如阴道炎等，该药对男性无精症讲要分两个方面来分析，如果患者有脾肾不足、腰膝酸软等症状，该药是可以吃的，但不一定吃了就能长精子。”蔡连香说。

在用药方面是，蔡连香说，根据月经不同时期、经期、卵泡期、黄体期来，用不同的中药进行治疗。外敷的药包括肤阴洁、皮肤康等，而内服的药有蛇麻子、苦参、黄柏、白鲜皮、藿香、川槿皮、乌梅等。